William Shakespeare

Hamlet

•

햄릿

창 비 세 계 문 학

50

•

햄릿

•

윌리엄 셰익스피어

설준규 옮김

창비

차례

•

일러두기

1. 이 책은 번역의 주된 저본으로 해럴드 젱킨스(Harold Jenkins)가 편집한 『아든 셰익스피어(2차 시리즈): 햄릿』(*The Arden Shakespeare(Second Series): Hamlet*, 1982)을 사용하되, 필립 에드워즈(Philip Edwards)가 편집한 『뉴 캠브리지 셰익스피어: 햄릿』(*The New Cambridge Shakespeare: Hamlet*, 1985), 스티븐 그린블랫(Stephen Greenblatt) 등이 편집한 『노턴 셰익스피어 전집』(*The Norton Shakespeare*, 1997), 앤 톰슨(Ann Thompson)과 닐 테일러(Neil Taylor)의 두 편집본 『아든 셰익스피어(3차 시리즈): 햄릿』(*The Arden Shakespeare(Third Series): Hamlet*, 2006) 및 『아든 셰익스피어: 햄릿, 제1사절판과 제1이절판』(*The Arden Shakespeare: Hamlet, The Text of 1603 and 1623*, 2006)도 참고했다.

    주된 저본인 젱킨스의 편집본은 『햄릿』의 주요 판본인 제2사절판(Second Quarto, 1604~05)과 제1이절판(First Folio, 1623)을 종합한 것이다. 1) 제2사절판에만 있고 제1이절판에는 없는 부분, 그리고 2) 제2사절판에는 없고 제1이절판에만 있는 부분 가운데 주요한 대목은 역주에 밝혀두었다. 1)과 2)에 관해서는 그린블랫 편집본(1997), 톰슨·테일러의 두 편집본을 두루 참조했다. 『햄릿』 판본과 관련해서는 작품 해설의 해당 부분을 참고하기 바란다.

2. 본문 중의 각주는 옮긴이의 것이다. 주요 편집본들 및 알렉산더 슈밋(Alexander Schmidt)의 『셰익스피어 사전』(*Shakespeare Lexicon and Quotation Dictionary*, 1972)을 두루 참고하였으나 일일이 밝히지는 않았다.

3. 외국어는 가급적 현지 발음에 준하여 표기하되, 일부 우리말로 굳어진 것은 관용을 따랐다. 등장인물 이름의 표기는 그레고리 도런 연출, 데이비드 테넌트 주연의 2008년 왕립 셰익스피어 극단(RSC) 공연을 2009년 영국 BBC 방송사에서 스튜디오 연출로 각색, 제작한 것을 따랐다. 신화에서 유래한 고유명사의 표기는 로마 신화에서 온 것은 라틴어식으로, 그리스 신화에 온 것은 그리스어식으로 했으며, 셰익스피어의 작품과 관계된 고유명사는 영어식으로 표기했다.

4. 영어와 한국어의 구조상 차이 때문에 원문과 번역문의 행은 일치할 수 없다. 이 책의 행 번호는 편의상 붙인 것이며 전체 행수도 원문과 약간의 차이가 있다. 이와 관련해서는 작품해설에서 햄릿 독백 번역의 문제를 다룬 부분이 참고가 될 것이다.

5. 대괄호([ ])는 셰익스피어의 원문에 없는 것을 편집자가 추가했다는 표시다. 주로 지문에 사용되었다. 본문은 장면과 장면이 끊김 없이 이어지는 셰익스피어 극의 특성을 살리기 위해 막과 막 사이에 따로 여백을 두어 끊지 않고 구성하였다.

등장인물*

햄릿 덴마크 왕자

클로디어스 덴마크 왕, 햄릿의 숙부

유령 햄릿의 아버지, 선왕 햄릿의 유령

거트루드 덴마크 왕비, 햄릿의 어머니, 현재 클로디어스의 아내

폴로니어스 재상

레어티즈 폴로니어스의 아들

오필리아 폴로니어스의 딸

호레이쇼 햄릿의 친구로 햄릿이 속을 터놓는 사이

로즌크랜츠
} 조신, 햄릿의 옛 학교 친구
길든스턴

포틴브라스 노르웨이 왕자

볼티맨드
} 덴마크의 중신, 노르웨이행 사신
코닐리어스

마셀러스

바나도 } 근위대원

프란시스코

오즈릭 속물 조신

리날도 폴로니어스의 하인

배우들

궁중의 신사

사제

무덤일꾼

무덤일꾼의 동료

---

* 등장인물은 셰익스피어의 원문에는 없는 것을 주요 저본인 『아든 셰익스피어
 (2차 시리즈): 햄릿』의 편집자가 편의상 추가한 내용을 따랐다.

포틴브라스 군대의 부대장

영국 사신들

귀족들, 귀부인들, 사병들, 선원들, 사자들, 시종들

장소

엘시노 궁과 그 일대

1막 1장

두 보초 바나도와 프란시스코 등장.[1]

바나도　누구냐?[2]

프란시스코　아니, 먼저 대답. 정지하고 누군지 밝혀.

바나도　국왕 전하 만수무강!

프란시스코　바나도?

바나도　맞아.

---

1 장소는 엘시노 궁의 망대. 셰익스피어의 희곡에서는 대체로 장소가 지문으로 명시되지 않는다.

2 **누구냐:** 보초 근무 중인 프란시스코가 수하를 해야 정상일 텐데, 유령의 출몰로 인해 불안한지 바나도가 먼저 말을 건다.

프란시스코   교대 시간에 딱 맞춰 왔군.

바나도   지금 막 열두시 쳤어. 가서 자게, 프란시스코.

프란시스코   교대해줘 정말 고맙네. 추위가 매섭고,

　　　　　기분도 울적해.

바나도   이상 없었나?　　　　　　　　　　　　　　　　10

프란시스코   생쥐 한마리 꼼짝 않았어.

바나도   좋아, 잘 가게.

　　　　함께 망볼 호레이쇼와 마셀러스 만나면,

　　　　서둘라고 해줘.

프란시스코   그 친구들 오는 소리 같아.

　　　　　　　호레이쇼와 마셀러스 등장.

　　　　　　　　　　　정지! 누구냐?　　　　　15

호레이쇼   이 강토의 아군.

마셀러스　　　　　　　　국왕 전하의 충복.

프란시스코   수고들 하게.

마셀러스   오, 잘 가게, 참한 군인 양반. 누가 교대했나?

프란시스코   바나도가 인계했어. 수고들 하시게.　　　(퇴장.)

마셀러스   어이, 바나도!　　　　　　　　　　　　　20

바나도   여기, 그런데, 거기 호레이쇼인가?

호레이쇼   약간만.[3]

----

3 약간만: 어둠 때문에 몸 전체가 보이지 않기에 하는 말. 유령이 출현했다는
　말을 믿지 못하는 호레이쇼의 회의적 태도를 표현하는 말로 해석되기도
　한다.

바나도   어서 오게, 호레이쇼. 마셀러스, 어서 와.

호레이쇼   어때, 그게 오늘밤 또 나타났나?

바나도   아직 아무것도 못 봤어.   25

마셀러스   호레이쇼는 우리가 헛것을 봤다며,

　　　　　한사코 믿으려 들지를 않아,

　　　　　우리가 두번이나 본 그 무서운 모습 말일세.

　　　　　그래서 같이 가서 오늘밤 그 시각에

　　　　　우리랑 함께 망을 보자고 졸랐는데,   30

　　　　　만약 이 유령이 다시 또 나오면,

　　　　　호레이쇼도 우리가 제대로 봤다 인정하고

　　　　　말을 걸어볼 테지.

호레이쇼   됐네, 됐어, 나타나긴 뭐가.

바나도   잠시 앉아서,

　　　　　우리 얘기를 철벽으로 막는 자네 귀를   35

　　　　　이틀 밤 연달아 우리가 본 것으로

　　　　　다시 한번 공략해봄세.

호레이쇼   그래, 앉지.

　　　　　바나도 이야길 어디 좀 들어보세.

바나도   바로 어젯밤,

　　　　　북극성 서쪽으로 기운 저기 바로 저 별이,   40

　　　　　지금 불타고 있는 저곳으로 운행하여

　　　　　하늘 저 자리 밝힐 무렵, 마셀러스와 나는,

　　　　　마침 종이 한번 울리기에―

　　　　　　　　　유령 등장.

마셀러스   쉿, 잠자코 있게. 봐, 또 나왔어.

바나도   모습이 돌아가신 전하와 꼭 같아.   45

마셀러스   자넨 학자니 말을 걸어보게, 호레이쇼.

바나도   선왕 전하 그대로지? 잘 보게, 호레이쇼.

호레이쇼   꼭 같군. 두렵고 놀라워 머리가 빠개져.

바나도   말을 걸어줬으면 하는 눈치야.

마셀러스   뭘 좀 물어봐, 호레이쇼.

호레이쇼   너는 무엇이기에 이 야심한 때 넘보아,   50

   땅에 묻힌 선왕 전하 생시에 거동하시던

   그 수려하고 장한 모습으로 나타났는가?

   하늘에 맹세코 명하니 어서 말하라.

마셀러스   화가 났어.

바나도   봐, 성큼성큼 멀어지네.

호레이쇼   멈춰라, 말하라, 말하라, 명령이다.   (유령 퇴장.)   55

마셀러스   가버렸어. 대답을 않으려 드는군.

바나도   괜찮은가, 호레이쇼? 떨고 있군, 안색은 창백하고.

   이것을 어찌 망상이라고만 할 수 있겠나?

   자네 생각은 어때?

호레이쇼   내 이것을 결코 믿지 않았을 것이네,   60

   내 두 눈으로 생생하고 똑똑하게 목격하지

   않았다면.

마셀러스   선왕 전하 그대로 아니던가?

호레이쇼   자네가 자네 자신 그대로이듯.

   야심 찬 노르웨이 왕과 대결할 때 걸치셨던

바로 그 갑옷이 딱 저랬지.　　　　　　　　　　　　　65

얼음 위를 썰매로 다니는 폴란드인들을 대적해

분기탱천 박살 낼 때도 저렇게 이맛살 찌푸리셨지.

기이한 일일세.

마셀러스　　전에도 두번 이렇게, 딱 이 괴괴한 시각에,

망보는 우리 앞을 보무당당히 지나갔어.　　　　　70

호레이쇼　　어찌 생각할지 꼬집어 말할 수는 없어도,

내 생각 닿는 만큼 뭉뚱그려서 말하자면,

나라에 무슨 기이한 변고가 터질 전조일세.

마셀러스　　자, 앉아서, 아는 사람 누가 좀 말해주게.

왜 이런 빈틈없고 삼엄한 경비를 세워　　　　　　75

밤마다 백성들을 이리 고역으로 내모는지,

왜 이리 날마다 놋쇠 대포를 주조하고

외국에서 전쟁 장비를 사들여 오는지,

왜 이리 조선공들을 징발해 주일, 평일

가리지 않고 뼛골이 빠지게 부려대는지.　　　　　80

무슨 일이 닥치기에 이리 땀투성이로 서둘며

밤과 낮이 한조가 되어 일을 하게 만드는지,

말해줄 수 있는 사람 누군가?

호레이쇼　　　　　　　　　　　　내가 하지.

숙덕공론으로는 이렇다네. 지금 막

우리 앞에 형상이 나타났던 선왕께서,　　　　　　85

자네도 알다시피, 오만방자한 웅심에

좀이 쑤신 노르웨이 왕 포틴브라스의

도전을 받았지. 용맹스러운 햄릿 왕께서

(그분의 용맹이야 이쪽 세상에서 다 알아주니까)
이 포틴브라스를 베셨는데, 이자는   90
법과 결투 규칙이 승인한 협약에 따라,
목숨과 더불어, 소유한 땅 전부를
승자에게 내주기로 되어 있었다네.
선왕께서도 상응하는 몫을 거셨으니,
포틴브라스가 만약 승자가 됐더라면   95
그의 차지로 돌아갔겠지. 바로 그 협약 조건과
약정서에 명시된 내용에 의거해,
그의 땅이 선왕 손에 떨어졌지. 이번엔 글쎄
포틴브라스의 아들이, 방자한 혈기
뜨겁게 차올라, 노르웨이 변방 여기저기서   100
뱃심 두둑한 무슨 거사 계획 먹잇감으로[4]
무뢰배 한 떼를 상어가 포식하듯 마구잡이
끌어모았는데, 다름이 아니라,
우리나라 쪽에서 훤히 알아채고 있다시피,
아까 이야기한 아비가 잃은 그 땅을   105
완력과 우격다짐으로 되돌려받자는 거지.
내 생각엔 이게 바로 전쟁 준비의 주원인이자,
이렇게 우리가 보초를 서는 까닭이고,
나라가 이리 부산스레 들끓는 주된 이유네.[5]

바나도   내 생각에도 딴게 아니라 바로 그거야.   110

---

4 뱃심~먹이감으로: 포틴브라스의 거사 계획을 먹성 좋은 ─ 그리고 배짱
좋은 ─ 괴물에 비유하고 있다.

5 110~28행 내 생각에도~보였다네: 제1이절판에 없는 부분.

이 심상찮은 형상이 망보는 우리 앞에

예나 지금이나 전쟁의 원인이 되신

선왕과 꼭 같은 모습에 갑옷 차림으로 나타난 건

사리에 맞구먼.

호레이쇼   티끌일세, 마음의 눈을 쓰리게 하는 티끌.[6]   115

승리의 영광 드날리던 지고한 국가 로마,

저 막강한 씨저가 무너지기 조금 전,

무덤은 주인을 잃고, 수의 걸친 망자들은

이 거리 저 거리 끽끽대며 주절거렸지.

별들은 불꼬리 끌고, 피이슬 내리고   120

태양은 홍조를 띠었다네. 밀물 썰물로

넵투누스[7] 제국 흥망을 좌우하는 젖은 별[8]은

월식을 앓느라 최후 심판 날인 양 컴컴했다지.[9]

무서운 사건들의 바로 이런 전조를,

운명보다 항상 앞서 찾아오는 전령사처럼,   125

앞으로 닥쳐올 재앙의 서막처럼,

천지가 힘을 합쳐 이 나라, 이 백성에게

나타내 보였다네.

---

6 티끌일세~티끌: 육신의 눈이 쓰리면 앞을 잘 볼 수 없듯이, 마음의 눈이 쓰
리면 상황을 명확하게 이해하는 것이 어렵다.

7 넵투누스: 로마 신화의 바다를 관장하는 신.

8 젖은 별: 달을 말함. 당시에는 이미 달이 바다에서 물을 끌어당겨 조수간만
을 조절한다는 생각이 퍼져 있었다.

9 최후 심판~컴컴했다지: 요한 묵시록에 의하면, 마지막 심판의 날에 해는
검게 변하고 달은 핏빛이 되며 예수가 재림한다.(요한 묵시록 6:12)

유령 등장.

가만, 저길 보게. 봐, 다시 나왔어.
급살을 맞더라도 가로막겠다.　　（유령이 두 팔을 벌린다.）
　　　　　　　　　　멈춰라, 헛것.　　　　　　　130
네가 소릴 내거나 목청을 쓸 수 있다면,
내게 말하라.
네게는 원풀이가 되고 내게는 공덕이 될
무슨 좋은 할 일이 있거든,
내게 말하라.　　　　　　　　　　　　135
네가 네 나라 명운의 천기를 알고 있거든,
미리 알면 행여나 피할 수 있을지니,
오, 말하라.
혹은 네가 갈취한 보배를 생전에
대지의 자궁에 감추어 쌓아두었거든,　　　140
그 일로 일쑤 너희 망혼이 지상을 헤맨다니,
그것도 말하라, 서라, 말하라.　　　（닭이 운다.）
　　　　　　　멈춰 세워, 마셀러스.
마셀러스　창으로 찔러?
호레이쇼　안 서면 찔러.
바나도　여기다.　　　　　　　　　　　145
호레이쇼　여기다.　　　　　　　（유령 퇴장.）
마셀러스　사라졌어.
　　우리가 잘못 응대하는 것일세,
　　저런 위엄 갖추었는데, 난폭하게 들이대다니.

저것은 공기와 같아 다칠 리 없으니 150

우리의 헛된 가격은 해코지 시늉일 뿐.

바나도 그게 말을 막 하려는 참에 닭이 울었어.

호레이쇼 그러자 추상같은 호출을 받은 죄인처럼

소스라치게 놀라더군. 내가 듣자 하니

수탉은 새벽을 알리는 나팔수인데, 155

높다랗고 새된 소리가 나는 목청으로

낮의 신을 깨우면, 그 소리에 놀라,

제 구역 벗어나 헤매던 혼령들이

바닷속 불 속, 땅속 공기 속, 어디가 되었건

서둘러 제 영역으로 돌아들 간다지. 160

그 얘기가 사실이란 걸 방금 이것이 입증했네.

마셀러스 닭이 울자마자 희미해지더니 사라졌어.

우리 구주 탄생을 기리는 철이 다가오면

이 새벽 새가 밤새도록 노래를 한다더군.

사람들 말이, 그땐 유령이 감히 못 나다니고, 165

밤이 평안하고, 행성의 급살을 맞거나

요괴에 홀리지도 않고, 마귀도 마력을 잃는다데.

그만큼 성스럽고 은총 충만한 때니까.

호레이쇼 그런 말은 나도 들었고 또 웬만큼 믿기도 해.

그런데 보게, 아침이 적갈색 외투 걸치고 170

저 동쪽 높은 언덕 이슬 밟으며 오는군.

망은 그만 보고, 내 의견대로

우리가 밤사이 본 것을 햄릿 왕자께

전하세. 내 장담컨대 이 혼령은

우리에겐 벙어리라도 저하껜 말을 할 걸세.
저하께 이것을 알리는 데 찬성하는가?
저하에 대한 충정으로도 꼭 필요한 일이고,
직무상 의무에도 걸맞은 일 아니겠나?
마셀러스   그러세, 반드시. 오늘 아침 저하를
아주 편하게 뵈올 수 있는 곳을 내 알지.   (모두 퇴장.)   180

1막 2장

나팔 소리. 덴마크 왕 클로디어스와 왕비 거트루드가 볼티맨드,
코닐리어스, 폴로니어스를 비롯한 중신들, 그리고 폴로니어스의 아들
레어티즈와 〔검은 옷을 입은〕 햄릿 및 기타 인물들과 함께 등장.[10]

왕   짐의 소중한 형님 햄릿 왕의 붕어가
기억에 아직 푸르니, 마땅하기로는
우리 마음 비탄에 잠기고 온 나라가
하나 되어 애통함에 미간 찌푸려야 할 터이나,
인지상정을 그나마 사리분별로 이겨내어,   5
슬기로운 슬픔으로 선왕을 기리는 한편
짐의 일을 돌보는 데도 소홀하지 않았소.
그리하여 전날 형수셨고, 지금은 왕비시며

----

10 장소는 엘시노 궁성 안.

이 용맹한 나라의 과부상속인[11]이신 이분을,
짐은, 이를테면 쓰디쓴 기쁨으로,　　　　　　　　　　10
한 눈은 웃음 짓고 한 눈은 눈물 떨구며,
장례를 축가로 혼례를 애가로 치르듯,
기쁨과 슬픔을 고르게 저울질하여,
아내로 맞았소. 짐은 이 일과 관련하여
경들의 고견을 차단하지 않았거니와,　　　　　　　15
경들의 의견 또한 이 일에 기꺼이
발이 맞았소. 이 모든 것 감사드리는 바이오.
다음, 포틴브라스 아들 일을 경들이 알아야겠소.
이자가 짐의 실력을 업신여기거나,
형왕의 승하로 우리나라 관절이　　　　　　　　20
어긋나고 얼개가 무너졌다 생각하는지,
호기를 잡았다는 이런 망상과 작당하여,
기어코 전언을 보내 성가시게 구는데,
내용인즉 제 아비가 합법적 협약에 의거
짐의 용맹한 형왕께 잃은 토지를　　　　　　　　25
내놓으라는 것이오. 그의 입장은 그 정도.
이제 짐의 입장 및 오늘 회합의 이유와 관련,
요건인즉 이러하오. 짐이 노르웨이 왕,
젊은 포틴브라스의 숙부에게 여기 친서로 요구하였소,
비록 노약하여 자리보전 중이라　　　　　　　　30
이 조카의 속셈을 들은 바 없을 터이나,

---

11 과부상속인: 재산을 남편과 공동소유하며, 남편 사후에도 소유권을 유지
하는 여성을 가리키는 법적 개념. 여기서는 은유적인 의미로 사용되었다.

징발, 모집된 전병력이 그의 백성이니,

이 일을 여기서 더 진척시키지 못하도록

다잡으라고. 그대 코닐리어스, 그대 볼티맨드를

노르웨이 노왕에게 보내는 친서 지참자로   35

파송하는바, 여기 상술된 항목들이 허용하는

범위를 벗어나 노왕과 담판할

개인적 권한은 그대들에게 주지 않겠소.

잘 가오. 서두름으로써 충성심을 보이길.

코닐리어스, 볼티맨드   이 일 및 모든 일에 충성을 다하겠습니다.   40

왕   믿어 의심치 않소. 잘 다녀오길 진심으로 비오.

(볼티맨드와 코닐리어스 퇴장.)

자, 이제, 레어티즈, 그대 할 말이 무엇인가?

청이 있다 했는데, 무엇이지, 레어티즈?

사리에 맞는 청을 덴마크 왕에게 할진대

어찌 헛수고가 되랴. 네가[12] 원하면, 레어티즈,   45

간청하지 않아도 짐 스스로 주겠노라.

머리와 심장이 같은 태생이고,[13]

손이 입의 도구 노릇을 한다지만,

덴마크 왕좌와 네 부친만 하겠느냐.

레어티즈, 너의 청이 뭐냐?

레어티즈   지엄하신 전하,   50

---

12 네가: 왕이 레어티즈를 부르는 호칭이 '그대'(you)에서 더 친근한 '너' (thou)로 바뀌었다.

13 머리와~태생이고: 중세적 정치관에서 흔히 왕은 머리, 재상은 심장에 비유되었다.

프랑스로 돌아가게 윤허하시는 은전 베푸소서.

대관식에 참례하여 신의 도리를 다하고자

프랑스에서 덴마크로 기꺼이 돌아왔으나,

이실직고하건대, 도리를 마친 지금,

제 생각과 소망이 다시 프랑스로 기우니　　　　　　　　55

자애로운 윤허와 용서, 머리 조아려 구합니다.

왕　　　부친의 허락은? 폴로니어스 경, 어찌 생각하오?

폴로니어스　아들놈이, 전하, 아등바등 하소연 끝에

더딘 허락을 쥐어짜내어, 소신은 결국

내키지 않는 허가 도장을 그의 뜻에 찍었나이다.　　　60

삼가 간청하오니 떠나도록 윤허하시옵소서.

왕　　　호시절을 놓치지 마라, 레어티즈. 시간은 네 것,

출중한 자질을 마음껏 떨쳐.

자, 이제, 내 조카 햄릿, 내 아들 ―

햄릿　　촌수로는 친척 이상, 마음으로는 친족 이하.　　　　65

왕　　　아직 구름이 드리웠으니 어쩐 일이냐?

햄릿　　아닙니다, 전하, 태양 볕이 과분하옵니다.[14]

왕비　　어진 햄릿, 밤의 빛깔은 벗어던지고,

다정한 눈으로 덴마크 왕 전하를 뵈어라.

눈 내리깔고 땅속의 고결한 아버지만　　　　　　　　　70

끝없이 찾고 있지는 마라.

---

14 태양 볕이 과분하옵니다: I am too much in the sun. 여러 의미를 동시에
한 표현에 겹쳐놓는 전형적인 경우다. 1) '구름'에 호응하여, 태양 볕이 과
도하다. 2) 비유적인 뜻에서, 태양 같은 성은이 과분하다. 3) '태양'(sun)과
'아들'(son)은 동음이의어이므로, 원하지 않는 아들 노릇 또는 아들이란
호칭이 역겹다는 의미도 잠복하고 있다.

흔한 일 아니냐. 산 자는 다 죽기 마련,

이 세상 거쳐서 영원계로 가는 것.

햄릿   예, 마마, 흔한 일이지요.

왕비   그렇다면,

    왜 네게만 그리 각별해 보이느냐?   75

햄릿   보인다고요? 아니요, 실제로 각별합니다.

'보인다' 따위 전 정말 모릅니다.

어머니, 저의 잉크 빛깔 외투,

관습 따른 엄숙한 검정색 상복 차림,

억지로 짜내는 요란한 한숨,   80

넘치는 냇물처럼 흐르는 눈물,

비탄에 빠진 얼굴 표정,

그리고 슬픔을 나타내는 온갖 형식,

감정표현, 겉모습 따위를 모두 더한들,

그것만으론 제 속 제대로 나타내지 못합니다.   85

그런 것들이야말로 '보인다'고 해야지요.

그런 행위는 연기해 보일 수 있으니까.

하지만 제 속엔 내보일 길 없는

그 무엇이 있으니, 이 따윈 그저

슬픔의 치장이나 의상일 뿐입니다.   90

왕   아버지께 추모의 정성을 이리 다하니

곱고도 가상한 성품이다, 햄릿.

허나 알아야 해, 아버지도 아버질 여의었고

그 아버지 또한 당신 아버질 여의었음을.

남은 자는 자식의 도리로 얼마 동안   95

상제의 슬픔을 표하기 마련이겠지.
하지만 고집스러운 애도에 매달림은
불경, 완미한 처신이요 장부답지 못한 슬픔이라,
의지는 하늘을 심히 거스르고,
심성은 유약하며 정신은 끈기가 없고,   100
이해력은 배움이 없어 박약하다는 표시다.
필연임을 우리가 알고, 지극히 흔히
감지할 수 있는 사물처럼 뻔한 것을 ―
왜 미련하게 뻗대며 한사코 슬퍼하겠느냐?
아서라, 그건 하늘에 허물이 되고,   105
망자에게 허물이 되고, 자연에 허물이 되고,
이성에 비추어 더없이 어리석은 짓이다.
아비의 죽음은 자연법칙의 일상 주제라,
인류 최초의 주검[15]에서 오늘 죽은 자에 이르도록
자연은 늘 외쳤지, '이게 이치야'라고. 제발   110
이 부질없는 애통함은 땅에 내던지고, 짐을
아비로 여겨다오. 천하에 알리거늘,
네가 이 왕좌의 최우선 계승자다.
부정 지극한 어느 아비 못지않게 고귀한 사랑을
내 네게 쏟는다. 비텐베르크 대학으로   115
돌아가려는 네 의향, 짐의 뜻에 매우 역행하니,
바라건대, 뜻을 굽혀 여기에 머물러
짐의 눈앞에서 쾌활하고 편안하게 지내며,

---

15 인류 최초의 주검: 카인이 죽인 아벨의 주검을 뜻함.

으뜸 신하, 조카, 아들이 되어다오.

왕비   어미의 기도를 헛되게 하지 마라, 햄릿.   120

제발 우리와 함께 지내자, 비텐베르크[16]에 가지 말고.

햄릿   마마의 분부 성심껏 따르겠습니다.

왕   그렇지, 다정하고 아름다운 대답이로다.

덴마크에서 짐과 진배없이 누리거라. 왕비, 갑시다.

이 싹싹하고 선선한 햄릿의 응답이   125

내 가슴에 웃으며 깃드는구려. 이를 축하하여,

덴마크 왕이 오늘 유쾌히 건배할 때마다

크게 대포 터뜨려 구름 높이 알려라.

그리하면 하늘이 땅의 뇌성 되울려

국왕의 축배를 널리 선포하리라. 갑시다.   130

(나팔 소리. 햄릿 외 모두 퇴장.)

햄릿   오, 더럽고 더러운 이 육신,

녹고 또 녹아내려 한방울 이슬 되었으면.

영원하신 우리 주, 자살 금지를 계명으로

못 박지 않았더라면! 오, 하느님, 하느님!

이 세상 온갖 짓거리, 어찌 이리 지겹고,   135

김빠지고, 시시하고, 부질없어 보이는가!

에잇, 에잇, 더러운 세상, 잡풀 마구 우거져

씨앗 맺는 정원이구나. 천성이 억세고 막된 것들이

통째 차지하는구나. 이 지경이 되다니!

---

16 비텐베르크: 1517년 마르틴 루터가 종교개혁의 깃발을 올린 도시다. 실제로 많은 덴마크인들이 루터가 신학 교수로 재직했던 비텐베르크 대학에서 공부했다.

붕어하시고 겨우 두달 ── 아니, 아니지, 두달도 안돼 ── 140
참 출중한 임금이셨지. 이자에 비하면
짐승에 태양 신 격이요, 사랑이 지극해
하늘에서 어머니 얼굴 찾아오는 바람도 너무 거칠면
윤허 않으려 하셨지. 하늘이여 땅이여,
내 기억해야 하는가? 아니, 어머닌 아버지께 145
매달리곤 했어, 애정을 먹고 애욕이
더 자라난 것처럼. 그런데 한달도 못돼 ──
생각조차 하지 말자 ── 약함이여, 네 이름은 여자[17] ──
고작 한달, 불쌍한 아버지 시신 뒤따르던
저 신발 낡기도 전에, 니오베[18]처럼, 150
눈물범벅 되어 ── 아니, 어머니가 ──
오, 하느님, 사리분별 없는 짐승조차
더 오래 애도했으련만 ── 숙부와 혼인을 했어,
아버지 동생과 ── 헤라클레스와 내가 딴판이듯
아버지와 딴판인 숙부와. 한달도 못돼, 155
지극히 거짓된 눈물의 소금기
벌겋게 쓰라린 눈에서 가시기도 전에,
혼인을 했어 ── 오, 참 독하게도 날래구나!
상피 붙을 이부자리로 그리 날렵하게 내닫다니![19]

---

17 약함이여~여자: Frailty, thy name is woman. '약한 자여 그대 이름은 여자'
라는 번역으로 널리 알려진 구절이다. 하지만 의인화된 추상명사 'Frailty'
를 곧바로 '약한 자'로 옮기면 의인화의 효과가 살지 못한다.

18 니오베: 그리스 신화에 나오는 테베의 왕비로, 비탄에 잠긴 여인의 상징
이다. 일곱 아들과 일곱 딸을 가진 행복을 오만하게 뽐내다 신들의 분노를
사 열네 자식을 불시에 모두 잃는다.

좋지 않아, 좋게 끝날 수가 없어.

하나, 터져라, 가슴아, 입을 닥쳐야 하니.

호레이쇼, 마셀러스, 그리고 바나도 등장.

호레이쇼　문안 올립니다, 왕자님.

햄릿　　　　　　　　　　　　반갑소이다.

　　　호레이쇼! 아니면 내가 정말 넋이 나갔지.[20]

호레이쇼　맞습니다, 저하. 변함없는 충복 호레이쇼입니다.

햄릿　　이보게, 친구, 호칭을 맞바꾸세.[21]　　　　　　　

　　　그런데 호레이쇼, 비텐베르크에서 여긴 웬일? ——[22]

　　　어, 마셀러스.

마셀러스　왕자님.

햄릿　　정말 반갑네. ——〔바나도에게〕 안녕한가, 자네, ——

　　　한데 대체 비텐베르크에서 여긴 웬일인가?　　　　　　

호레이쇼　농땡이 기질 발동이지요, 저하.

햄릿　　자네 원수라도 그런 말은 못할 텐데,

　　　하물며 자네가 내 귀를 윽박질러

....

19 상피 붙을~내닫다니: 시동생과 형수의 결합은 당시에 근친상간으로 간
주되었다. 교회도 그와 같은 결혼을 명시적으로 금지했는데, 헨리 8세도
형수인 아라곤의 캐서린과 결혼하기 위해서 교황으로부터 특별한 예외를
인정받아야 했다.

20 반갑소이다~나갔지: 생각에 잠겼던 햄릿이 호레이쇼의 인사를 무심결에
받았다가 뒤늦게 호레이쇼인 것을 알고는 반색한다.

21 호칭을 맞바꾸세: 호레이쇼가 자신을 '충복'이라고 한 것을 받아 하는 말.

22 마침표나 물음표 다음에 이어지는 말바꿈표(——)는 말을 건네는 상대가
달라지거나 방백에서 대화로 넘어감을 주로 뜻한다.

자네 스스로 자길 비방하는 말을

믿게 하려고? 자네 농땡이 아닌 건 내 알지.　　　　　175

아무튼 엘시노에 무슨 볼일인가?

떠나기 전에 술꾼으로 가르쳐놔야지.

호레이쇼　저하, 선왕 전하 장례 참례하러 왔습니다.

햄릿　　제발 날 놀리지 말게나, 동창.

어머니 혼례식 참례하러 왔겠지.　　　　　　　　180

호레이쇼　아닌 게 아니라, 저하, 바로 잇따랐지요.

햄릿　　절약일세 절약, 호레이쇼. 장례 때 구운 고기

식은 대로 잔칫상에 척 하니 차려낸 걸세.

그날을 보느니 천국에서 철천지원수를

만나는 게 나았을 걸세, 호레이쇼.　　　　　　185

아버님—아버님이 보이는 것 같아—

호레이쇼　어디서요, 저하?

햄릿　　　　　　　　　마음의 눈에, 호레이쇼.

호레이쇼　전 한번 뵀는데, 훌륭한 임금이셨습니다.

햄릿　　장부 중의 장부셨지, 모든 면에서.

그와 같은 어른을 다시 보지 못할 걸세.　　　　190

호레이쇼　저하, 어젯밤에 그분을 뵌 듯합니다.

햄릿　　뵙다니? 누굴?

호레이쇼　　　　　　　저하의 부왕 전하.

햄릿　　부왕 전하?

호레이쇼　놀라는 마음을 잠시 가누시고

귀 기울여주시면, 이 두 사람을 증인으로　　　　195

이 경이로운 일을 아뢰지요.

햄릿	제발, 어서 말하게!	
호레이쇼	이틀 밤 연달아, 이 두 사람	
	마셀러스와 바나도가 보초를 서던 중	
	죽은 듯 황막한 한밤중에 이렇게	
	맞닥뜨렸답니다. 선왕 전하 같은 형상이	200
	머리에서 발끝까지 철저히 군장 갖추고	
	그들 앞에 나타나, 근엄한 걸음걸이로	
	서서히, 당당히 지나쳐가는데,	
	겁에 질리고 두려움에 기습당한 그들 눈앞을	
	손에 쥔 지휘봉으로 닿을 법한 거리에서	205
	세번이나 지나쳤습니다. 그사이 이 친구들은	
	겁먹어 곤죽처럼 녹아버린 채,	
	벙어리처럼 말도 못 걸었고요. 이 얘길	
	두려워하며 은밀히 제게 전하기에,	
	셋째 밤에는 제가 함께 망을 보았는데,	210
	이들이 전한 대로, 꼭 같은 시각에,	
	꼭 같은 모습으로, 이들의 말이	
	낱낱이 진실이고 사실인 걸 입증하며,	
	혼령이 나왔습니다. 선친을 제가 아는데,	
	이 두 손보다 더 똑같았습니다.[23]	
햄릿	근데 어디서?	215
마셀러스	저하, 저희가 보초 서는 망대입니다.	
햄릿	말을 걸어보지 않았나?	

---

23 이 두~똑같았습니다: 이 두 손이 서로 닮은 것 이상으로 선친과 혼령이
닮았습니다.

호레이쇼   걸어봤지요.
    하지만 답을 않더군요. 그런데 한순간
    머리를 치켜들며 말을 하려는 듯한
    동작을 취한다는 생각이 들었지요.   220
    하지만 바로 그때 새벽닭이 크게 울었고,
    그 소리에 급히 뒷걸음질하더니
    시야에서 사라졌습니다.
햄릿   너무도 기이하군.
호레이쇼   제가 살아 있는 게 사실이듯, 이건 사실입니다.
    그리고 저희는 저하께 아뢰는 것이   225
    의당 저희들 의무라고 생각했습니다.
햄릿   아무렴. 한데 듣고 나니 마음이 어수선해.
    자네들 오늘밤에도 망을 보나?
호레이쇼, 마셀러스, 바나도   봅니다, 저하.
햄릿   군장을 갖췄다 했나?
호레이쇼, 마셀러스, 바나도   갖췄지요, 저하.
햄릿   정수리에서 발가락까지?
호레이쇼, 마셀러스, 바나도   머리에서 발끝까지.   230
햄릿   그럼 얼굴은 보지 못했나?
호레이쇼   보았죠, 투구 면갑을 올리고 있었거든요.
햄릿   표정은? 찌푸렸던가?
호레이쇼   분노보다 슬픔을 띤 얼굴이었지요.
햄릿   창백하던가, 붉던가?   235
호레이쇼   아주 창백했지요.
햄릿   자넬 똑바로 보던가?

호레이쇼   시종일관요.

햄릿   내가 거기 있어야 했어.

호레이쇼   기겁을 하셨을걸요.

햄릿   그랬겠지.

　　　오래 머물렀나?

호레이쇼   적당한 빠르기로 백을 셀 만큼.   240

마셀러스, 바나도   더 오래, 더 오래요.

호레이쇼   내가 보았을 땐 아닐세.

햄릿   수염이 희끗희끗하지? 안 그래?

호레이쇼   살아 계실 때 제가 보았던 그대로,

　　　은빛 섞인 흑담비색.

햄릿   오늘밤은 내가 지킨다.   245

　　　다시 나타날지 몰라.

호레이쇼   장담컨대 나타납니다.

햄릿   그것이 만일 아버지의 모습을 취한다면,[24]

　　　지옥이 직접 입 벌리며 닥치라 명해도

　　　난 말을 걸겠네.[25] 모두들 부탁이네만,

　　　여태껏 이 일을 감추어왔다면,   250

　　　앞으로도 침묵 속에 간직해두게.

---

24 그것이~취한다면: 햄릿은 유령을 보는 두가지 다른 입장, 1) 아버지의 형
상을 취한 미지의 혼령으로 보는 것, 2) 아버지의 혼령 그 자체로 보는 것
사이를 오락가락한다. 유령이 망자의 혼령이라는 견해는 고대부터 존재해
왔거니와, 연옥과 관련된 가톨릭 교의에 의해 강화되기도 했다. 이에 대해
서는 작품해설 II-3 참조.
25 지옥이 직접~걸겠네: 악귀일지도 모르는 혼령과 대화함으로써 지옥에
떨어질 위험마저 감수하겠다는 뜻으로 해석되기도 한다.

오늘밤 그 무슨 일이 또 일어나건,

알고는 있어도 발설은 하지 말게.

자네들 우정은 내 보답하지. 잘들 가게.

열한시에서 열두시 사이에 망대로   255

찾아감세.

호레이쇼, 마셀러스, 바나도   저하께 충성을.

햄릿   우정이지. 내 우정도 자네들에게. 잘들 가시게.

(〔호레이쇼, 마셀러스, 바나도〕 퇴장.)

아버지 혼령이── 군장 갖추고! 전부 심상찮아.

무슨 추악한 음모가 있나? 얼른 밤이 왔으면!

그때까진 진정하자. 추악한 짓은 떠오르는 법,   260

온 지구로 눌러 덮어도 사람들 눈앞에 떠오르는 법.

(퇴장.)

1막 3장

레어티즈와 그의 누이동생 오필리아 등장.[26]

레어티즈   필요한 건 모두 배에 실었군. 잘 있어라.

그리고 오필리아, 순풍 불고 배편이 되면,

잠만 자지 말고 안부 전해.

----

26 장소는 궁성 안 폴로니어스의 거처.

오필리아 　　　　　　　　　　　별걱정 다 하셔.

레어티즈　햄릿 왕자 말인데, 그의 객쩍은 호의,

그건 한번 그래보는 것, 젊음의 객기라 생각해.　　　　　5

그건 인생의 절정기 청춘의 제비꽃,

일찍 피나 오래 못 가고, 달콤하나 잠시뿐.

한순간의 향기로 잠깐 기쁨 주는 것,

그뿐이다.

오필리아 　　　그냥 그뿐?

레어티즈 　　　　　　　　그뿐이라 생각해라.

사람이 성장하면 근골과 몸집만　　　　　　　　　10

자라는 게 아니라, 이 성전[27]이 커지면서

속에 깃든 정신과 영혼의 예배, 봉사 의무도

함께 자라지. 지금은 아마 그가 널 사랑하고,

지금은 얼룩이나 속임수가 순결한 그의 뜻

더럽히지 않겠지. 하지만 두려워해야 돼,　　　　　15

지체 높으니, 그의 뜻은 그의 것이 아니야.

햄릿 왕자 자신은 출생에 매인 몸,

미천한 자들처럼 제 가고 싶은 길

제멋대로 갈 수 없어. 그의 선택에 달렸거든,

이 국가 전체의 안녕과 건강이.　　　　　　　　20

따라서 그의 선택은, 자신이 머리이긴 하나,

덴마크라는 몸뚱이[28]의 지지와 동의에

----

27 이 성전: 인간의 몸은 전통적으로 영혼이 기거하는 성전(聖殿)에 비유된다.
28 덴마크라는 몸뚱이: 국가를 몸에 비유하는 중세적 정치관에서 군주는 머리, 백성은 몸통에 해당한다.

제약받을 수밖에. 그럼 그가 널 사랑한다 말할 때
얼마만큼 믿어야 너답게 현명할까?
지위가 남달라 처신도 남다르기 마련인 그가   25
실행할 수 있는 만큼. 그런데 그건,
덴마크 사람 대다수가 동의하는 딱 그만큼이지.
그러니 네 평판이 어떤 손해를 입을지 재어봐,
사랑 노랠 너무 솔깃해서 듣거나,
마음을 뺏기거나, 네 정숙한 보물함을   30
걷잡을 수 없이 조른다고 열어준다면.
두려워해라, 오필리아, 두려워해, 누이야.
언제나 네 애정의 후위를 지키며
욕망의 사정거리와 위험 밖에 머물러라.
조신한 처녀라면 어여쁜 자태를   35
달²⁹에게 내보여도 족히 방탕한 짓이야.
미덕의 화신도 중상모략의 타격은 못 피해.
봉오리 채 벌어지기 전 너무도 흔히,
봄철 어린 꽃싹을 자벌레가 파고들고,
청춘의 영롱한 아침 이슬 속에는   40
전염성 마름병이 언제라도 발생할 수 있어.
그러니 조심해. 두려움이 최상의 안전책이야.
청춘은 제 자신을 배반해, 곁에 누가 없어도.³⁰

오필리아 이 좋은 교훈의 뜻 내 마음 파수꾼으로

---

29 **달:** 달은 여성의 순결을 상징한다.
30 **청춘은~없어도:** 젊은이는 외부자극이 없어도 충동을 자제하지 못하고
자신의 이성적 판단과 반대로 행동하기 일쑤다.

깊이 간직할게요. 하지만 오빠,   45
은총 잃은 몇몇 목사들이 그러듯,
내겐 천국 가는 험한 가시밭길 인도해놓고,
술살로 부푼 못 말리는 탕자처럼
자기는 앵초꽃 핀 환락의 길 거닐며,
제 입으로 한 충고는 아랑곳 않는,   50
그런 짓은 마요.
레어티즈   내 걱정은 하지 마라.
너무 지체했군.

폴로니어스 등장.

저기 아버지가 오시네.
축복이 곱절이면 은총도 곱절인데,
운수가 미소 지으니 하직 인사를 또 하겠군.
폴로니어스 아직 여깄냐, 레어티즈? 어여 배에 올라, 어여,   55
원 창피하게. 바람이 돛의 어깨에 앉았고,
다들 널 기다린다. 자, 장도를 축복한다.
그리고 이 교훈 몇 마디를 반드시
기억에 아로새겨라. 네 생각에 혀를 달거나,
섣부른 생각을 행동으로 옮기지 말 것.   60
친근하되 결코 값싸게 처신 말 것.
일단 사귄 친구는 겪어보아 괜찮으면
쇠테를 씌워 네 영혼에 꽁꽁 동여 묶되,
햇병아리 깃털도 안 난 건달들과 일일이

악수하느라 손바닥이 무뎌지면 안돼. 조심해, ⁶⁵
싸움 붙는 건. 허나 일단 붙었으면,
상대가 앞으로 널 조심하게 만들어.
누구든 귀를 주되, 찬동의 목소린 아낄 것.
누구 의견이든 들어두되, 네 판단은 미뤄둘 것.
옷은 지갑 사정껏 값진 것을 고르되, ⁷⁰
허식은 피하고, 고급하나 야하진 않게.
의복이 인품을 나타내기 일쑤거니와,
신분과 지체가 높은 프랑스 사람들은
옷차림새의 안목과 품위가 으뜸이거든.
돈은 꾸지도 꿔주지도 말 것. ⁷⁵
꿔주다보면 돈도 친구도 모두 잃기 일쑤고,
꾸다보면 절약 정신이 무뎌지기 마련이니까.
무엇보다 명심할 점 — 너 자신에게 진실할 것.
그리하면 밤 뒤에 낮이 오듯 자연스레,
누구에게도 거짓되지 아니할 것이야. ⁸⁰
잘 가거라. 축원컨대, 내 말이 네 안에서 무르익길.

레어티즈 아버지, 불초 소생 이만 하직하겠습니다.

폴로니어스 시간이 재촉한다. 가라, 하인들 기다린다.

레어티즈 잘 있어, 오필리아. 그리고 잊지 마라,
내가 한 말.

오필리아   기억 속에 자물쇠로 잠갔으니, ⁸⁵
열쇠는 오빠가 직접 맡아요.

레어티즈 잘 있어라.   (퇴장.)

폴로니어스 무어냐, 오필리아, 오빠가 뭐라 하던?

오필리아   저, 그게, 햄릿 왕자님 얘기예요.

폴로니어스   옳거니, 잘 생각했구먼.   90

듣자 하니 근자에 매우 빈번히 그분이

사사로이 너를 찾으시고, 넌 너대로

아주 기꺼이 후하게 만나드린다며?

그것이 사실이면— 누가 그리 귀띔하더라만,

주의하라면서 말이지— 내 네게 말해두는데,   95

네 처지를 네가, 내 딸답고 네 명예에 걸맞게,

똑똑히 알지 못한다는 얘기야.

둘이 무슨 관계냐? 사실대로 털어놓거라.

오필리아   왕자님께서, 아버지, 요즘 들어 여러번

제게 진심을 건네셨어요.[31]   100

폴로니어스   진심? 푸우, 풋내기 계집애 같은 소리.

이런 위태로운 처지를 겪어봤어야 말이지.

진심을 건넸다 했는데, 그걸 믿느냐?

오필리아   잘 모르겠어요, 아버지, 어찌 생각해야 할지.

폴로니어스   옳거니, 내 가르쳐주지. 가짜 돈을 건네받고   105

진짜라 여겼으니 너 자신을 철부지라

생각해. 좀더 비싸게 널 건네야지.

안 그러면— 가련한 말 재주 너무 부리다[32]

숨통 터질라— 네가 내게 바보[33] 하날 건네게 될 게다.

----

31 건네셨어요: tender. 1) 애정 따위 감정을 '준다', 2) 돈을 '지불한다'는 두
뜻이 겹쳐 있다. 오필리아가 첫째 뜻으로 쓴 것을 폴로니어스가 두번째 뜻
으로 비틂으로써, 감정의 문제가 상업적 거래의 성격을 띠게 된다.

32 말 재주~부리다: 1) '말장난을 한다', 2) 마상 마술 하듯 '말을 다룬다'는
두 뜻이 겹쳐 있다.

오필리아 　아버지, 제 사랑을 구하실 때 왕자님은　　　　　110
　　　　모양새를 반듯하게 갖추셨어요.

폴로니어스 　아무렴, 모양새야 반듯했겠지. 됐다, 됐어.

오필리아 　그리고, 아버지, 진심인 것을 다짐하려고
　　　　경건한 맹세란 맹세, 거의 다 하셨지요.

폴로니어스 　아무렴, 도요새[34] 잡는 덫이야. 내 잘 알지,　　115
　　　　피가 타오를 땐 얼마나 헤프게 영혼이
　　　　혓바닥에 맹세를 뀌주는지. 이 불꽃,
　　　　열보다 빛을 더 뿜는데, 뜨겁게 빛나리라
　　　　약속하는 바로 그 순간 열도 빛도 스러지니까,
　　　　그걸 불로 착각하지 말거라. 지금부턴　　　　120
　　　　처녀 몸이니 좀더 뜸을 들이며 만나고,
　　　　협상 명령을 냉큼 따를 게 아니라
　　　　담판에 응하는 댓가를 더 높게 매겨라.
　　　　햄릿 왕자는 젊은데다, 매인 바 있더라도
　　　　행동반경이 너보다 넓으니, 그를 믿더라도　　125
　　　　그 점 새겨서 믿어라. 한마디로, 오필리아,
　　　　그의 맹세를 믿지 마라. 그것은 뚜쟁이라,
　　　　차림새는 번듯해도 본색은 딴판이고,
　　　　불경한 속셈 채우려 애원할 뿐이니,
　　　　신성하고 경건한 계약인 양 졸라대도,　　　　130

---

33 바보: '바보'는 1) 잘못 처신해서 낭패를 겪을 오필리아일 수도, 2) 그 결
과 태어날 사생아일 수도, 3) 어리석은 자식을 둔 폴로니어스 자신일 수도
있다.
34 도요새: 잘 속는 새로 속담에 나온다.

더 잘 속이는 게 목적이다. 결론 삼아 이 한마디.

쉬운 말로 해서, 이 시간 이후 일순간도

햄릿 왕자와 언약을 하거나 대화 나누느라

욕되게 보내는 걸 허락하지 않는다.

명심해, 명령이니. 자, 가자.   135

오필리아   분부 따르겠어요, 아버지.   (퇴장.)

〔1막 4장〕

햄릿, 호레이쇼, 그리고 마셀러스 등장.[35]

햄릿   밤공기가 사납게 깨무는군, 무척 추워.

호레이쇼   살을 뜯어내듯 매섭군요.

햄릿   지금 몇실까?

호레이쇼   열두시 좀 못됐을 겁니다.

마셀러스   아니, 열두시 쳤어.

호레이쇼   그래? 난 못 들었는데.

그럼 유령이 곧잘 나타나는 때가 가까웠습니다.   5

        (나팔 소리가 울리고, 〔대포〕 두발이 발사된다.)

저하, 저 소리가 뭔가요?

햄릿   왕이 오늘 밤새워 잔치 벌여 축배 건배

---

35 장소는 엘시노 궁성의 망대.

퍼마셔대고, 으쓱으쓱 껑충껑충 춤도 춘다네.

왕이 라인산 포도주 잔을 단숨에 비워대면,

전하의 호쾌한 건배를 경하한답시고   10

쇠북과 나팔이 저렇게 요란을 떨지.

호레이쇼   관례인가요?

햄릿   응, 그렇긴 하다네.

난 여기서 태어나 여기 풍속을 유산처럼

물려받았지만, 지키기보다 깨는 편이 저 관례를

더 잘 떠받드는 것이라고 생각하네.[36]   15

이 뒷골 아픈 술판 탓에 사방에서 우리가

딴 나라 사람들 비방과 비난을 듣거든.

우리를 술고래라 부르는가 하면

야비한 칭호로 우리 이름에 흙칠을 하지.

사실 이런 술판은, 우리가 아무리   20

업적을 높게 쌓아본들, 그렇게 얻은 명성의

고갱이와 골수를 뽑아내버린다네.

그런 일은 개인들에게도 흔히 일어나지.

가령 태어날 때 천성에 박힌 사마귀처럼

제 잘못이라 할 수 없는 결점 때문에,   25

(출신을 골라 태어날 수는 없지 않은가?)

또는 어떤 기질이 과도하게 자라나

이성의 방벽과 보루를 허물기 일쑤인 탓에,

또는 어떤 잘못된 습관이 지나쳐

---

36 16~38행 이 뒷골~사기 일쑤지: 제1이절판에 없는 부분.

품행의 법도를 망치고 마는 탓에—   30
즉 자연의 선물이건 운명의 장난이건
한가지 허물의 낙인을 지녔기에,
다른 덕성이 은총처럼 지순하고
감당하기 버거울 만큼 한없을지라도,
바로 그 잘못 한가지 때문에 타락했다는   35
세평을 듣게 된다네. 나쁜 것 한방울이
고결한 본질을 모두 다 지워버리고
악평을 사기 일쑤지.

유령 등장.

호레이쇼   보세요, 저하, 나타났어요.

햄릿   천사들과 은총의 사자들이여, 우릴 지켜주소서!
그대가 구원의 혼령이든 저주받은 악귀든,   40
천국 영기를 몰아오건 지옥 독기를 몰아오건,
그대의 의도가 악하건 자비롭건,
물음에 응할 만한 모습으로 왔으니,
내 그대에게 말 걸겠노라. 그대를 햄릿, 왕, 아버지,
덴마크 임금이라 부르겠노라. 오, 대답하라.   45
몰라서 내 속 터지게 하지 말고, 말하라,
죽어서 입관되고 봉헌된 그대 유골이
왜 밀랍 먹인 수의를 찢고 나왔으며,
그대 조용히 묻히는 걸 우리가 보았는데,
왜 무덤이 육중한 대리석 아가릴 열고   50

그대를 토해냈는가? 무슨 까닭으로

송장이 된 그대가 다시 철갑 완전히 갖추고

흘낏거리는 달빛 아래 또 이렇게 찾아와

밤을 소름 끼치게 하고, 자연계의 어릿광대[37]인

우리의 마음자리를 우리 영혼이 범접 못할   55

생각들로 이토록 진저리 나게 뒤흔드는가?

왜 이러는지 말하라. 무엇 때문에? 어쩌라는 건가?

(유령이 손짓한다.)

호레이쇼   함께 가자고 손짓을 하는데,

무언가 전하고 싶어하는 것 같군요,

저하께만요.

마셀러스   보십시오. 정말 정중하게 저하께   60

좀 외진 곳으로 오시라고 손짓하네요.

하지만 가지 마십시오.

호레이쇼   안됩니다. 절대로.

햄릿   말을 하려 들지 않네. 그러니 따라가야지.

호레이쇼   가지 마십시오, 저하.

햄릿   왜, 뭐가 두려워서?

난 내 목숨을 바늘끝보다 하찮게 여기거니와,   65

내 영혼이야 저것이 어떻게 하겠나,

저 못지않게 영원불멸한 것인데?

저게 또 날 부르네. 쫓아가겠네, 저것을.

호레이쇼   저것이 저하를 꾀어 바닷가로, 또는

----

37 자연계의 어릿광대: 자연의 울타리 안에서 자연현상에 매여 살아가는 까
닭에 초자연적 현상에 두려움을 느낄 수밖에 없는 존재.

불거진 이마를 바다에 닿을 듯 밑동 너머 숙인 70

아찔한 절벽 꼭대기로 데려간 뒤,

거기서 다른 무슨 끔찍한 모습을 취해

이성의 통치권을 빼앗고 광기로

내몰면 어쩌시려고요? 생각해보십시오.

가뜩이나 저런 데서는 별다른 까닭 없어도, 75

천길만길 아래 바다를 내려다보며

울부짖는 파도 소릴 듣고 있노라면,

누구나 극단적 충동이 생깁니다.

햄릿   여전히 날 손짓해.

앞서라, 뒤따를 테니.

마셀러스 못 가시옵니다, 저하.

햄릿   손 치워.   80

호레이쇼 진정하십시오. 못 가십니다.

햄릿   내 운명이 고함쳐

이 몸속 자잘한 동맥[38]을 하나같이

네메아 사자[39] 힘줄처럼 굳세게 만드는구나.

여전히 날 불러. 이봐, 손을 놔.

맹세컨대, 날 막는 자는 원귀를 만들겠다. 85

썩 물러서라.── 앞서라, 뒤따를 테니.

(유령과 햄릿 퇴장.)

---

38 동맥: 원기를 몸에 전달한다고 여겨졌다.

39 네메아 사자: 그리스 신화에 나오는 괴물로 네메아 골짜기에 출몰한다.
헤라클레스는 미케네의 왕 에우리스테우스가 부여한 열두개의 과업 중 첫
번째로 이 사자를 죽인다.

호레이쇼   저하께서 헛된 생각에 막무가내시네.

마셀러스   뒤따르세. 분부대로 그냥 있을 순 없어.

호레이쇼   뒤쫓으세. 이 일이 장차 어찌 될까?

마셀러스   덴마크 왕국 안에 무언가 썩었어.   90

호레이쇼   하늘이 인도하시겠지.

마셀러스   아니네, 어서 뒤따르세.

                                        (모두 퇴장.)

〔1막 5장〕

유령 그리고 햄릿 등장.[40]

햄릿   어디로 데려가는가? 말하라, 더 가지 않겠다.

유령   잘 듣거라.

햄릿   그러지.

유령   시간이 거의 다 됐다,

       유황 끓는 고통스러운 불길에 내 몸을

       내맡겨야 할 시간이.

햄릿   아, 가련한 유령.

유령   날 동정치 말고, 내가 밝히는 것   5

       정신 차려 들거라.

----

40 장소는 엘시노 궁성의 망대.

1막 5장 43

햄릿	말하라, 꼭 듣고 말겠다.
유령	듣고 나면 꼭 복수해야 한다.
햄릿	뭐라고?

유령   나는 네 아비의 혼령,
일정한 기간 동안 밤에만 나다니고   10
낮에는 불길에 갇혀 단식하라는 심판을 받았다,
생전에 저질러진 추악한 죄가 불에 타 깨끗이
씻겨나갈 때까지. 내 감옥의 비밀을
말하는 것이 금지되지만 않았다면,
지극히 소소한 몇 마디만 들어도,   15
네 영혼이 써레질한 듯 찢어지고 네 젊은 피가
얼어붙으며, 네 두 눈이 안공에서 유성처럼
튀어나오고, 네 구불구불 매듭진 머리는 풀어져,
성난 고슴도치 바늘처럼 올올이 곤두서리라.
허나 이 영원계의 내력을 피와 살로 된 귀에   20
공포할 수는 없는 법. 듣거라, 오, 듣거라!
네가 진정 네 아비를 사랑한 적 있다면—

햄릿	오, 신이시여!
유령	이 악랄무도한 살인의 원수를 갚아다오.
햄릿	살인!

25

유령   참으로 악랄한 살인. 악랄하지 않은
살인이 있으랴만, 이것은 지극히
악랄하고 괴이하고 무도한 살인이다.

햄릿   어서 말해주오. 상념처럼, 임 그리는 마음처럼
빠른 날개로 휘익 날아서   30

	복수하러 가리다.
유령	태도가 가상타.

이 일에 네가 꿈쩍도 않는다면, 레테 강[41]

나루에서 한가로이 썩어가는 살찐 잡풀보다

더 둔하다 할 것이다. 자, 햄릿, 듣거라.

내가 정원에서 자다가 뱀에 물렸다고   35

말이 나 있고, 덴마크 사람들 모두 다

날조된 사망 원인에 감쪽같이 속고 있다.

하지만, 장한 청년아, 넌 알아야 한다,

네 아비 목숨에 독니를 박던 그 뱀이

지금 아비의 왕관을 쓰고 있다는 걸.   40

햄릿   오, 내 예감이 맞았어! 숙부!

유령   그렇다. 저 상피 붙는, 저 간통한 짐승이,[42]

요술 같은 꾀와 배신의 선물로—

오, 그렇게 꾀어낼 수 있다니, 그 꾀, 그 선물

간악도 하다!—수치스러운 제 욕정을 채우고자   45

더없이 정숙해 뵈던 왕비의 뜻을 낚았다.

오, 햄릿, 이 무슨 추락이냐,

내게서, 혼인서약에 어김없이 걸맞도록

사랑의 위엄을 지켜온 내게서, 천품이래야

---

41 레테 강: 그리스 신화 속의 강으로, 망자가 명계로 가려면 건너야 하는 저
승의 다섯 강 중 하나. 강물을 마시면 이승의 일을 잊는다고 해서 망각의
강이라고 불린다.

42 간통: 간통은 부부 간에는 성립되지 않으므로, 유령의 말대로라면 거트루
드는 남편 생전에 시동생과 불륜을 저지른 것이 된다. 유령의 말을 어디까
지 받아들일지는 논란거리다.

나에 비하면 하잘것없는 잡놈의 품으로
떨어지다니.
허나, 색정이 천국의 모습으로 구애를 해도
정절은 결코 흔들리는 일이 없고,
욕정은 광채 나는 천사와 짝지어도
천상의 잠자리에서 질리도록 포식한 뒤
썩은 고기에 또 덤비는 법이지.
그런데 가만, 새벽 공기 냄새를 맡은 듯하다.
짧게 말하마. 오후면 늘 하는 버릇대로
금원에서 오수에 잠겼을 때,
내가 방심하고 있는 시간에 네 숙부가
흉악한 독즙 병을 지니고 숨어들어,
문둥병 딱지 않게 하는 독즙을
몸의 입구인 내 귀에 부어넣었다.
독액은 효력이 사람 피와 절대 상극,
수은처럼 재빨리 온몸 속 천연 관문과
샛길을 내달린 뒤, 우유에 떨군 식초 방울처럼
갑자기 힘을 쓰며, 맑고 건강한 피를 굳힌다.
내 피도 그랬다. 나무껍질 같은 부스럼이,
꼭 문둥병처럼, 순식간에 여기저기 번지고,
독하고 진저리 나는 딱지가 뒤덮더구나,
내 매끈한 몸을 온통.
그렇게 나는, 잠결에, 아우의 손아귀에,
목숨, 왕관, 왕비를 단번에 빼앗기고,
내 죄업의 꽃들이 활짝 핀 채 잘려서,

성찬식도 도유식도 고해도 참회도 없이
생전의 온갖 죄상을 이마에 붙인 채
하느님의 심판대로 내쳐지고 말았다.
오, 무섭고, 무섭고, 참으로 무섭구나!
천륜을 네 안다면, 묵과하지 마라.
덴마크 왕의 침소가 음욕과 저주받은 80
근친상간의 소굴이 되지 않게 해라.
허나, 네가 이 일을 어찌해나가든,
네 마음을 더럽히지도, 네 영혼에 어미를
해하려는 무슨 궁리를 품지도 마라.
어미는 하늘에, 가슴속 박혀 찌르고 쏘는 85
가시 바늘에 맡겨라. 나는 곧 떠나련다.
반딧불이 신새벽 가까움을 알리며
힘 잃은 불빛을 거두기 시작하누나.
잘 있거라, 잘 있거라. 나를 기억해라.   (퇴장.)

햄릿   오, 천군 천사여! 오, 땅이여! 그리고 또? 90
지옥과도 작당할까? 아서라! 견뎌라, 견뎌, 내 심장,
그리고 너, 근육아, 뼈대야, 바로 늙지 말고
꼿꼿이 나를 지탱해다오. 기억하라고?
아무럼, 가여운 유령이여, 이 얼빠진 지구[43]에
기억이 자리 잡고 있는 한. 기억하라고? 95

---

43 지구: globe. 일차적으로 햄릿 자신의 머리를 뜻하는 것으로 보이나, 세상
자체를 의미할 수도 있겠다. 또, 셰익스피어가 소속된 극단의 주된 공연장
이름도 '글로브(지구)' 극장이다. '지구에 관객으로 자리 잡고 앉은 기억'
이라는 은유도 그래서 성립한다.

그러리다, 온갖 소소하고 유치한 기록들,
어린 시절 유심히 살펴보고 적어둔
책 속의 온갖 명언, 온갖 명구, 온갖 옛 인상은
기억의 수첩에서 지워 없애버리고,
그대의 명령만 내 머릿속 서책 안에   100
고고히 살게 하리다. 잡된 것과 섞지 않으리다.
그러고말고, 하늘에 맹세코!
오, 참으로 독한 여자!
오, 악당, 악당, 미소 띤 흉측한 악당!
내 수첩. 적어두는 것이 좋겠군,   105
미소에 미소 띠면서도 악당일 수 있다는 걸—
적어도 덴마크에서는 확실히 그럴 수 있지.   〔쓴다.〕
자, 숙부, 여기 적어뒀다. 이번엔 내 좌우명.
'잘 있거라, 잘 있거라, 나를 기억해라.'
그러리라 맹세했다.   110

          호레이쇼 그리고 마셀러스 〔외치면서〕 등장.

호레이쇼   저하, 저하.
마셀러스   햄릿 왕자님.
호레이쇼   하늘이여, 그분을 지켜주소서.
햄릿   〔방백〕 아멘.
마셀러스   휘어이, 휘, 휘이, 저하.   115
햄릿   휘어이, 휘, 휘이, 이봐. 오너라, 매야, 오너라.⁴⁴
마셀러스   괜찮으세요, 저하?

48

호레이쇼   어찌 되었습니까, 저하?

햄릿   오, 놀랍네!

호레이쇼   제발 왕자님, 말씀해주십시오.   120

햄릿   안돼, 누설할걸.

호레이쇼   아니요, 전, 저하, 맹세코.

마셀러스   저도 아닙니다, 저하.

햄릿   그럼, 어때, 사람 마음이 그걸 생각이나 할 수 있을까 ──

　　　그런데 비밀은 지킬 테지?   125

호레이쇼, 마셀러스   예, 맹세코.

햄릿   온 덴마크에 살고 있는 악당 가운데,

　　　내놓은 잡놈 아닌 자는 없어.[45]

호레이쇼   그런 말이라면, 왕자님, 굳이 유령이 무덤에서

　　　나올 것도 없지요.

햄릿　　　　　　　　그래, 옳아, 자네가 옳아.   130

　　　자, 그러니 아예 긴말 늘어놓을 것 없이

　　　악수들이나 하고 갈라지면 딱 좋겠어,

　　　자네들은 자네들 용무와 의향을 좇아 ──

　　　누구든 용무와 의향이 있지 않은가,

　　　그게 뭐든 ── 별 볼 일 없는 소생이야 뭐,   135

　　　가서 기도나 드리려네.

호레이쇼   갈팡질팡 갈피를 못 잡을 말씀만 하십니다, 저하.

----

44 오너라~오너라: 매사냥꾼이 사냥매를 불러들이는 소리. 햄릿의 말투에
　익살 띤 딴청이 섞여들기 시작한다.

45 온 덴마크에~없어: 햄릿이 유령이 말한 비밀을 밝히려다 말고 농담조로
　말을 돌린다.

햄릿　　　내 말에 마음 상했다면 미안하네, 진심으로 —

　　　　　정말 진심일세.

호레이쇼　　　　　　　마음 상할 일 없습니다, 저하.

햄릿　　　성 패트릭[46]에 맹세코 마음 상할 일 있네, 호레이쇼,　　140

　　　　　상해도 크게 상할 일. 아까 여기 허깨비 말인데,

　　　　　믿을 만한 유령이니, 그렇게만 알아두게.

　　　　　우리 둘 사이에 뭐가 있는지 궁금하겠지만,

　　　　　재주껏 참으시게. 자, 친구들,

　　　　　자네들은 친구요 학자요 군인이니,　　145

　　　　　옹색한 청 하나 들어주게.

호레이쇼　　　　　　　　　무언가요? 들어드리죠.

햄릿　　　오늘밤 본 것, 절대 입 밖에 내지 말게.

호레이쇼, 마셀러스　　저하, 내지 않겠습니다.

햄릿　　　아니, 맹세하게.

호레이쇼　　맹세코 저하, 저는 안 냅니다.　　150

마셀러스　　저도 맹세코 안 냅니다.

햄릿　　　내 칼에 걸고.

마셀러스　　저희들 이미 맹세했는데요, 저하.

햄릿　　　확실히, 내 칼에 걸고, 확실히.

유령　　　(무대 아래서 소리친다.) 맹세하라.　　155

햄릿　　　아하, 이보게, 그래볼까? 거기 계시나, 듬직한 양반?

　　　　　자, 어서, 땅속 저 친구 말 들었겠지.

　　　　　맹세한다고 승낙하게.

---

46 성 패트릭: 성 패트릭은 연옥을 지키는 성자로 알려져 있었으므로, 유령
이 출몰하는 상황에서 거명하기에 적합하다.

| 호레이쇼 | 맹세 내용을 부르시지요. |

| 햄릿 | 본 것을 절대 말하지 않기로. |

내 칼에 걸고 맹세하게.   160

| 유령 | 맹세하라. | 〔두 사람 맹세한다.〕 |

| 햄릿 | 무소부재 하신가? 그럼 우리가 자릴 옮기지. |

이리들 와서, 이 사람들아,

자네들 손을 다시 내 칼에 올리게.

내 칼에 걸고 맹세하게,   165

들은 것을 절대 말하지 않기로.

| 유령 | 그의 칼에 걸고 맹세하라. | 〔두 사람 맹세한다.〕 |

| 햄릿 | 지당하오, 두더지 영감. 땅속에서 그리 잽싸? |

대단한 공병일세! 이보게들, 또 한번 옮기지.

| 호레이쇼 | 원 세상에, 놀랍고 괴이한 일입니다.   170 |

| 햄릿 | 그러니 난생처음 본 길손처럼 반기게. |

천지간에는, 호레이쇼, 우리네 철학으로는

꿈도 꾸지 못하는 일들이 많다네.

그건 그렇고, 이리들 오게.

여기서 다시, 방금 했듯, 절대 않기로, 제발,   175

내 행동이 아무리 괴상하거나 망측해도 ──

짐짓 별난 언동을 하는 게 좋겠다고

내가 장차 생각하게 될 수도 있으니 ──

자네들이 그럴 때 날 보더라도,

이렇게 팔짱 끼거나, 이렇게 고갤 저으며,   180

'뭐, 우린 알지' '하자면 할 수 있지',

'말할 마음이 난다면' '해도 된다면 할 사람이야'

있지' 등등,

무슨 의심 살 만한 어구를 발하거나,

또는 그 비슷한 모호한 말을 내비치면서,   185

나에 관해 뭘 안다는 내색을 절대 않겠다고―

이걸 맹세하게. 그러면 자네들이 극히 어려울 때

하느님의 은총과 자비가 도울 걸세.

유령   맹세하라.   〔두 사람 맹세한다.〕

햄릿   쉬시게, 쉬어, 애끓는 혼령이여. 이보게들,   190

내가 온 사랑으로 앞일을 부탁드리네.

햄릿같이 별 볼 일 없는 인간이 자네들에게

사랑과 우의를 표할 길이 있다면,

신의 뜻인 한, 소홀히 않겠네. 함께 들어가지.

당부하네만, 입술엔 언제나 손가락을.   195

세상 관절이 다 어긋났어. 오, 저주스러운 악연,

내 굳이 태어나 이를 바로잡아야 하다니.

아닐세, 자, 함께 가세.[47]   〔모두 퇴장.〕

〔2막 1장〕

폴로니어스 노인이 하인 리날도와 함께 등장.[1]

---

47 아닐세~가세: 호레이쇼와 마셀러스가 예를 갖추며 햄릿 먼저 나가기
를 기다리자, 햄릿이 격식을 사양한다.

폴로니어스   이 돈과 편지를 그애한테 전해라, 리날도.

리날도   네, 그럽죠, 나리.

폴로니어스   그앨 찾아가기 전에, 리날도, 품행부터
　　　　　조사해두면, 놀랍도록 똑똑하게 굴었단 말을
　　　　　넌 들을 게야.

리날도 　　　　　　나리, 그럴 작정이었습니다.　　　　　5

폴로니어스   그렇지, 훌륭해, 정말 훌륭해. 이봐, 잘 들어.
　　　　　우선 빠리에 어떤 덴마크인들이 있는지,
　　　　　그 사람들 생활방식, 신분과 수입, 거처,
　　　　　교제 관계 및 씀씀이 등등을 탐문해라.
　　　　　이런 식으로 빙빙 에둘러 물어보아서　　　　　10
　　　　　상대방이 내 아들놈과 면식이 있음을
　　　　　알게 되면, 세세한 질문으로는 못 건드리는
　　　　　핵심으로 좀더 바짝 다가들어라.
　　　　　아들놈을 이를테면 어렴풋이 아는 체하며,
　　　　　가령, ‘내가 좀 알죠, 그 양반 부친, 친구들,　　　　　15
　　　　　또 그 양반 본인도 약간’, 이렇게— 알아듣겠냐?

리날도   네, 알고말고요, 나리.

폴로니어스   ‘또 그 양반 본인도 약간. 하지만’, 해놓고,
　　　　　‘잘은 아니고요. 그런데 내가 아는 그 양반이라면
　　　　　아주 난잡하고, 여차여차한 데 빠졌죠’ 하고 덧붙여라—　　　20
　　　　　그 어름에서 네 마음대로 뭐든 꾸며내 덮어씌워—
　　　　　물론, 불명예가 되게 독한 건 말고— 그건 조심해—

---

1 장소는 엘시노 궁성 안 폴로니어스의 거처.

허나 이봐, 젊고 분방한 시절에 으레 따라붙는

다들 아는 질탕, 난잡한 짓 따위 흔한 실수는 무방하다.

리날도   노름 같은 것요, 나리?

폴로니어스   응, 혹은 음주, 칼 놀음, 욕질,   25

싸움질, 계집질 — 거기까진 괜찮다.

리날도   나리, 그런 것이라면 불명예가 되겠습죠.

폴로니어스   아니지, 험담에다 양념을 잘 치면 되니까.

아이가 색골의 기질이 있다는 둥

별도의 구설거리를 보태는 건 안돼—   30

내 뜻은 그게 아니다. 아이 허물을 아주 교묘히 내풍겨서,

자유분방한 생활에 따르는 오점,

불같은 성질의 번쩍이는 폭발,

거친 혈기에 깃든 야성 같은,

누구에게나 있는 잘못으로 보이게 만들거라.   35

리날도   하지만 나리 마님—

폴로니어스   무엇 때문에 이러느냐고?

리날도   예, 나리, 그게 궁금합니다.

폴로니어스   아무렴, 나의 묘책을 알려주겠다.

내 생각엔 정당한 수법이야.

세상 공부에 세상 때가 좀 묻었다는 투로,   40

아이 얼굴에 이런 소소한 얼룩을 찍어놓으면,

잘 들어,

대화 상대, 그러니까 네가 떠보려는 사람은,

앞서 거론된 비행을 네가 허물 들춘 젊은이가

범하는 현장을 실제 본 적이 있다면,   45

분명코 이렇게 속을 내보일 것이다.

'형씨', 혹은 그 비슷하게, 혹은 '친구', 혹은 '선생' 등,

사람과 나라에 따라 다른 말투와 호칭을

쓰면서 말이다.

리날도   잘 알겠습니다, 나리.

폴로니어스   그리고 나서, 이봐, 그가 이걸 어—그가 어—내   50
가 무슨 말을 할 참이었지? 이것 참, 무슨 말을 할 참이었
는데. 내가 어디까지 했나?[2]

리날도   '이렇게 속을 내보일 것이다'까집쇼.

폴로니어스   '이렇게 속을 내보일 것이다', 그래, 맞아.

이런 식으로 말이다. '그분 알지, 봤는데'   55

'어제', 혹은 '그전 날', 혹은 이러저러한 때,

여차여차한 사람과 함께 있더이다,

'말씀대로, 놀음을 합디다', '술독에 빠졌더만',

'테니스 판에서 쌈판을 벌입디다', 혹은

'그 뭣을 파는 집에'— 말인즉슨, 갈봇집에—   60

'입장하는 걸 봤소', 기타 등등.

자, 보아,

거짓의 미끼가 진실이란 잉어를 낚는 묘수.

하여, 우리처럼 지혜와 식견을 갖추면

이리저리 에두르고 변죽을 울려서,   65

간접적 수단으로 직접적 사실을 찾아내는 법.

그러니 너도 앞서 준 훈시와 충고대로

---

2 그리고 나서~했나: 폴로니어스의 이 대사는 산문으로 되어 있다.

내 아들을 다뤄라. 알겠지? 알겠느냐?

리날도 나리, 알겠습니다.

폴로니어스 　　　　그럼 잘 다녀오너라.

리날도 안녕히 계십시오, 나리.

70

폴로니어스 그애 장단에 맞춰주거라.

리날도 그럽지요, 나리.

폴로니어스 　　　　음악 공부도 힘쓰라 이르고.

리날도 알겠습니다, 나리.　　　　　　　　　(퇴장.)

오필리아 등장.

폴로니어스 잘 가거라. 왜 그러느냐, 오필리아, 무슨 일이냐?

오필리아 오, 아버님, 아버님, 너무나 놀랐어요.

75

폴로니어스 아니, 대체 무슨 일로?

오필리아 아버님, 방에서 바느질을 하고 있는데,

　　　　햄릿 왕자님이 윗도리를 온통 풀어헤치고,

　　　　모자도 안 쓰고,[3] 더러워진 긴 양말은

　　　　대님이 풀려 발목에 차꼬처럼 걸린 채,

80

　　　　속옷처럼 창백한 얼굴로 무릎을 맞부딪게 떨며,

　　　　무시무시한 이야길 전하려고 지옥에서

　　　　막 풀려난 사람처럼 너무 가여운 표정으로,

　　　　제 앞에 나타나셔요.

폴로니어스 네 사랑 때문에 미친 것이냐?

---

3 모자도 안 쓰고: 당시에는 실내에서 모자를 쓰는 것이 예법에 어긋나지
　않았다.

오필리아   아버님, 잘 모르지만,

그런 것 같아 정말 두려워요.

폴로니어스   뭐라더냐?

오필리아 제 손목을 잡더니 꽉 움켜쥐시더군요.

그러고는 팔을 쭉 펴서 뒤로 물러나

다른 손을 이렇게 이마에 올리고는

제 얼굴을 요모조모 뜯어보기 시작하는데,   90

마치 제 얼굴을 그리려는 듯했죠. 한참 그랬어요.

이윽고, 제 팔을 조금 흔들고

머리를 세번 이렇게 끄덕이더니,

어찌나 가엾고 깊게 한숨을 내쉬는지,

왕자님 몸이 산산이 부서지고   95

숨이 끊어지는 듯했어요. 그러곤 절 놓아준 뒤,

어깨 너머로 고개를 돌린 채 나가시는데,

눈으로 보지 않고 길을 찾는 것 같았죠.

눈의 도움 없이 문밖으로 나가시면서

눈빛은 끝까지 제게 기울였으니까요.   100

폴로니어스   자, 함께 가자, 전하를 찾아뵈런다.

이게 바로 사랑에 기인한 이성상실증인데,

그 성질이 격렬하여 제 자신을 망치고

의지를 일쑤 극단적 행동으로 몰아가지,

하늘 아래 인간을 괴롭히는   105

모든 격정이 그렇듯 말이다. 유감이야⁴—

---

4 유감이야: 무엇이 유감인지는 폴로니어스의 다음 대사(111행)에서 가서야
  나온다.

뭐, 요사이 심한 말이라도 했느냐?

오필리아   아니요, 아버님, 하지만 분부대로,
편지들을 돌려보내고 절 찾지 마시라며
거절하긴 했죠.

폴로니어스   그 일 때문에 실성했구먼.   110
유감이야, 내 좀더 주의 깊고 분별 있게
그를 살피지 못한 것이. 그 양반이 널 그저
희롱하다 망치려 들까봐 걱정이었다.
아무튼, 미련하게 의심을 하다니!
그것참, 젊은 축들은 흔히 분별이 모자라고,   115
우리 또랜 원체 생각이 너무 앞서나가거든.
자, 우리, 전하를 뵈러 가자.
이 일은 아뢰야 한다. 왕자의 사랑을
비밀로 했다간, 숨겨서 부를 화가
발설로 살 역정보다 더 클 수도 있는 일.   120
가자.   (모두 퇴장.)

2막 2장

나팔 소리. 왕과 왕비, 로즌크랜츠와 길든스턴, 시종들과 함께 등장.[5]

----
5 장소는 엘시노 궁성 안.

왕   어서 오너라, 우리 로즌크랜츠, 길든스턴.
         너희들이 간절히 보고 싶던 차이거니와,
         너희에게 짐이 시킬 일도 생기고 하여
         급히 불렀다. 이미 무슨 이야기를 들었겠지,
         햄릿이 딴사람 된 것 말이다.   5
         사람이 겉도 속도 이전과는 딴판이니
         딴사람이라 할 수밖에. 선친의 별세 외에,
         저토록 지각을 잃은 까닭이 대체 무언지,
         나로서는 상상조차 할 수 없다. 부탁하건대,
         너희 둘은 퍽 어릴 때부터 그와 함께 자랐고,   10
         청년이 된 그의 품행도 퍽 가까이서 봤으니,
         부디 이곳 궁에 잠시 머물며 벗이 되어
         즐길 거리도 권해가며, 이삭 줍듯 기회껏 탐색해서
         최대한 알아내봐라, 짐이 모르는 그 무엇이
         왕자를 저렇게 괴롭히는 건 아닌지.   15
         일단 드러나면 치유책을 써볼 만한 그 무엇 말이다.

왕비   여보게들, 왕자가 자네들 얘기 많이 했네.
         내 확신컨대, 왕자에게 자네들만큼 아끼는 벗은
         세상에 또 없어. 자네들이 예와 선의로써
         기꺼이 우리와 잠시 시간을 보내며   20
         우리 소망 이루는 데 도움이 되어주면,
         자네들이 찾아준 것을 전하께서 기억하시고
         합당한 보상을 내리실 거네.

로즌크랜츠   두분 마마께서는
         신들에 대한 절대권능에 의거하여

지엄하신 뜻대로 명하시면 족하오니,   25
간청하실 것은 없사옵니다.

길든스턴   하오나 신들은
순종하겠사옵고 몸과 마음을 다하여
전하의 발아래 기꺼이 충성 바치며
분부 받자옵니다.

왕   고맙다, 로즌크랜츠 그리고 길든스턴.   30

왕비   고맙네, 길든스턴 그리고 로즌크랜츠.
부디 두 사람은 너무도 변한 내 아들을
즉시 찾아가주게. 자네들 중 누가
이분들을 햄릿 왕자 있는 데로 모셔라.

길든스턴   저희의 머무름과 임무 수행⁶이 왕자께   35
기쁨과 도움이 되기를 하늘에
기원하옵나이다.

왕비   아무렴, 아멘.

　　　(로즌크랜츠와 길든스턴 〔그리고 시종 한명〕 퇴장.)

　　　　　　　　폴로니어스 등장.

폴로니어스   전하, 사신들이 노르웨이에서 기쁨을 안고
돌아왔사옵니다.

왕   그대는 언제나 희소식의 아버지구려.   40

폴로니어스   그러하옵니까, 전하? 전하께 장담하옵니다만,

---

6 임무 수행: practice. '음모' '계략'이라는 뜻으로도 쓰인다.

소신은 제 의무를 제 영혼만큼 중히 여기옵니다.

하느님과 은혜로운 전하께 대한 제 의무 말씀입지요.

신이 감히 생각건대— 혹여 틀리면, 이 머리가

예전같이 국정 노선을 사냥개처럼 확실히　　　　　　45

냄새 맡지 못한다고 봐야겠지만— 햄릿 왕자

실성의 원인을 제대로 찾았사옵니다.

왕　　　오, 그걸 말해주오. 그걸 진정 듣고 싶소.

폴로니어스　　우선 사신들에게 배알을 허하소서.

제 보고는 큰 잔치 뒤 입가심 과일로 올리겠나이다.　　　50

왕　　　그대 친히 그들을 영접하여 들게 하시오.

〔폴로니어스 퇴장.〕

여보 거트루드, 그의 말이, 당신 아들

온갖 마음병의 근원을 찾아냈다는구려.

왕비　　아버지 죽음과 우리의 조급한 결혼,

그게 주된 원인이니 뭘 달리 찾았겠어요?　　　　　55

왕　　　하여간 잘 캐물어봅시다.

폴로니어스, 볼티맨드, 코닐리어스 등장.

어서들 오시오!

그래, 볼티맨드, 우리 형제 노르웨이 왕의 회답은?

볼티맨드　　전하의 인사와 덕담에 극히 정중히 화답하셨습니다.

운을 떼자마자 사람을 보내 조카의 모병을

중지시켰거니와, 폴란드 왕을 치려는　　　　　60

준비인 줄 알았건만, 조사해본 결과

실로 전하를 치려던 것임을 아시고는,
병들고, 늙고, 무력한 탓으로
조카에게 저리 우롱당한 데 통탄하시며
포틴브라스에게 모병 금지 및 출두의 영을 내리십니다. 65
그는 긴말 없이 이에 복종하고,
왕으로부터 질책을 들은 뒤, 결국,
다시는 전하에 맞서 무력 도발을 꾀하지
않기로 숙부 앞에서 맹세합니다.
그러자 연로한 노르웨이 왕은 기쁨에 겨워, 70
연 수입 삼천 크라운의 토지를 내리시고
기왕 모집한 군사는 폴란드 공략에
쓰도록 권한을 허락하는바, 아울러 하나
간청하신 사안은, 여기 소상히 나오다시피,

                                    〔문서 하나를 전한다.〕

이 원정대가 전하의 영토를 무사히 75
통과하도록 윤허해주십사 하는 것으로,
안전 보장의 방도 및 통과 허용의 조건은
거기 제시된 대로입니다.

왕   흡족하오.
숙고할 겨를이 나면 읽어보고 답하면서
이 일에 관하여 잘 생각해보겠소. 80
아무튼, 보람찬 노고를 치하하오.
가서 쉬시오. 밤에는 함께 축연을 즐기리다.
귀국을 진정 환영하오.

                        (볼티맨드와 코닐리어스 퇴장.)

폴로니어스   이 일은 잘 끝났사옵니다.

　　　전하 그리고 마마, 임금다움이 어떠해야 하며,

　　　신하의 의무는 어떠한지, 왜 낮은 낮, 밤은 밤,　　　　　85

　　　시간은 시간인지를 구태여 논구한다면,

　　　밤과 낮과 시간을 허비할 따름이지요.

　　　따라서, 간결함이 기지의 영혼이요

　　　장황함은 수족이자 외면적 치장인즉,

　　　간략히 아뢰겠나이다. 왕자께서는 광증이옵니다.　　　90

　　　광증이라 감히 아뢰거니와, 진정한 광증을 정의하자면,

　　　광증 외 아무것도 아닌 것 외 무엇이오리까?

　　　허나 일언이폐지하고.

왕비   말재간 빼고 핵심을 말하오.

폴로니어스　마마, 말재간은 맹세코 일절 안 부리옵니다.

　　　왕자가 광증임은 사실이요, 사실이라 유감이며,　　　　95

　　　유감이나 사실이옵니다. 아둔한 수사법인데 ─

　　　허나 접지요, 말재간은 안 부릴 작정인즉.

　　　왕자께서 광증이라 인정하고 나면

　　　남는 일은 이 결과의 원인, 혹은 이를테면

　　　이 결함의 원인을 찾는 것이옵니다.　　　　　　　　100

　　　이 결함적 결과[7]는 원인에서 발생하니까요.

　　　여차한 것이 남았고, 나머지는 저차한즉,

　　　숙고하시옵소서,

　　　제게 여식이 하나 있는데 ─ 슬하에 있는 동안만이지요 ─

---

7 결함적 결과: effect defective. 폴로니어스의 중언부언하는 표현. 이어지는
행에서도 폴로니어스는 제 말의 흐름을 놓친 채 어물거린다.

여식이 자식 도리와 순종심에서, 보시옵소서,

제게 이걸 건넸사옵니다. 헤아려 판단하소서.

(읽는다.) *천사 같은 내 영혼의 우상,*[8] *지극히 미화된 오필*

리아에게 ─ 이건 서툴러, 악문이야, '미화된'이라니 악

문이군. 허나 들어주소서 ─ *이 글을, 그대 출중한 새하*

얀 가슴에, 이 글을, 운운.   110

왕비   이것을 햄릿이 따님에게 보냈소?

폴로니어스   마마, 잠시만, 빠짐없이 읽어 올리겠나이다.

        별들이 불덩이임을 의심하고,

        태양이 움직임을 의심하고,[9]

        진실이 거짓이라 의심해도,   115

        행여 내 사랑만은 의심 마오.

오, 사랑스러운 오필리아, 난 이런 시구에 서툴다오. 내

신음을 운에 맞춰 시로 읊는 재주가 내게는 없소. 하지만

내 그대를 한없이, 오 지극히 한없이 사랑함을 믿어주오.

안녕히.   120

        이 육신의 틀이 남아 있는 한, 한없이 사랑스러운

        여인이여, 영원히 그대 것인,   *햄릿.*

---

8 천사 같은 내 영혼의 우상: 말을 다루는 재간이 탁월한 햄릿이 오필리아에
  게 보낸 이 '연애편지'는 문체로 보나 사용된 어휘로 보나 너무 엉성하다.
  전후 사정으로 보아 햄릿이 광기를 가장한 상태에서 쓴 것도 아니다. 햄릿
  이 왜 이런 편지를 썼는지, 그리고 셰익스피어가 햄릿으로 하여금 왜 이런
  편지를 쓰게 만들었는지는 무척 흥미로운 수수께끼다.

9 별들이~움직임을 의심하고: 햄릿은 자신의 사랑이 '별이 불덩이고 태양
  이 움직인다'는 (중세적) 천체론의 불변 진리보다 더 진실된 것이라고 내
  세운다. 그런데 그 '불변 진리'는 당시의 자연과학적 발견에 의해 이미 무
  너졌으므로, 햄릿의 진정성은 애초에 기댈 언덕이 없는 셈이다.

이 편지를 여식이 제게 순순히 보여줬고,

아울러 왕자께서 구애하신 정황을

시간과 방법과 장소에 따라 죄다　　　　　　125

제 귓속에 넣어주었사옵니다.

왕　　　그럼 경의 딸은 그의 사랑을 어떻게 받아들였소?

폴로니어스　소신을 어찌 생각하시옵니까?

왕　　　충직하고 고결한 양반이라고.

폴로니어스　기꺼이 기대에 부응하겠나이다. 하오나　　130

전하께서 어떻게 생각하시오리까,

이 뜨거운 사랑이 나래 펴는 걸 보면서도—

아뢰옵기 황송하오나, 여식이 일러주기 전에

제가 이미 알아채고 있었거니와 — 전하께서나

자애로우신 여기 왕비 마마께서 어찌 생각하시오리까,　135

만약 신이 책상이나 공책처럼 굴거나,[10]

마음의 눈을 감고 귀머거리, 벙어리 행세를 하거나,

이 사랑을 보면서도 무심히 방관했다면—

어떻게 생각하시오리까? 안될 일이지요. 단호히 나서서,

제 어린 여식에게 이렇게 말했사옵니다.　　　140

'햄릿 왕자님은 네 분수로는 턱도 없는 분이시다.

이건 안돼' 하고는 지시를 내렸사옵니다.

문 걸어 잠그고 왕자님을 맞지 말 것이며,

심부름꾼도 들이지 말고 정표도 받지 말라고요.

그리한 결과 아이는 제 훈계의 결실을 얻었고,　　145

---

10 책상이나 공책처럼 굴거나: 기록만 하고 말은 하지 않거나.

그분은, 퇴짜를 맞아 ── 짧게 말씀 올리자면 ──

슬픔에 잠기시고, 식음을 폐하시고,

잠을 못 이루시고, 심신이 쇠해지시고,

실성기를 보이시는 등, 차츰 악화되시더니,

결국 지금은 광증에 빠져 헤매시게 되니,   150

다들 슬퍼하고 있사옵니다.

왕   당신도 그리 생각하오?

왕비   그럴지도 모르지요. 썩 그럴싸하군요.

폴로니어스 '그러하옵니다'라고 신이 확언한 일이 ──

진정 알고 싶사옵니다만 ── 신의 생각과 달리

판명된 적이 있었사옵니까?

왕   내 알기론 없소.   155

폴로니어스 이 일이 달리 결판나면 이걸 여기서 떼시옵소서.

〔자기 머리와 어깨를 가리킨다.〕

단서만 있다면 신은, 설령 지구 한복판에

숨겼어도, 진실을 찾아내고야 말 것이옵니다.

왕   좀더 알아볼 방도는 없을까?

폴로니어스   아시다시피 왕자는 때로 여기 복도를 몇시간이고   160

서성대시옵니다.

왕비   그건 과연 그렇소.

폴로니어스   그럴 때 여식을 왕자께 풀어놓겠사옵니다.

전하와 전 휘장 뒤에서 두 사람 만나는 것을

지켜보면 되나이다. 그분이 여식을 사랑치 않고,

사랑 때문에 실성을 하신 게 아니라면,   165

이 몸도 국정 운영 보필을 그만두고

수레꾼들 부리고 농사나 짓겠사옵니다.

왕   어디 해봅시다.[11]

햄릿, 책을 읽으며 등장.

왕비   보세요, 가여운 것이 우울히 책을 읽으며 와요.

폴로니어스   자릴 피하시옵소서, 두분 마마, 어서.

제가 바로 상대해보겠나이다. 아, 물러들 가시오.[12]   170

(왕, 왕비〔그리고 시종들〕퇴장.)

햄릿 왕자님, 별고 없으시옵니까?

햄릿   그래, 안녕하신가?

폴로니어스   저하, 절 아시겠사옵니까?

햄릿   대단히 잘 알지. 생선 장수 아닌가?

폴로니어스   아니요, 저하.   175

햄릿   아니라면, 그들처럼 정직하기라도 하면 좋겠소.

폴로니어스   정직이라고요, 저하?

----

11 제1사절판에서는 다른 판본과 달리 바로 이 대목에서 오필리아를 미끼로
햄릿을 떠보려는 계획이 실행된다. 오필리아는 폴로니어스와 함께 이미 등
장해 있다. 거트루드가 퇴장하고 왕과 폴로니어스가 몸을 숨기면 햄릿이
"이대로냐, 아니냐"(To be, or not to be) 독백──다른 판본에서는 3막 1장
에 나오는──을 시작한다. 이어서 햄릿이 오필리아를 수녀원에 가라고 윽
박지른 다음 퇴장하고, 오필리아도 잠시 한탄하다 퇴장한다. 햄릿이 다시
들어오는 것을 보고 왕이 퇴장하면, 폴로니어스가 '저하, 절 아시겠사옵니
까?'라고 묻고 햄릿이 "대단히 잘 알지. 생선 장수 아닌가?"라고 답하는 부
분으로 연결된다. 제1사절판에서는 폴로니어스가 '코램비스'(Corambis)
로 이름이 바뀌었다. 『햄릿』판본에 관해서는 작품해설 I을 참조.
12 시종들에게 하는 말로 보임.

햄릿   그렇지. 정직하다면, 세상 돌아가는 꼴로 보아, 만명
        중 한명으로나 꼽힐 사람이지.

폴로니어스   그건 정말 그렇사옵니다, 저하.   180

햄릿   죽은 개 썩은 살도 입맞춤엔 제격이라, 태양의 입맞춤
        에 구더기 끓는다면[13]— 딸이 있던가?

폴로니어스   있지요, 저하.

햄릿   태양이건 태자건, 태 자는 멀리하라 이르게. 착상[14]은
        축복일세만, 자네 딸의 착상은— 친구, 잘 챙기시게.   185

폴로니어스   〔방백〕내 저럴 줄 알았어! 노상 내 딸 타령. 하지만
        처음엔 날 몰라보고 생선 장수라 했겠다. 한참 미쳤구먼.
        사실 나도 젊어 한땐 사랑 때문에 죽네 사네 했지, 거의
        이 지경으로. 다시 말을 걸어봐야지.— 뭘 읽으시나이
        까, 저하?   190

햄릿   말, 말, 말.

폴로니어스   어떤 사연인데요, 저하?

햄릿   누구와 누구의 사연이냐고?

폴로니어스   읽고 계신 책 내용 말이옵니다, 저하.

햄릿   험담이야, 험담. 이 독설가 놈이 여기 그랬군, 늙은이   195
        는 허연 수염에 얼굴은 쭈글쭈글, 눈에선 진하고 누런 자
        두나무 수액이 질질, 정신은 시도 때도 없이 오락가락,
        오금은 격하게 후들후들 — 이봐, 이 모든 걸 나 역시 정

---

13 태양의~끓는다면: 죽은 물체가 햇볕을 쬐면 구더기가 슨다고 생각되었
    다. 이 대사와 햄릿의 다음 대사는 태양(sun)과 태자(son)의 동음이의어 관
    계를 활용하여 그로테스크한 성애의 이미지를 농담인 듯 환기하고 있다.
14 착상: conception. 1) 발상, 생각의 형성, 2) 수태, 임신의 두 뜻이 겹쳐 있다.

말 힘차고 강력하게 믿는 바이네만, 그렇다고 이렇게 써 갈기는 건 예의가 아니지. 자네도, 이봐, 나만큼 나이 먹 을 것 아닌가—자네가 게처럼 뒷걸음을 칠 수 있다면 말일세. 200

폴로니어스 〔방백〕광증은 맞는데 조리가 있구먼.—바람 없는 곳으로 가시렵니까, 저하?

햄릿   무덤 속으로? 205

폴로니어스 맞군요, 거긴 바람이 없을 테니.—〔방백〕대답이 때론 대단히 깊은 의미를 잉태하는군—광증이 불쑥 던 지기 일쑤인 기발한 응답인데, 멀쩡한 제정신으론 저렇 게 근사한 걸 못 낳아. 왕자와 헤어진 다음, 딸아이와 만 나게 할 방도를 급히 궁리해봐야겠군.—저하, 허락하시 210 오면 이만 물러가겠사옵니다.

햄릿   그 허락만큼 기꺼이 내주고 싶은 것도 없어—내 목 숨, 내 목숨, 내 목숨 말고는.

폴로니어스 평안하십시오, 저하.

햄릿   이 지겨운 늙다리 멍청이들. 215

로즌크랜츠와 길든스턴 등장.

폴로니어스 햄릿 왕자 찾아들 가는구먼. 저기 계시네.

로즌크랜츠 안녕히 가십시오, 대감.   (〔폴로니어스〕퇴장.)

길든스턴 저하, 문안 올립니다.

로즌크랜츠 저하, 정말 뵙고 싶었습니다.

햄릿   정말 반갑네, 내 친구들! 어찌 지내나, 길든스턴? 아, 220

로즌크랜츠. 이봐, 둘 다 어때?

로즌크랜츠　이 세상 그렇고 그런 사람들처럼요.

길든스턴　복이 넘치지 않는 것을 복으로 여기며 살죠. 저희야
　　　　운명의 여신 모자 꼭대기에 달린 단추[15]까진 못되니까요.

햄릿　여신의 신발 바닥도 아닐 테지?　　　　　　　　　　　　225

로즌크랜츠　물론 아니죠, 저하.

햄릿　그렇다면 운명 여신의 허리께, 또는 총애의 한복판에
　　　　서 산다는 건가?

길든스턴　저희야 뭐 별 표 안 나게 사랑받지요.[16]

햄릿　운명 여신의 은밀한 부분에서? 오, 딱 맞는 말이야, 운　　230
　　　　명 여신은 창녀니까. 무슨 소식 있나?

로즌크랜츠　아니요, 저하, 하지만 세상이 정직해졌더군요.

햄릿　그렇다면 심판 날이 가까운 거지. 하지만 자네 소식은
　　　　사실이 아닐세.[17] 좀 자세히 묻겠네. 이 친구들, 운명 여신
　　　　에게 뭘 잘못했기에 이곳 감옥으로 쫓겨왔나?　　　　　　235

길든스턴　감옥이라니요, 저하?

햄릿　덴마크는 감옥이야.

로즌크랜츠　그렇다면 이 세상이 감옥이죠.

햄릿　멋들어진 감옥이지. 세상엔 감호소, 감방, 지하감옥도
　　　　많은데, 그중 덴마크는 최악일세.　　　　　　　　　　　　240

------

15 모자~단추: 운명 여신의 가장 높은 곳, 따라서 최고의 총애를 뜻한다.

16 저희야~사랑받지요: her privates we. 'privates'는 '은밀한 신체부위'라
는 뜻과, '사병' 또는 '평민'이란 뜻을 지니는데, 길든스턴이 후자의 뜻으
로— 또는 후자의 뜻에 전자의 뜻을 넌지시 실어서— 한 말을 햄릿은 대
뜸 전자의 뜻으로 받는다.

17 234~59행 좀 자세히~끔찍하게 따라붙는다네: 제2사절판에 없는 부분.

로즌크랜츠   저희 생각은 다릅니다, 저하.

햄릿   그래, 그렇다면 자네들에겐 감옥이 아니겠지. 좋고 나
         쁜 것이 따로 있나, 생각에 달렸지. 내겐 덴마크가 감옥
         일세.

로즌크랜츠   그야 뭐, 야망이 커서 그런 것 아니겠습니까. 저하 ₂₄₅
         의 마음을 담기엔 너무 협소하니까요.

햄릿   맙소사, 호두 껍데기에 갇혔어도 무한 영토의 제왕을
         자처하겠어— 나쁜 꿈만 꾸지 않는다면 말이지.

길든스턴   그 꿈이 바로 야망이죠. 워낙 야망가의 실체란 꿈의
         그림자일 뿐이니까요.¹⁸ ₂₅₀

햄릿   꿈 자체도 그림자일 뿐이지.

로즌크랜츠   지당하신 말씀. 제 생각에 야망이란 그 성질이 공
         기처럼 덧없어서 그림자의 그림자에 지나지 않습니다.

햄릿   그럼 거지들이야말로 실체고, 군주와 거들먹대는 영
         웅들은 거지의 그림자인 셈이군.¹⁹ 궁으로 가볼까? 사실 ₂₅₅
         말이지, 난 논리에 약하다네.

로즌크랜츠, 길든스턴   저희가 모시겠습니다.

햄릿   무슨 소리. 자네들을 내 시종과 같은 부류로 취급해서
         야 되겠나. 솔직히 말해 정말 끔찍하게 따라붙는다네. 친

---

18 워낙~뿐이니까요: 야망가는 자신이 일단 꿈꾸었던 것을 나중에 성취하
는 사람이므로 꿈을 모방하는 자, 즉 꿈의 그림자라고 할 수 있다.

19 그럼~그림자인 셈이군: 야망은 "그림자"이므로, 야망이 없는 거지는 실
체이고, 야망을 지닌 군주와 영웅은 실체의 그림자, 곧 거지의 그림자라 하
겠다. 로즌크랜츠와 길든스턴이 야망이란 주제를 빌미로 햄릿을 떠보려고
하자 햄릿은 그들의 논법을 극단까지 밀고 나감으로써 오류를 들춰내고
있다.

구로서 까놓고 묻는데, 엘시노에서 뭣들 하나?   260

로즌크랜츠   저하를 뵈러 왔지 다른 볼일은 없습니다.

햄릿   내 처지가 거지라 고마움을 표할 길도 궁하지만, 암튼
        고맙네. 하기야, 친구들, 내 고마움이야 고작 반푼어칠
        세. 불려 온 것 아닌가? 스스로 내켜서들 왔나? 자발적인
        방문인가? 자, 자, 곧이곧대로 말해봐. 자, 어서. 그러지   265
        말고 말하게.

길든스턴   저희가 무슨 말을 해야죠, 저하?

햄릿   요점만 비끼면 뭐든.[20] 불려 왔다고 자네들 표정이 이
        를테면 자백을 하고 있어. 자네들처럼 염치 있는 사람들
        이 무슨 재주로 가장을 하겠나. 내 알지, 전하와 마마께   270
        서 자네들 부른 거.

로즌크랜츠   왜 부르셨겠어요, 저하?

햄릿   그거야 자네들이 내게 가르쳐줘야지. 우정의 권리와
        다정했던 어린 시절의 우애와 항상 간직해온 사랑의 의
        무와, 그밖에 내가 언변이 좋았더라면 들이댈 만한 좀더   275
        소중한 그 무엇을 내세워, 내 자네들에게 엄숙히 간청하
        네만, 불려 온 건지 아닌지 곧이곧대로 말해주게.

로즌크랜츠   〔길든스턴을 향해 방백〕 어쩔까?

햄릿   아니지, 내가 지켜보고 있는데. 날 사랑한다면 말을 사
        리지 말게.   280

길든스턴   저하, 저희는 불려 왔습니다.

햄릿   그 이유는 내가 말하지. 내가 선수를 쓰면 자네들은

....

20 요점만 비끼면 뭐든: Anything but to th'purpose. 햄릿의 빈정거리는 반
  어법.

이유를 밝힐 것도 없고, 전하와 마마께 한 비밀 약속도
털끝 하나 다치지 않을 테지. 최근 들어 왠지 매사가 울
적해져서 즐기던 운동경기들마저 손을 놓았네. 심사가   285
하도 무겁다보니 지구라는 이 근사한 얼개는 그저 허공
에 돌출한 불모의 땅덩이로만 보이고, 이 지극히 빼어난
덮개, 대기, 보게나, 우리 위에 걸린 이 멋들어진 창공, 황
금의 불로 수놓아진 이 장엄한 지붕, 글쎄, 이것도 내겐
그저 더럽고 해로운 독기덩어리로만 보이는군. 인간이   290
란 정말 대단한 걸작 아닌가? 이성은 얼마나 고결하고
능력은 얼마나 무한하며, 형상과 동작은 얼마나 반듯하
고 장하며, 행동은 얼마나 천사 같고 이해력은 또 얼마나
신과도 같은가! 세상의 꽃이요 짐승들의 귀감이지— 하
지만, 내게, 이 티끌 중의 티끌이 다 뭐란 말인가? 난 인   295
간이 시들해²¹— 여자도 마찬가지야, 웃는 걸 보니 자네
들은 달리 생각하는 모양이지만.

로즌크랜츠 저하, 그런 생각 전혀 없었습니다.

햄릿 자네들 그럼 왜 웃었나, 인간이 시들하다고 했을 때?

로즌크랜츠 저하가 인간에게서 낙을 얻지 못하신다면, 저하,   300
저 배우들이 저하에게서 얼마나 썰렁한 대접을 받을까
싶었거든요. 궁으로 오는 길에 그들을 지나쳤는데, 왕자
님을 모실 작정으로 이리 오는 중이라더군요.

-----

21 난 인간이 시들해: Man delights not me. 햄릿은 남녀 불문코 인간이 즐거
움을 주지 못한다는 뜻으로 한 말이지만, 로즌크랜츠와 길든스턴은 '남자'
가 시들하다 —따라서 여자는 시들하지 않다—는 뜻으로 듣고 웃은 듯
하다. 하지만 이어지는 대화에서 두 사람은, 사실이 어떻든, 자신들 웃음을
달리 설명한다.

햄릿   왕 역할을 하는 자는 환영받을 터—내 전하께 찬사를
        바칠 것이고, 모험 길에 나선 기사는 칼과 방패를 마음껏   305
        쓸 것이며, 연인의 한숨은 헛되지 않을 것이고, 괴팍한
        인물은 역할을 무사히 끝마칠 것이며, 어릿광대는 건드
        리기만 해도 허파가 터지는 자들의 웃음보를 터뜨리고,
        귀부인은 제 속을 마음껏 털어놓을 것이다—안 그랬다
        간 대사의 운율이 절뚝거릴 테니. 어떤 배우들인가?   310

로즌크랜츠   저하께서 즐겨 보시곤 하던 바로 그 배우들, 수도
        의 배우들이죠.

햄릿   어쩌다 지방순회를 하게 됐지? 도시에 머무는 편이 명
        성과 수입 양면에서 더 나을 텐데.

로즌크랜츠   도시 공연이 금지된 건 최근의 사태 때문인 듯합   315
        니다.²²

햄릿   내가 수도에 있을 때처럼 평판이 좋은가? 그때같이 인
        기가 있나?

로즌크랜츠   아니요, 사실 그렇질 못합니다.²³

햄릿   어째 그래? 연기력이 녹슬었나?   320

로즌크랜츠   아니요, 노력이야 늘 하던 대로 열심이지요. 하지
        만 새끼 매 같은 어린애 배우 패거리가 출현해 목청껏

---

22 도시 공연이~듯합니다: 1601년 엘리자베스 여왕의 총신 에식스 백작이
런던에서 대중봉기를 시도하다 실패하고 사형당한 사건이 있었다. 그 일
때문에 런던에서 연극 공연이 금지되진 않았지만, 당시에는 정정이 불안
하면 도시에서 연극 공연이 흔히 금지되었고, 그 결과 극단은 지방순회 공
연에 나서야 했다. 소년극단이 폭발적 인기를 끈 것도 '성인극단'을 지방
공연으로 내몬 요인 중 하나였을 것이다.
23 320~40행 어째 그래~애들 차진걸요: 제2사절판에 없는 부분.

시비를 걸면서 무지막지한 갈채를 받고 있죠. 이게 요즘 유행하면서 일반극장을[24]— 걔들이 그렇게 부르죠— 시끄럽게 헐뜯어대는 통에, 칼 찬 멋쟁이들도 거위 깃펜이 무서워 그쪽엔 함부로 얼씬도 못하지요.[25]

햄릿　뭐, 어린애들이라고? 걔들은 누가 거느려? 대우는 어떤데? 변성기가 될 때까지만 배우 노릇을 할 건가? 애들이 자라서 일반 배우가 되면— 그리되지 않겠나, 더 나은 방도가 없다면— 자기네가 이어받을 직업을 규탄하게 시켰다고 극작가들을 나중에 탓하지 않을까?

로즌크랜츠　사실, 양쪽에서 어지간히 난리들을 치고, 대중도 그 시비를 부추기는 건 죄가 아니라고 여긴다니까요. 극작가와 배우[26]가 이 일로 주먹다짐하는 장면이 안 나오는 대본은 한때 돈이 되질 않을 지경이었죠.

햄릿　그럴 수가?

길든스턴　아, 머리싸움이 대단했죠.

햄릿　아이들이 이기나?

로즌크랜츠　예, 애들이 이기죠, 헤라클레스와 그의 짐까지[27] 애

....

24 새끼 매~일반극장을: 1600년에서 1608년 사이, 소년들로 구성된 극단이 사설극장(private theatre)인 블랙프라이어스 극장을 근거지로 성황리에 공연을 이어갔다. 사설극장은 셰익스피어의 연극이 주로 공연되었던 글로브 극장과 같은 대중극장에 비해 시설도 더 좋고 좀더 고급한 관객층을 상대했으며 입장료도 비쌌다. 일반극장은 대중극장을 뜻한다.

25 칼 찬~못하지요: 극작가들의 사나운 풍자가 두려워 대중극장 출입을 조심한다는 뜻.

26 극작가와 배우: 소년극단의 극작가와 일반 배우.

27 헤라클레스와 그의 짐까지: 그리스 신화에 따르면, 평소에 지구를 어깨로 떠받치고 있던 아틀라스가 일시적으로 헤라클레스에게 지구를 맡긴 적이

들 차진걸요.

햄릿   그리 이상할 것도 없지. 숙부께서 덴마크 왕이신데, 아
        버님 생전에는 숙부를 보면 입을 삐죽거리던 자들이 한
        장에 이십, 사십, 오십, 백 더컷[28]을 내고라도 숙부 소형
        초상화를 사거든. 젠장, 이건 뭔가 자연스럽지 못한 구석
        이 있는데, 철학자라면 뭔지 알려나.

                                              (나팔 소리.)

길든스턴   배우들이 왔군요.

햄릿   이보게들, 엘시노에 잘 왔네. 손 이리 내, 자, 어서. 환
        영에는 격식과 절차가 따르는 법이지. 이런 식으로 예법
        을 갖추도록 해주게— 배우들을 맞으면 환영의 뜻이 겉
        으로 싹싹하게 드러나야 하는데, 배우들 대접이 자네들
        대접보다 더 나아 보이면 곤란하지 않겠나. 잘들 왔네.
        그런데 숙부 겸 아버님과 숙모 겸 어머님께서는 속고 계
        시네.

길든스턴   무얼 말씀입니까, 저하!

햄릿   난 북북서로만 미쳤을 뿐이야.[29] 남풍이 불 때면 매와
        톱을 구별할 수 있거든.[30]

있다. 지구를 떠받치고 있는 헤라클레스의 모습이 셰익스피어 소속 극단
이 공연한 글로브 극장의 표지 중 하나였던 것으로 보인다.

28 더컷: 덴마크를 포함한 유럽 여러 나라 금화를 일반적으로 부르는 이름.

29 난 북북서로만 미쳤을 뿐이야: 정신이 정북 방향을 유지하는 것을 정상으
로 치면, 북북서는 정북에서 조금 어긋난 것이므로 아주 약간만 미쳤다는
뜻이 된다. '전방위적으로 모든 면에서 미친 것이 아니라 특정 방위, 즉 특
정 측면에서만 미쳤을 뿐'이라는 뜻으로, 또는 '북북서에서 바람이 불 때만
미쳤다'라는 뜻으로도 해석할 수도 있다.

30 남풍이~있거든: 정신이 온전할 때에는 매와 톱을 구별할 수 있다는 뜻인

폴로니어스 등장.

폴로니어스 안녕들 하시오, 여러분.

햄릿   잘 들어, 길든스턴, 그리고 자네도— 두 귀 쫑긋 세우

고. 저기 뵈는 저 커다란 아기는 아직 갓난애 포대기 신

세도 못 면했어.   360

로즌크랜츠 두번째로 포대기 신세가 됐는지도 모르지요. 노인

이 되면 다시 어린애라고들 하니까요.

햄릿   내 예언하지, 저 양반, 배우 이야기를 하러 왔어. 잘

봐.— 그래, 자네 말이 맞아, 어느 월요일 아침, 정말 그

때였어.[31]   365

폴로니어스 저하, 전할 새 소식이 있사옵니다.

햄릿   저하, 전할 새 소식이 있사옵니다. 로시우스[32]가 로마

에서 배우로 이름을 날릴 당시—

폴로니어스 배우들이 여기 왔습니다, 저하.

햄릿   됐네, 됐어.   370

폴로니어스 제 명예를 걸고—

햄릿   그렇다면 배우들은 저마다 나귀를 목에 걸고 왔군.[33]

───────────────

데, 정신이 말짱한 사람이라면 유사성이 전혀 없는 매와 톱을 구별하는 것

이 무슨 대단한 능력인 것처럼 말하지 않을 것이다. 말을 듣는 사람은 햄릿

의 정신이 오락가락한다고 생각할 수도 있겠다.

31 그래, 자네~그때였어: 폴로니어스 이야기를 하다가 폴로니어스를 못 본

척하며 다른 이야기를 하는 중이었던 것처럼 딴청 부리는 말.

32 로시우스: 고대 로마 최고의 명성을 누렸던 배우. '새 소식'거리로는 너무

옛 인물이다.

폴로니어스　세계 최고의 배우들이옵니다. 비극, 희극, 역사극, 전원극, 전원희극, 역사전원극, 역사비극, 비희극적 역사 전원극, 장소의 통일성을 지키는 극이나 무시하는 극 등 375 못하는 것이 없지요. 세네카 비극이 아무리 묵직하고, 플라우투스 희극이[34] 아무리 가벼워도 너끈히 처리해냅니다. 극작 규칙을 따르는 극이건 따르지 않는 극이건, 이만한 배우들은 없사옵니다.

햄릿　　오, 이스라엘의 판관 입다[35]여, 그대는 참으로 보배를 380 지녔도다!

폴로니어스　무슨 보배였나이까, 저하?

햄릿　　그거야 뭐,

　　　　　　어여쁜 딸 하나 오로지 하나,

　　　　　　금지옥엽 애지중지 딸 하나. 385

폴로니어스　〔방백〕 노상 내 딸 얘기구면.

햄릿　　내 말이 맞지 않아, 입다 영감?

폴로니어스　저를 입다라 부르신다면, 저하, 저도 금지옥엽 사랑하는 딸이 하나 있사옵지요.

---

33 그렇다면~걸고 왔군: 폴로니어스의 대사 "배우들이 여기 왔습니다" "제 명예를 걸고"를 비틀어 조롱하는 말. 그의 명예는 고작해야 얼간이 즉 나귀(ass) 같은 것이므로, 배우들은 나귀를 목에 걸고 온 셈이 된다.

34 세네카~희극이: 세네카와 플라우투스는 각각 고대 로마 최고의 비극 작가, 희극 작가다.

35 이스라엘의 판관 입다: 구약성서에 의하면 입다는 암몬 사람들과 싸워 이기면 개선 중 처음 눈에 띄는 생명을 제물로 바치겠다고 맹세하는데, 결국 제 딸이 희생제물이 된다. 딸은 처녀 몸으로 죽는 것을 한탄하며 죽는다. 「이스라엘 판관 입다」는 널리 알려진 민요의 제목이기도 하다. 뒤에서 햄릿이 그 민요를 인용한다.

햄릿　　아니, 그렇게 연결되진 않아.[36]　　　　　　　　　　　　

폴로니어스　　어떻게 연결됩니까, 저하?

햄릿　　그야 뭐,

　　　　　　　　　　신만 아시는 운명인 듯,

　　　그뒤는 이렇지,

　　　　　　　　　　그 일 일어났지, 그럴 줄 알았지.　　　　　395

　　　이 경건한 노래 일절에 좀더 나오는데, 보게, 저 배우들

　　　이 내 말을 자르는군.

　　　　　　　　　　배우들 등장.

　　　여러분, 어서 오시게. 다들 잘 오셨네.— 안녕들 하니 기

　　　쁘군.— 어서들 오시게, 반가운 친구들.— 오, 오랜 친

　　　구, 아니, 못 본 사이에 얼굴에 수염으로 휘장을 둘렀군.　400

　　　덴마크에서 수염으로 날 겁주시겠다 이건가?— 아니,

　　　아가씨도 오셨네.[37] 이런, 아가씬 저번에 뵀을 때보다 구

　　　두 뒤축만큼 천국에 더 가까워졌어. 부디 아가씨 목소리

　　　만큼은 못쓰게 된 금화처럼 동그라미 안쪽이 갈라지지

　　　않길.[38]— 여러분, 다들 잘 오셨네. 우리 어디 프랑스 매　405

---

36 아니, 그렇게 연결되진 않아: 햄릿이 폴로니어스를 입다라고 부른 것과
　폴로니어스에게 딸이 있다는 사실이 논리적으로 연결되지는 않는다는 뜻.
　이어지는 대사에서 폴로니어스가 논리적 연결을 되묻지만 햄릿은 이 질문
　을 노래가 어떻게 이어지는가를 묻는 것으로 오해하는 척 딴청을 부린다.

37 아가씨도 오셨네: 당시 극중 여자 역할은 대체로 소년 배우가 담당했다.

38 동그라미~갈라지지 않길: 표면에 찍힌 왕의 얼굴 주위의 원이 손상된 금
　화는 사용할 수 없었다.

사냥꾼처럼 닥치는 대로 한번 해치우세. 이 자리에서 바로 한 대목 들어보자고. 자, 여러분들 솜씨 좀 맛보게 해주게나. 자, 비장한 대사 한 대목.

배우 1   어떤 대사로 할까요, 저하?

햄릿   자네가 대사 한 대목 읊는 걸 들은 적이 있는데, 공연 410
은 하지 않았지, 아마, 했더라도 단 한번 하고 말았을 테
고—그 연극이 내 기억으론 대중에게 별 인기가 없었
거든, 일반 관객에겐 생소한 상어알 요리³⁹ 같았으니까.
하지만 그 대본, 내 생각엔—그리고 그런 일에 관한 식
견이 나보다 윗길인 다른 사람들 생각에도—훌륭했다 415
네. 장면의 짜임새가 깔끔하고, 문체도 절제와 기교를 고
루 갖추었더군. 누가 평하던 것이 기억나네. 대사에 잡스
러운 양념을 쳐서 내용의 맛을 돋우려 들지 않았다, 문
구에도 가식이라는 비난을 들을 만한 점이 없다, 하지만
구성이 정직해서 흥미로우면서도 건실하고, 화려하다기 420
보다는 자연스럽고 우아하다고 했지. 대사 하나를 각별
히 좋아했는데—아이네아스가 디도에게⁴⁰ 전하는 이야
기—그중에서 특히 프리아모스⁴¹의 살해에 관해 말하는
대목 부근일세. 그 대목이 자네 기억에 살아 있다면, 이
행에서 시작하게—어디 보자, 어디 보자— 425

험상궂은 피로스, 히르카니아의 호랑이처럼—

---

39 상어알 요리: 당시로서는 낯선 음식.
40 아이네아스가 디도에게: 아이네아스는 트로이아의 장군이자 로마의 신화
적 선조. 트로이아 패망 후 유랑하다 카르타고에 한동안 정착한다. 디도는
카르타고의 여왕으로 아이네아스를 사랑한다.
41 프리아모스: 트로이아 전쟁 당시 트로이아의 왕.

이게 아니야. 피로스[42]에서 시작하는데—

험상궂은 피로스, 불길한 목마 속에

웅크리고 있을 때, 그의 속셈처럼 시커먼

흑담비 갑옷이 칠흑의 밤을 닮았더니,   430

이제 그 무섭고 검은 형상을 더욱 살벌한

빛깔로 뒤발랐네. 머리부터 발끝까지

이제 그는 온통 붉은빛, 아비어미들 그리고

아들딸들의 피를 뒤집어쓴 끔찍한 모습.

불타는 거리의 열기로 피는 몸에   435

바짝 말라 달라붙고, 거리는 제 임금의

참살 장면에 포학하고 흉측한 빛을

비추는구나. 분노와 불길에 그을리고,

온몸은 엉긴 핏덩이로 칠갑한 채,

홍옥[43] 같은 눈 번득이며, 악귀 같은 피로스   440

노왕 프리아모스를 찾누나.

이제 자네가 이어받게.

폴로니어스 훌륭하시옵니다, 저하. 좋은 발성에, 억양도 좋고

표현도 좋사옵니다.

배우 1   금방 찾고 보니,

프리아모스는 그리스군을 치려 하나 닿지 않고,   445

소싯적 쓰던 칼은 팔의 뜻을 거역하며,

땅에 떨어져 누운 채 명을 좇지 아니한다.

....

42 피로스: 트로이아 전쟁의 영웅 아킬레우스의 아들. 아버지의 원수를 갚으
러 트로이아에 온다.

43 홍옥: 불처럼 붉은 빛깔의 보석으로, 스스로 빛을 낸다고 생각되었다.

적수가 못되거늘, 피로스 달려들어
노왕을 내려치니, 분김에 칼은 빗나가나
사나운 칼이 휙 하고 칼바람 일으키고   450
노쇠한 왕이 쓰러지네. 무심한 트로이아 성도
그때 이 일격 느끼는 듯, 불타는 성루가 바다으로
주저앉는데, 그 끔찍한 굉음이 피로스의 귀를
포로로 잡는구나. 보라, 그의 칼,
프리아모스의 백발노두에 떨어지나 했더니   455
얼어붙은 듯 허공중에 멈추었네.
이렇듯, 그림 속 폭군처럼 멈춰 선 피로스,
의지와 결행 사이에 엉거주춤 끼인 채
아무것도 않는다.
폭풍 전에 우리가 일쑤 보듯이   460
하늘이 고요하고, 높은 구름이 꼼짝 않고,
불손한 바람이 말을 잃고, 대지가
죽음처럼 숨죽이다, 갑자기 무서운 천둥이
하늘을 찢는 것처럼, 잠시 멈췄던 피로스
치받친 복수심에 다시금 분발하니,   465
영원히 깨지지 않게 벼려진
군신 마르스의 갑옷 내리치던 키클롭스[44]의 철퇴도,
프리아모스를 막 내리치는 피 듣는 칼처럼
무자비하진 않았으리.
꺼져라, 꺼져, 너 창녀 운명 여신!   470

---

44 키클롭스: 그리스 신화에 나오는 외눈박이 거인.

> 신들은 총회 열어 여신의 권능 빼앗고,
> 여신의 수레바퀴 살과 테를 부순 뒤,
> 둥근 바퀴통일랑 하늘 언덕 아래로 굴려
> 지옥 악귀에게 떨어지게 하라.

폴로니어스 이건 너무 길군.   475

햄릿 이발소로 보내지, 그대 수염과 동행해서.──자, 계속
하게. 저 양반은 왁자그르르한 뒤풀이나 음담패설 체질
이라, 아니면 졸거든. 자, 계속, 헤카베[45] 장면 해보게.

배우 1 *허나 누가 ── 아, 슬프다!──보자기로 얼굴 감싼 왕비*
를 보았다면──

햄릿 '보자기로 얼굴 감싼 왕비'라.   480

폴로니어스 그것 좋구면.

배우 1 *맨발로 이리저리 뛰며, 앞을 가리는 눈물로*
불길을 위협하고, 보관 없었던 머리엔
보자기를 썼고, 옷이라곤 너무 많은
자식 낳아 깡마른 허리께에 혼비백산   485
엉겁결에 포대기 한장 주워 걸쳤구나 ──
누가 보았다면 혀끝에 독을 적셔
운명 여신 통치에 반역을 선포했으리.
신들이 그때 몸소 왕비를 보았더라면,
피로스가 남편의 사지를 난도질하며   490
악의에 차 분탕질하는 모습을 보는 순간
왕비가 터뜨린 울부짖음 들었더라면,

───────────────
45 헤카베: 트로이아 왕 프리아모스의 아내.

> *신들이 인간사에 아예 무심치 않을진대,*
> *하늘의 불타는 눈들도 눈물 젖 흘리고*
> *신들도 격정에 휩싸였으리.* 495

폴로니어스 보시옵소서, 저자가 낯빛이 바뀌고 눈물까지 글썽
　　이는군요. 자, 그만해.

햄릿 잘했네. 나머지 대목도 곧 마저 듣도록 하겠네.— 대
　　감, 대감께서 배우들이 편히 쉬도록 조처해주겠소? 내
　　당부하건대, 저들을 잘 대접하시오. 저들이야말로 시대 　　500
　　의 축도이자 압축된 연대기니까. 살았을 때 저들의 악평
　　을 듣느니 죽은 뒤 나쁜 묘비명을 얻는 편이 차라리 나
　　을 것이오.

폴로니어스 저하, 분수에 맞게 대접하겠나이다.

햄릿 그것참, 사람도, 훨씬 더 잘 대접하시오. 사람을 모두 　　505
　　분수에 맞게만 대접한다면, 채찍질 면할 자 누가 있겠
　　소? 대감의 명예와 체신에 걸맞게 대접하시오. 저들의
　　분수에 넘칠수록 그대 선심의 공덕은 더 커질 것이오. 맞
　　아들이시오.

폴로니어스 여보게들, 가세나. 　　510

햄릿 친구들, 저이를 따라가게. 내일 연극 한편 볼 생각이
　　네. 〔배우 1에게〕 이보게, 할 말이 있네. 자네, 「곤자고 살
　　해」할 수 있겠나?

배우 1 네, 저하.

햄릿 내일밤 그걸 공연할 것이네. 혹 필요하다면 열두어줄 　　515
　　에서 열대여섯줄쯤 되는 대사 하나 외울 수 있겠나? 내
　　가 써서 끼워넣을까 하는데, 할 수 있겠지?

배우 1   네, 저하.

햄릿   아주 좋군. 〔배우들 모두에게〕 저 대감을 따라가게나.

　　　　하지만 놀리면 안되네.[46]   （폴로니어스와 배우들 퇴장.） 520

　　　　〔로즌크랜츠와 길든스턴에게〕 이보게들, 이따 밤에 보세.

　　　　엘시노에 잘 왔어.

로즌크랜츠   저하, 그럼.   （〔로즌크랜츠와 길든스턴〕 퇴장.）

햄릿   어, 그래, 잘들 가시게. 이제 나 혼자군.

　　　　아, 나 같은 날건달, 천것이 또 있을까!   525

　　　　기괴한 일 아닌가, 방금 이 배우가,

　　　　단지 허구 속에서 격정의 꿈에 취해,

　　　　제 영혼을 상상에 따르게 하고, 그 결과

　　　　상상의 작용으로 안색은 온통 핼쑥,

　　　　두 눈에는 눈물, 얼굴에는 실성한 기색,   530

　　　　목은 메고, 온 신체기관이 상상 따라

　　　　갖가지 모양을 짓다니? 게다가

　　　　이 모든 걸 있지도 않는 것 때문에!

　　　　헤카베 때문에!

　　　　헤카베가 그에게, 그가 헤카베에게 무엇이기에,   535

　　　　헤카베 때문에 그가 우는가? 격정에 휩싸일

　　　　동기와 명분이 나만큼 있었다면

　　　　그는 어땠을까? 무대를 눈물바다 만들고,

　　　　온 관객 귀청을 살벌한 대사로 찢어발기며,

　　　　죄지은 자 미치게 하고 결백한 자 실색케 하며,   540

----

46 놀리면 안되네: 폴로니어스는, 비록 햄릿은 놀렸어도, 아무나 그럴 수 있
는 만만한 존재가 아니다.

무지한 자 기겁케 하여, 이윽고는 아예
눈과 귀를 마비시키고 말았으리.
하지만 난,
둔하고 멍청한 이 잡놈은, 백일몽에 취한
얼간이처럼 빌빌대며 제 도리는 오불관언,   545
말 한마디도 못해─ 아니, 왕을 위해서도 못해,
왕권과 존귀한 목숨 흉측하게 결딴낸
왕을 위해서도. 내가 겁쟁인가?
나를 악당이라 부르며 머리통 갈기고,
내 수염 뜯어 내 면상에 불어서 날리고,   550
코 비틀며, 목구멍 깊이 허파까지 거짓말
들어찼다 말할 자 누구냐? 누가 그러겠느냐?
하!
제기랄, 나는 그런 모욕받아도 싸.
비둘기처럼 간이 작고 굴욕을 쓰다 여길   555
쓸개마저 빠진 게 분명하거든. 아니라면 이미
공중의 솔개 떼를 죄다 살찌웠겠지,
이 천것의 창자로. 잔인하고 음탕한 악당!
냉혹하고 음흉하고 추잡하고 비정한 악당!
아니, 이 무슨 얼간이 짓! 참도 장하네,   560
내가, 귀한 아버지 참살당한 자식놈이,
천국과 지옥이 복수를 명하건만
창부처럼 심사를 수다로 풀어헤치다
영락없는 갈보, 입만 산 부엌데기 꼴로
욕설이나 끌어대! 역겹다, 역겨워!   565

굴려보자, 머리를. 흠 — 내가 듣기로
죄지은 종자들이 연극을 보고 앉았다
워낙 교묘하고 실감나는 공연에
영혼 깊숙이 감동받아, 곧바로
자기네 못된 짓을 털어놓았다지.   570
살인은 혀가 없어도 기적 같은 발성기관으로
토설하게 마련이거든. 이 배우들에게
아버지 살해와 흡사한 장면을 공연케 하자,
숙부 앞에서. 그자 표정을 살피는 거다.
급소를 쑤시겠다. 정말 움찔한다면   575
내 갈 길은 내가 알지. 내가 본 혼령이
악귀일 수도 있어. 악귀는 그럴싸한
모습을 취하는 능력이 있다지. 그래,
내가 허하고 울적한 틈을 타,
그런 심기일 때 악귀가 매우 큰 힘을 쓰니까,   580
나를 지옥에 빠뜨리려고 속이는 건지도 몰라.
더 미더운 근거가 필요해. 연극이 방법,
연극으로 덫을 놓아 왕의 양심을 포획하리.   (퇴장.)

[3막 1장]

왕, 왕비, 폴로니어스, 오필리아, 로즌크랜츠, 길든스턴 등장.[1]

왕   그래, 아무리 에둘러 탐색해보아도

     왜 왕자가 이 어지러운 행태를 보이고,

     평정한 나날을 소란하고 위험한 광기로

     저리 거칠게 긁어대는지 알아낼 수 없나?

로즌크랜츠   정신이 산란하다고 스스로 인정하면서도,   5

     그 까닭은 절대 말하려 들지 않사옵니다.

길든스턴   마음을 떠보려 했으나 내보이려 하지 않았고,

     속내를 털어놓게 유도라도 할라치면

     교묘한 광태로 거리를 두옵니다.

왕비   응대는 잘해주던가?

로즌크랜츠   아주 점잖았지요.   10

길든스턴   하지만 억지로 마음을 내는 듯했사옵니다.

로즌크랜츠   말수는 적었지만 저희 물음에 답하는 건

     거침이 없었사옵니다.

왕비   무슨 오락거리라도

     권해보았나?

로즌크랜츠   마마, 저희들이 오는 길에 배우들 몇을   15

     지나치게 되었지요. 이 이야길 했더니,

     왕자가 듣고서 기뻐하는 기색을

     보이는 듯했사옵니다. 배우들은 궁에 와 있고,

     오늘밤² 왕자 앞에서 공연토록 명을 이미

     받았을 것이옵니다.

----

1 장소는 엘시노 궁성 안.

2 **오늘밤:** 2막 2장에서 하루가 지난 밤.

폴로니어스   사실이 그러하옵니다.   20

두분 마마께서 관람을 하시도록 간청해달라고

왕자가 제게 부탁도 했지요.

왕   가고말고. 왕자 마음이 그쪽으로 기운다니

내 심히 흡족하오.

너희는 왕자를 더욱 잘 부추겨서   25

그의 의향을 이런 즐길 거리로 몰아가거라.

로즌크랜츠   그러겠나이다, 전하.   (로즌크랜츠과 길든스턴 퇴장.)

왕   거트루드, 당신도 자릴 비켜주오.

은밀히 사람을 시켜 햄릿을 이리 불렀소.

그애가 마치 우연인 듯 오필리아와 여기서

마주치게 할 생각이오.   30

애 아버지와 난 염탐할 자격이 있으니,

들키지 않고 엿볼 수 있는 곳에 자릴 잡고

두 사람의 만남을 자유롭게 살펴보아,

그애 병이 사랑의 괴로움 때문인지 아닌지,

그애의 거동에 비추어, 알아내볼   35

작정이오.

왕비   당신의 분부 따르지요.

그리고 애 오필리아, 햄릿이 실성한 게

다행히 네 고운 자색 때문이면 좋겠다.

그래서 네 덕성에 힘입어 그애가

평소 모습을 되찾아, 너희 둘의 명예도   40

살게 되길 바란다.

오필리아   마마, 저도 그러길 바라옵니다.

폴로니어스　오필리아, 여길 거닐어라.── 전하, 괜찮으시면

　　　　　함께 몸을 숨기시옵소서.── 이 책³을 읽고 있거라.

　　　　　그런 독실한 모습을 하고 있으면 혼자 있는 게

　　　　　그럴싸해 보일 테니.── 이런 죄는 흔히들 범하옵지요.　　　　45

　　　　　너무 많이들 겪어봐 알다시피,

　　　　　독실한 표정과 경건한 행동이면

　　　　　사람들은 악마조차 능히 사탕 발라

　　　　　감추거든요.

왕　　　　　　　〔방백〕 오, 정말 그래.

　　　　　그 말이 내 양심을 정말 매운 채찍으로 때린다.　　　　　50

　　　　　화장술로 곱게 꾸민 창부의 뺨이

　　　　　화장에 쓴 연지에 비겨 제아무리 추악한들,

　　　　　한껏 분칠한 내 말에 비겨서 내 행위가

　　　　　추악한 만큼 추악하진 않으리.

　　　　　오, 무거운 짐이로다!　　　　　55

폴로니어스　오시는 소리가 들립니다. 물러나시지요, 전하.

　　　　　　　　　　　　　　　〔〔왕과 폴로니어스〕 퇴장.〕

　　　　　　　　　　　햄릿 등장.

햄릿　　　이대로냐, 아니냐,⁴ 그것이 문제다.

----

3 이 책: 기도서일 가능성이 크다.

4 이대로냐, 아니냐: To be, or not to be. 극히 일부 역본을 제외하면 통상 '사
　느냐, 죽느냐'로 번역한다. 이 대목의 번역에 관해서는 작품해설 Ⅲ을 참조

어느 쪽이 더 장한가, 포학한 운명의
돌팔매와 화살을 마음으로 받아내는 것,
아니면 환난의 바다에 맞서 무기 들고   60
대적해서 끝장내는 것? 죽는 것― 잠드는 것,
그뿐. 육신이 상속받은 가슴앓이며
수천가지 타고난 고통을 한번 잠들어
끝낸다고 한다면, 그것은 간절히
원할 만한 대단원. 죽는 것, 잠드는 것―   65
잠들어, 혹 꿈이라도 꾸면― 그래, 그게 걸려.
이 뒤엉킨 삶의 결박 풀어 던졌을 때,
저 죽음의 잠 속에 찾아들 꿈 떠올리면,
우리는 망설일 수밖에― 그런 까닭에
이리도 긴 인생이란 재앙이 빚어지는 것.   70
누가 견디랴 세상살이 채찍질과 멸시를,
압제자의 횡포, 세도가의 오만불손을,
홀대당한 사랑의 아픔, 느려터진 법집행을,
관리들의 방자함, 인내와 덕 갖춘 이가
하찮은 자들에게 당하는 능멸을,   75
벌거벗은 단검 한자루면 만약 자신을
청산할 수 있을진대. 누가 견디랴 무거운 짐,
고단한 삶에 짓눌려 툴툴대며 진땀 흘리랴,
다만 죽음 뒤 그 무엇, 저 미발견의 나라,[5]

....
하기 바란다.
5 미발견의 나라: undiscovered country. 통상 '미지의 나라'로 번역되나, 당
시가 지리상 '발견'의 시대였음을 감안하여 달리 옮겼다.

국경 넘으면 길손 돌아오지 못하는   80
저 나라가 두렵기에, 의지는 갈피를 잃고,
미지의 고초를 향해 날아 달아나느니
차라리 지금 겪는 고초를 견딜 따름.
하여, 심사숙고 탓에 우린 모두 겁쟁이 되고,
하여, 결단의 타고난 혈색 위로   85
사념의 창백한 병색이 드리우며,
드높은 뜻 품은 중차대한 계획도
이런 까닭으로 물길 틀어져
실행이란 이름을 잃고 마는 것. 가만,
어여쁜 오필리아! 요정이시여, 그대 기도에   90
내 온갖 죄도 기억해주소서.[6]

오필리아   왕자님,
　　　　여러날 만인데 어찌 지내셨는지?

햄릿　　황송하오. 잘 지냈소이다.

오필리아　저하, 돌려드린다 돌려드린다 하면서도
　　　　못 돌려드린 정표들이 제게 있어요.   95
　　　　이제 제발 받아주셔요.

햄릿　　　　　　　　　아니, 내가 왜 받아.
　　　　내 그대에게 아무것도 준 적이 없소.

오필리아　왕자님도 참, 잘 아시잖아요, 주신 걸.
　　　　선물을 더욱 값지게 만드는 다디단

---

6 요정이시여~기억해주소서: 이 문장의 어조에 대해서는 1) 햄릿이 오필리
아를 본 순간 광기를 가장하기로 한 것을 잊고 계속 진지한 어조로 말한다
는 견해와 2) 빈정대는 반어적 어조로 말한다는 견해, 두가지가 있다.

말씀까지 곁들여서요. 향기를 잃었으니　　　　　　　100
되돌려받으세요. 고결한 마음엔
주는 이가 무정해지면 값진 선물도 하찮아져요.
받으세요, 저하.

햄릿　　하, 하! 그대는 정숙한가?[7]

오필리아　네?　　　　　　　　　　　　　　　　105

햄릿　　그대는 어여쁜가?

오필리아　무슨 말씀이신지?

햄릿　　그대가 정숙하면서 어여쁘다면, 그대 정숙은 그대 미
모에게 정담을 허락치 말아야 하오.[8]

오필리아　저하, 미모에게 정숙보다 더 좋은 거래 상대가 있나
요?　　　　　　　　　　　　　　　　　　110

햄릿　　있고말고. 정숙의 힘이 미모를 정숙처럼 바꿔놓기 전
에, 미모의 능력이 정숙을 뚜쟁이 꼴로 바꿔버릴 테니까.
이것이 예전엔 궤변이었으나 지금 세태에서는 입증된
사실이지. 한때 난 정말 그대를 사랑했소.

오필리아　정말 그래요, 저하. 절 그리 믿게 하셨지요.　　115

햄릿　　날 믿지 말았어야지. 우리 천성의 묵은 그루터기에 정
숙을 접붙여본들 원래 맛[9]은 남게 마련이거든. 난 그댈

---

7 정숙한가: honest. '정숙'과 '정직' 두 뜻이 겹쳐 있다. 오필리아는 사실
햄릿에게 감추는 것이 있음으로 '정직'하지 않은 셈이다.

8 그대가 정숙하면서~말아야 하오: 1) 정숙은 미모에게 정숙 자신과 정담을
나누는 것을 허락하지 말아야 한다, 2) 정숙은 미모에게 어느 누구와도 정
담을 나누는 것을 허락하지 말아야 한다, 두가지 뜻으로 이해할 수 있다.
오필리아는 1)의 뜻으로 받았다.

9 원래 맛: 우리 천성 깊숙이 원죄로서 자리 잡은 타락의 본능.

사랑하지 않았어.

오필리아　제가 그만큼 더 속았군요.

햄릿　수녀원[10]으로 가쇼. 아니, 죄인들을 퍼질러 키우겠다 〔120〕
고? 나로 말하면 그런대로 건실하지만 욕먹을 거리도 만
만찮으니, 차라리 어머니가 날 낳지 말 걸 그랬어. 난 엄
청 오만하고, 복수심 세고, 야심만만한데다, 내 명을 받
들 죄악들이 하도 많은지라, 생각에 일일이 담을 수도,
상상으로 형체를 부여할 수도, 시간을 내서 행동으로 옮 〔125〕
길 수도 없을 지경이야. 나 같은 놈들이 땅과 하늘 사이
를 기어 다녀서 뭘 어쩌겠다는 거야? 우린 너나없이 내
놓은 잡놈들이니 아무도 믿지 마. 수녀원 길로나 나서쇼.
당신 아버진 어디 계신가?

오필리아　집에요, 저하. 〔130〕

햄릿　못 나오게 문을 죄다 닫아걸어. 바보짓을 해도 제 집
에서만 하도록. 잘 가쇼.

오필리아　오 하늘이시여, 이분을 보살피소서.

햄릿　그대가 결혼한다면 이 저주를 지참금으로 주지. 그대
제아무리 얼음처럼 정숙하고 눈처럼 순결할지라도 비방 〔135〕
을 면치 못할지어다. 수녀원으로 가쇼, 안녕히. 혹시 결
혼을 꼭 할 작정이면 바보랑 해. 현명한 사내들은 당신네
여자들이 사내를 뿔난 괴물로 만든다는 걸[11] 익히 잘 알
거든. 가, 수녀원으로—어서 빨리. 잘 가쇼.

---

10 수녀원: nunnery. 속어로 '매음굴'이라는 뜻으로 쓰이기도 했다.
11 여자들이~만든다는 걸: 오쟁이 진 남편은 이마에 뿔이 난다는 널리 퍼
진 우스개가 있었다.

오필리아　천사들이여, 이분 정신을 되찾아주소서. 140

햄릿　당신네 분칠하는 이야기는 익히 들었지. 신이 당신네
에게 얼굴 하날 주셨는데 당신네는 얼굴 하날 또 만들
지. 삐뚤빼뚤 씰룩쌜룩 요상한 걸음걸이에 혀짤배기 소
릴 하고, 신의 피조물에 엉뚱한 이름을 붙이고, 바람기를
순진함이라 둘러대. 젠장, 더는 못 참아. 그 때문에 내가 145
미쳤어. 단언컨대 결혼은 더이상 안돼. 이미 결혼한 자들
은 — 한놈만 빼고 — 살려주지만, 나머진 지금대로 지내
야 해. 가, 수녀원으로.　　　　　　　　　　(퇴장.)

오필리아　오, 그리 훌륭하던 분이 이리 허물어졌구나!

조신, 군인, 학자의, 눈, 혀, 칼이요, 150

아름다운 이 나라의 희망이자 꽃이며,

수신[12]의 거울이자 행실의 모범으로

만인이 우러르던 분이 아주, 폭삭 무너졌구나!

그리고 나, 여인 중 가장 상심하고 비참한 여인,

음악 같은 맹세의 꿀을 빨던 나는, 155

달콤한 종소리 같던 저 고상하고 지고한 이성이

어긋난 음정으로 거칠게 쨍그랑대고,

활짝 핀 젊음의 비길 데 없던 자태가

광기에 결딴난 꼴을 보는구나. 오, 내 신세,

옛 모습을 보고 나서, 이 모습을 볼 줄이야. 160

왕과 폴로니어스 등장.

---

12 수신: fashion. 修身. 자신을 사회적 존재로서 다듬고 닦아나가는 일.

3막 1장　95

왕   사랑? 왕자 마음은 그쪽이 아니오.
        그가 한 말도 격식이 좀 모자라긴 하나
        광증 같지는 않소. 심중에 무엇이 있어
        우울증이 그걸 곰곰 품고 앉아 있는데,
        속에서 무언가 부화돼 나온다면   165
        적잖이 위험할까 두렵소. 미리 막고자
        내 급히 결정 내렸소. 그를 속히 영국에 보내
        밀린 조공을 바치라 독촉케 하겠소.
        바다와 낯선 땅, 색다른 풍물 덕에,
        마음에 눌러앉아 밤낮없이 머릴 썩혀   170
        평소 제 모습 이처럼 잃게 만드는 이 무언가[13]를
        행여 쫓아버릴 수도 있겠지. 어떻게 생각하오?
폴로니어스   잘될 것이옵니다. 하지만 전 아직도
        수심의 근원과 시작이 실연에서
        솟아났다고 믿사옵니다. 오필리아, 괜찮으냐?   175
        햄릿 왕자가 한 말을 전할 건 없다.
        모두 들었다. 전하, 뜻대로 하시옵소서.
        다만 합당타 여기시오면, 연극이 끝난 뒤
        왕비 마마로 하여금 왕자를 따로 만나
        웬 수심인지 밝히도록 간청케 하시되,   180
        말씀은 직설적으로 하시게 하옵소서.
        괜찮으시다면 저는 대화가 죄다 들리는 곳에

---

13 이 무언가: 163행에서 말한 햄릿의 "심중에" 있는 "무엇".

몸을 숨기옵지요. 왕비께서 알아내시지 못한다면,
영국을 보내시든가, 슬기롭게 헤아리시어
적당한 곳에 감금하시지요.

왕   그리하리다.
높은 자의 광증을 방치할 수는 없는 일.

(모두 퇴장.)

〔3막 2장〕

햄릿과 배우 셋 등장.14

햄릿 대사는, 부탁인데, 내가 암송해 보인 것처럼 혀에서 구
르듯 유창하게 읊어주게. 그러지 않고 허다한 배우들이
그러듯 냅다 내질러댄다면, 차라리 포고문 외치는 자15
더러 내 대사를 읊게 하고 말지. 또, 손으로 이렇게 허공
을 너무 톱질하지 말고, 모든 동작을 점잖게 하게. 격한   5
감정의 격류, 태풍, 그 뭐랄까, 소용돌이 한가운데서도,
매끈하게 표현할 수 있도록 자제력을 연마하고 또 발휘
해야 하네. 아, 목청만 큰 가발 쓴 녀석16이 격한 감정을

---

14 장소는 엘시노 궁성 안.
15 **포고문 외치는 자**: town-crier. 포고문을 큰 소리로 외쳐서 알리는 읍의 관리.
16 **목청만~녀석**: 당시에 가발은 일상에서는 잘 사용되지 않고 연극에서 배
   우들이 주로 사용했다.

찢어발겨 딱 넝마 꼴을 만드는 통에, 맨바닥 입석 관객[17] 10
귀청이 터질 지경인 걸 보노라면 있는 대로 속이 뒤집혀.
대개 입석 관객이란 요령부득한 무언극이나 시끌벅적한
대목만 알아듣거든. 터머건트[18] 찜 쪄 먹는 그런 녀석은
채찍질이 제격이야. 헤롯 왕[19]은 저리 가라거든. 제발 그
런 짓은 말게.

배우 1   믿으셔도 됩니다, 저하.   15

햄릿   너무 맥없이 하지도 말고, 자신의 분별력을 스승으로
       삼게. 연기를 대사에 맞게, 대사를 연기에 맞게 하되, 자
       연스러운 절도를 넘어서지 않는다는 것, 이 점 특히 유념
       토록. 무엇이든 과도하면 연극의 목적에서 멀어지거든.
       연극의 목적은 처음이나 지금이나, 과거나 현재나, 말하   20
       자면 거울을 자연에 들이대는 것일세. 미덕에겐 제 이목
       구비를, 경멸거리에겐 제 꼬락서니를 보여주고, 이 시대,
       이 세태에겐 제 진면목을 찍어낸 듯 보여준단 말이네. 이
       것이 과하거나 부족하면, 분별없는 관객들은 웃겠지만,
       식견 있는 관객들은 개탄할 수밖에 없어. 한데 자네들은   25
       식견 있는 관객 한 사람의 판단을 극장 가득한 분별없는
       관객의 판단보다 더 무겁게 여겨야 하네. 아, 전에 어떤
       배우들의 연기를 본 적이 있는데──사람들이 칭찬을, 아

---

17 맨바닥 입석 관객: 가장 싼 입장료를 내고 무대 앞쪽에 서서 극을 보던
관객.

18 터머건트: 원래는 기독교도들이 상상해낸 회교 신을 일컫는 명칭이었으
며, 중세극에서 난폭하고 거만한 인물로 나온다.

19 헤롯 왕: 유대 폭군. 중세극에서 소리를 잘 지르는 인물로 나온다.

니 극찬을 하더만 ─ 불경하게 들릴지 몰라도,[20] 말본새
는 기독교도 같지 않고, 걸음걸이는 기독교도는커녕 이   30
교도, 아니 아예 인간 같지도 않았어. 무대에서 하도 거
들먹거리며 고함을 질러대기에, 자연 창조의 수습공 중
누가 인간을 만들다보니 제대로 못 만들었구나, 하는 생
각이 들었다네. 그자들의 사람 흉내가 참으로 목불인견
이었거든.   35

배우 1   저희는 그 점 그럭저럭 고쳤다고 생각합니다.

햄릿   아, 철저히 고쳐야지. 어릿광대 역 배우들이 대본에
없는 대사를 못 치게 해 ─ 그중에는 일부 생각 없는 관
객을 웃기겠답시고 제가 먼저 웃어대는 자들도 있거든.
그사이에 뭔가 극의 핵심적인 사안을 다루어야 하는데   40
도 말이네. 고약한 짓인데, 그런 짓을 하는 멍청이 마음
속 극히 천박한 야심이 드러난 걸세. 가서 준비를 하게.

(배우들 퇴장.)

폴로니어스, 로즌크랜츠, 길든스턴 등장.

햄릿   어떠시오, 대감? 전하께서 연극을 보시겠다오?

폴로니어스   마마께서도 보신답니다. 그것도 곧.

햄릿   배우들 서둘라 하시오.   (폴로니어스 퇴장.)   45

자네들 둘도 거들어서 서둘도록 하겠나?

로즌크랜츠   예, 저하.   (로즌크랜츠와 길든스턴 퇴장.)

----

20 불경하게 들릴지 몰라도: 이어지는 이야기가 인간이 신의 피조물임을
부정하는 것처럼 들릴 수 있기에 하는 말.

햄릿   이보게, 호레이쇼!

호레이쇼 등장.

호레이쇼   저하, 분부 받들겠습니다.

햄릿   호레이쇼, 내 지금껏 온갖 사람 겪어봤지만   50

　　　　자네만큼 반듯한 사람은 못 보았네.

호레이쇼   무슨 말씀을.

햄릿   아닐세, 아첨이라 생각 말게.

　　　　먹고 입을 방도라곤 선량한 기상뿐인

　　　　자네에게서 내 무슨 영달을 바라겠나?

　　　　가난한 사람에게 아첨을 왜 해? 일없네,   55

　　　　사탕 발린 혀로 밍밍한 세도꾼[21]이나 핥고,

　　　　알랑대면 벌이가 생기는 곳에서

　　　　나긋나긋 무릎관절 구부리라지. 알겠나?

　　　　내 소중한 영혼이 분별력을 갖추고

　　　　사람 고르는 안목을 지니게 된 때부터,   60

　　　　난 자넬 내 사람으로 도장 찍었지. 자네는

　　　　온갖 일을 당하고도 아무 일도 안 당한 듯,

　　　　운명 여신의 학대와 포상을 하나같이

　　　　고맙게 맞았거든. 축복받은 걸세,

　　　　혈기와 판단력이 잘 배합되었기에,   65

　　　　운명 여신 입맛따라 손끝이 누르는 대로

----

21 밍밍한 세도꾼: 세도꾼에게 아첨하는 것은 이런저런 보상이 따를 수는
　있지만 보람은 없는 짓이므로, 세도꾼을 핥는 맛은 밍밍하다고 하겠다.

소릴 내는 피리 신세가 아닌 사람은. 내게 내놔보게,
격정의 노예 아닌 사람. 그를 내 심장의 중심,
그래, 심장의 심장에 지니려네,
자네처럼 말일세. 말이 좀 많았군.   70
오늘밤 왕 앞에서 연극을 공연하는데,
그중 한 장면은 자네에게 이미 말한
선왕의 죽음 당시 정황과 비슷해.
부탁하네만, 그 행동이 시작되면, 온 정신을 모아
숙부를 살펴주게. 숙부의 숨은 죄가   75
어느 한 대사²²에서 굴 밖으로 안 나오면,
우리가 본 것은 저주받은 유령이고,
내 상상이 불카누스²³의 대장간처럼 시커멓게
오염된 것일 테지. 그를 유심히 살펴주게.
나도 두 눈을 그자 얼굴에 못 박을 테니,   80
나중에 우리 둘 의견을 모아서
그의 반응을 판단토록 하세.

호레이쇼   그러지요, 저하.
공연 도중 그가 무얼 훔치고도 들키지 않으면
그 도둑질의 배상은 제가 하지요.²⁴

      나팔수들과 고수들 등장하고 나팔 소리가 들린다.

....
22 어느 한 대사: 클로디어스를 자극하려고 햄릿이 써넣은 대사.
23 불카누스: 로마 신화 속 불과 화산의 신이자 대장장이 신.
24 공연 도중~하지요: 연극 공연 중 클로디어스의 일거수일투족을 샅샅이
   살피는 데 실패한다면 그 책임은 호레이쇼 자신이 지겠다는 뜻.

햄릿   연극 보러들 나오는군. 난 딴청을 부려야겠네.
        자릴 잡게나.

85

        왕, 왕비, 폴로니어스, 오필리아, 로즌크랜츠, 길든스턴 및
            시종들, 횃불을 든 근위병들과 더불어 등장.

왕   우리 조카 햄릿은 재미가 어떤가?[25]
햄릿   출중하옵니다, 실로, 카멜레온의 요리[26]를 먹는 재미
        가. 공기를 먹는데, 약속으로 꽉꽉 찼군요.[27] 육계[28]도 그
        렇게는 못 먹일걸요.

90

왕   나와는 상관없는 대답이구나, 햄릿. 이 말들은 나완 상
        관없어.
햄릿   예, 이젠 제 말도 아니고요.[29]—〔폴로니어스에게〕 대감,
        대학에서 연극을 한 적이 있다던데, 그러신가?
폴로니어스   그랬습니다, 저하. 좋은 배우라고들 했지요.

95

햄릿   무슨 역을 했는데?
폴로니어스   바로 줄리어스 씨저 역을 했다는 것 아닙니까요.

....

25 우리~어떤가: How fares our cousin Hamlet? 'fare'에는 '어떠어떠하게 지
    낸다'는 뜻과 '먹는다'는 뜻이 겹쳐 있다. 왕은 물론 앞의 뜻으로 묻는데,
    햄릿은 딴청 부리며 뒤의 뜻으로 받는다.
26 카멜레온의 요리: 전설의 동물 카멜레온의 주식은 공기라고 여겨졌다.
27 공기를~찼군요: '공기'(air)는 '후계자'(heir)와 동음이의어이므로, 왕이
    햄릿에게 한 약속이 공기처럼 빈 약속이란 암시가 담긴다.
28 육계: capon. 거세해서 살찌우는 닭. 멍청이라는 뜻도 있다.
29 이젠 제 말도 아니고요: 햄릿의 입을 떠났으니까.

로마의 으뜸신전 캐피틀에서 살해당했지요. 브루터스가
절 살해했습니다.[30]

햄릿   대감 같은 으뜸 송아지[31]를 잡다니 브루터스가 짐승 역   100
을[32] 했군. 배우들은 준비됐나?

로즌크랜츠   네, 저하. 분부 대기하고 있습니다.

여왕   내 아들 햄릿, 이리 와 내 곁에 앉아라.

햄릿   아니요, 어머니, 이쪽 자석이 더 끌어당기거든요.

〔오필리아 쪽으로 향한다.〕

폴로니어스   〔왕에게 방백〕오 호! 저 말 들으셨나이까?   105

햄릿   〔오필리아의 발치에 누우며〕아가씨, 그대 무릎 안에 들
어도 될까?

오필리아   아니요, 저하.

햄릿   내 말은 머리를 무릎에 얹자는 거요.

오필리아   그러셔요, 저하.   110

햄릿   뭘 생각한 거요, 내가 음흉한 마음[33]이라도 품었다고?

오필리아   아니요, 아무것도 아니에요.

햄릿   처녀 가랑이 사이에 들기에 좋은 생각일세.

오필리아   네?

햄릿   아무것도 아닌 것.[34]   115

---

30 줄리어스 씨저~캐피틀~브루터스: 모두 라틴어 명칭이지만, 셰익스피어
가 자신의 최근작 『줄리어스 씨저』(*Julius Caesar*)를 염두에 두고 이 대사를
쓴 것처럼 보이므로 영어식으로 표기했다.

31 송아지: calf. 멍청이라는 뜻도 있다.

32 브루터스가 짐승 역을: '짐승'(brute)은 브루터스와 발음이 비슷하다.

33 음흉한 마음: country matters. 'country'의 첫 음절은 '여성의 음부'(cunt)
와 발음이 같다.

오필리아   즐거우셔요, 저하?

햄릿   누가, 내가?

오필리아   네, 저하.

햄릿   아무렴, 그대의 둘도 없는 익살 전담자 아닌가? 즐거
워하는 것 말고 인간에게 달리 할 일이 또 있겠나? 보라   120
고, 어머니의 저 명랑하신 모습. 그런데 아버지 돌아가신
건 이제 두시간도 안됐거든.

오필리아   아니요, 두달의 곱절이지요.[35]

햄릿   그렇게 오래? 뭐 그렇담, 꺼면 상복은 악마나 걸치라
지, 나는 흑담비[36]로 빼입을 테니. 맙소사, 죽은 지 두달인   125
데 아직도 안 잊히다니! 그렇담 위인의 기억이 목숨보다
반년 더 살 가망도 있겠네. 하지만 그러자면, 오 성모 마
리아여, 예배당 여럿 지어야 할걸. 안 그랬단 껄떡말 신
세로 잊히고 말지. 껄떡말[37] 묘비명이 '오호통재, 오호통
재, 껄떡말은 잊혔다'거든.   130

나팔 소리. 무언극 배우들 등장.

----

34 아무것도 아닌 것: nothing. 곧 '0'은 여성의 성기를 뜻한다.

35 두달의 곱절이지요: 이 말이 정확하다면, 1막 2장 햄릿의 첫 독백에 나오
는 구절 "고작 한달, 불쌍한 아버지 시신 뒤따르던/저 신발 낡기도 전에"를
기준으로 석달이 지난 셈이다.

36 흑담비: 고급 외투용 모피. 최고급 상복으로도 쓰였다.

37 껄떡말: hobby-horse. 영국의 전통의식인 오월제의 모리스 춤에 등장하
는 인물의 하나로, 고리버들 따위로 말의 형상을 만들어 허리께에 차거나
걸터탄다. 행태와 동작이 외설스럽다는 비난을 받아 축제에서 제외되기도
했기 때문에 '잊힌 것'의 전형으로 통하기도 했다.

왕과 왕비 등장해 서로 포옹. 왕비, 무릎 꿇고 사랑을 맹세하는 몸짓. 왕, 왕비를 일으켜 세운 뒤 머리를 왕비 어깨에 기댄다. 왕, 꽃 만발한 둔덕에 눕는다. 왕비, 왕이 잠든 것을 보고 퇴장. 곧 어떤 사내 등장, 왕관을 벗겨 입 맞춘 뒤, 잠든 왕 귀에 독을 붓고 퇴장. 왕비, 다시 들어와 왕이 죽은 것을 알고 격정적 행동. 독 쓴 사내, 다른 서너명과 함께 다시 등장, 여왕과 함께 애도하는 동작. 시신이 들려 나간다. 독 쓴 사내, 선물을 바치며 왕비에게 구애. 왕비, 얼마간 매정하게 구는 듯하다가 결국 받아들인다.   (배우들 퇴장.)

오필리아 저하, 이게 무슨 뜻인가요?
햄릿   '암암리의 악행'이라는 거요. 범행이란 뜻이지.
오필리아 이 무언극이 연극 줄거릴 뜻하나봐요.

서두배우 등장.

햄릿   이 친구를 통해 알게 될 거요. 배우들이란 비밀을 못
       지켜. 죄다 말하거든.   135
오필리아 이 무언극의 뜻을 말할까요?
햄릿   아무렴, 그대가 무슨 볼거릴³⁸ 보여주든 다 말할 거요.
       그대가 부끄럼 없이 보여주면, 저 친구도 부끄럼 없이 그
       뜻을 말할 거요.
오필리아 망측하시긴, 정말 망측하셔요. 연극이나 보겠어요.   140
서두배우 *저희 배우들과 비극 공연을 대표하여,*

....
38 무슨 볼거릴: '볼거리'(show)는 '구두'(shoe)와 발음이 비슷하고, 구두는
  여성 성기를 뜻하는 은어다.

　　　　　배려해주심에 허리 숙여 감사드리며,
　　　　　끝까지 참고 보아주시길 청하옵니다.　　〔퇴장.〕

햄릿　　이게 서두야, 아님 반지에 새기는 시구야?

오필리아　짧네요, 왕자님.　　　　　　　　　　　　　145

햄릿　　여자의 사랑처럼.

　　　　　〔배우〕 왕과 왕비 등장.

배우 왕　*사랑이 우리 마음, 혼인 신이 우리 손을*
　　　　지극히 신성한 혼례의 끈으로 묶어준 이래,
　　　　태양 신 전차 바퀴가 해신의 짠 물길,
　　　　지신의 땅덩어리 따라 돈 것이 꼬박 서른번,　　150
　　　　서른 곱하기 열두 달님이 해님의 광휘 빌려
　　　　세상 돈 것도 열둘 곱하기 서른번이 되었구려.

배우 왕비　*우리 사랑 끝나기 전 해님 달님이*
　　　　그 횟수만큼 다시 하늘 여행 하시길.
　　　　하지만 슬프게도 당신 요즘 퍽 편찮으셔서,　　155
　　　　활기도 기상도 예전과 영 다르시니,
　　　　걱정입니다. 하지만 제가 걱정할지라도,
　　　　그 때문에, 저하, 언짢아하진 마세요.
　　　　여인네 두려움과 사랑은 양이 같아서,
　　　　둘 다 아예 없거나 둘 다 넘치거든요.　　160
　　　　제 사랑이 어떠한지 겪어봐서 아시겠죠.
　　　　제 사랑이 큰 만큼, 제 두려움도 큽니다.[39]
　　　　사랑이 크면, 사소한 염려도 두려움 되고,

106

작은 두려움 크게 자라는 곳, 큰 사랑도 함께 자라지요.

배우 왕   내 사랑, 난 진정 그댈 떠나야 하오, 그것도 곧.   165

내 몸의 기관이 기능을 멈추오.

당신은 이 아름다운 세상에 남아서

섬김과 사랑받으며 사시오. 혹 나처럼

다정한 사람을 남편으로—

배우 왕비   오 제발 그만.

가슴에 반역을 품지 않고 어찌 그런 사랑을.   170

둘째 남편을 맞는다면 제게 천벌 내리소서.

첫 남편을 죽이지 않고서야 어찌 재혼을.

햄릿   〔방백〕쑥을 씹은들 이리 쓰랴.

배우 왕비   재혼의 동기는 이득을 보겠다는

천박한 욕심일 뿐, 사랑은 아닙니다.   175

둘째 남편이 침대에서 제게 입 맞추는 순간,

죽은 남편을 제가 또 죽이는 셈이지요.

배우 왕   당신의 지금 그 말 진심이라 믿소.

허나 우리 인간은 결심을 깨기 일쑤지.

의지는 기억의 노예일 따름이라,   180

태생은 강렬하나 배겨내는 힘은 약해서,

풋과일 땐 나무에 단단히 붙었지만,

익으면 안 흔들어도 저절로 떨어지오.

인간사 필연이오, 우리들 인간이

자신에게 진 빚을 잊고 갚지 않는 것은.   185

격정에 사로잡혀 자신에게 한 제안,
격정 스러지면 의지도 잃고 말지.
슬픔이나 기쁨이 지나치게 강렬하면
그 강렬함 사라질 때 실행 의지도 무너지오.
기쁨 가장 흥청대는 곳에 슬픔 가장 한탄하는 법,   190
사소한 일로 슬픔이 기쁨, 기쁨이 슬픔 되오.
세상은 무상한 것, 이상할 것 없다오,
사랑마저 운세 따라 변한다 할지라도.
사랑이 운세를 이끄는지 운세가 사랑을 이끄는지,
아직도 우리가 풀지 못한 문제라오.   195
높은 자 몰락하면 고임 받던 자 달아나고,
미천한 자 출세하면 적들도 친구 되니,
여기까진 사랑이 운세를 시중드는 셈.
넉넉할 땐 친구가 부족한 법 없지만,
허울뿐인 친구를 궁할 때 맛보면,   200
그 친구 바로 익어서 원수가 된다오.
아무튼 처음으로 되돌아가 정리하면,
우리 뜻과 운명은 정반대로 달리기에,
우리 계획은 언제나 뒤집히기 마련이니,
생각은 내 것이나, 결말은 내 것 아니오.   205
해서, 둘째 남편 안 맞겠단 당신 생각,
첫 남편 죽을 때 그 생각도 죽을 거요.
배우 왕비   땅은 음식, 하늘은 빛을 주지 않고,
낮에는 오락, 밤에는 휴식을 금하고,
믿음과 희망은 절망으로 바꾸고,   210

옥중 은자의 식사를 최고 진미로 삼게 하고,
기쁨의 안색을 표백하는 갖은 난관이
제 간절한 바람을 가로막아 망쳐버리고,
끝없는 불화가 이승, 저승에서 절 쫓게 하소서,
일단 과부 된 제가 다시 아내 되거든.   215

햄릿   저 맹세를 깨면?

배우 왕   깊은 맹세구려. 여보, 잠시 여기 혼자 있겠소.
　　　심신이 나른하니, 지루한 낮 시간
　　　잠으로 달랠까 하오.

배우 왕비　　　　　　　편히 잠드세요,
　　　우리 둘 사이 결코 불행 닥치지 마소서.   220

　　　　　　　　　(배우 왕비 퇴장하고 배우 왕 잠든다.)

햄릿   마마, 이 연극 어떤가요?

왕비   여자의 애정 표시가 지나쳐 보이네.

햄릿   아, 하지만 약속은 지킬 겁니다.

왕   줄거리 들었느냐? 거슬리는 내용은 없고?[40]

햄릿   아뇨, 아뇨, 그저 시늉입니다. 독살도 시늉이고요. 법   225
　　　에 거슬릴 건 전혀 없습니다.

왕   극의 제목이 뭐냐?

햄릿   「쥐덫」──맙소사, 정말 절묘한 비유지요! 이 연극은
　　　빈에서 발생한 살인 사건을 그대로 그린 건데──곤자고
　　　가 왕의 이름이고 그의 아내는 밥티스타지요──금방 보   230

----

40 거슬리는 내용은 없고: Is there no offence in't? 'offence'는 '기분이나 마음
에 거슬리는 것'이란 뜻과 아울러 '범죄'라는 뜻을 갖는데, 왕이 앞의 뜻으
로 물은 것을 햄릿은 짐짓 오해한 척 뒤의 뜻으로 받는다.

시게 됩니다. 지독한 작품이지만, 뭐 어떻습니까. 전하나 죄 없는 저희 같은 사람들에겐 아무 상관 없지요. 어깻죽지 쓰라린 말이야 날뛰든 말든, 우리 어깻죽지는 말짱하니까요.

루시아너스 등장.

이건 루시아너스라는 자로, 왕의 조카[41]지요.　　　　　　235

오필리아　해설자와 진배없으셔요, 저하.

햄릿　　그대와 그대 애인 사이 일도 내 해설할 수 있지, 꼭두각시 농탕질을 보게 된다면.[42]

오필리아　말씀에 날이 섰군요, 왕자님, 날이 섰어요.

햄릿　　내 날 선 것 무디게 하려면[43] 신음 소릴 내야 할걸.　　240

오필리아　더 좋고, 더 나쁘셔요.[44]

햄릿　　여자들 남편 잘못 맞는 게 그런 식이지.[45]—시작해, 살

....

41 왕의 조카: 루시아너스를 왕 동생이 아닌 조카로 설정함으로써 1) (이미 저질러진) 클로디어스에 의한 선왕 살해와 2) (장차 시도될) 햄릿에 의한 현왕 살해가 동시에 극화된다는 해석이 지배적이다. 다른 한편, 이렇게 설정됨으로써 햄릿으로서는 클로디어스의 반응이 엄밀히 따져 1)에서 비롯된다고 단정할 수 없게 된다는, 즉, 2)에 대한 예상에서 비롯될 가능성도 배제할 수 없게 되었다는 해석 또한 가능하다. 구체적인 논의는 작품해설 II-7을 참조.

42 그대와~된다면: 오필리아가 애인과 희롱하는 것을 보게 된다면 햄릿이 꼭두각시극 해설자처럼 두 사람의 동작에 대사를 붙일 수 있다는 뜻.

43 내 날 선~하려면: 내 성욕을 채워주려면.

44 더 좋고, 더 나쁘셔요: still better and worse. 햄릿의 오필리아의 말에 대한 해석이 점점 더 날카로워지고 또 점점 더 외설스러워진다는 뜻.

45 여자들~식이지: '좋건 나쁘건,(for better for worse) 부유하건 가난하건'

인자. 저주스러운 인상은 그만 쓰고 시작해. 자, 까마귀
깍깍 복수하라 외친다.

루시아너스   *생각은 검고, 손 잽싸고, 약은 강하고, 때는 적절,*   245
기회는 내 편, 보는 자 달리 없으니,
오밤중 뜯은 풀로 빚은 너 독한 혼합물,
헤카테의 저주 아래 세번 말려 세번 독기 쐰 너,
네 천연의 마력, 무서운 성질로
건강한 생명을 순식간에 찬탈하라.   250

        (잠자는 왕의 귀에 독을 붓는다.)

햄릿   저놈이 왕위가 탐나 금원에서 왕을 독살한 겁니다. 왕
이름은 곤자고지요. 현존하는 이야긴데, 아주 고상한 이
딸리아어로 쓰였습니다. 살인자가 곤자고 아내의 사랑
을 얻게 되는 모습을 곧 보시게 됩니다.

오필리아   전하께서 일어나십니다.   255

햄릿   아니, 공포탄에 놀라셨나?

왕비   전하, 어인 일이십니까?

폴로니어스   연극을 중단하라.

왕   불 좀 밝혀라. 가자.

폴로니어스   불, 불, 불!   (햄릿과 호레이쇼 외 모두 퇴장.)   260

햄릿   살 맞은 사슴 물러나 울어도,
          성한 사슴 뛰놀지.
        누구 잘 때 누군 밤새우고,
          그런 게 세상 이치.

남편으로 맞아 살겠다고 결혼서약을 해놓고 남편을 속이므로, 여자들은
결국 남편을 (거짓으로) '잘못 맞는' 셈이다.

이보게, 이 정도 실력이니, 남은 인생 운세가 날 거덜 내면, 모자에 깃털 울창하게 꽂고 구멍 송송한 구두엔 프로방스 장미 몇송이 달면,⁴⁶ 배우들 패거리에 한자리 낄 만하지 않겠어? 265

호레이쇼   반몫쯤은요.

햄릿   제대로 한몫일세, 난. 270

오 나의 벗 다몬,⁴⁷ 그대는 알겠지,

이 나라는 다름 아닌

유피테르⁴⁸를 빼앗겼고, 지금 군림하는 자는

바로, 바로— 파락호.

호레이쇼   운을 맞추지 그러셨습니까.⁴⁹ 275

햄릿   아, 호레이쇼, 천 파운드를 주고라도 유령의 말을 사고 싶네. 자네, 봤나?

호레이쇼   아주 똑똑히요, 저하.

햄릿   독살 얘기가 나오는 순간?

호레이쇼   아주 똑똑히 주목했습니다. 280

햄릿   아하! 자, 풍악을, 자, 피리를.

임금께서 희극이 싫다 하시는데,

---

46 모자에~달면: 전형적인 배우 의상.

47 다몬: 다몬과 피티아스는 고대 그리스 문헌에 종종 언급되는 인물들로 생사를 초월한 이상적 우정을 상징한다. 사형 선고를 받은 피티아스가 고향의 가족에게 작별 인사를 하러 떠날 수 있도록 다몬이 목숨을 걸고 인질로 잡힌다. 햄릿, 호레이쇼 관계의 원형인 셈이다.

48 유피테르: 로마 신화의 최고 신. 제우스.

49 운을~그러셨습니까: 햄릿의 시구 2행이 "was"로 끝나므로 여기에 4행이 압운을 맞추려면 '파락호'(pajock) 대신 '얼간이'(ass)면 적절하겠다.

뭐 그럼, 정녕 싫으신 게지, 넨장.

자, 풍악을!

로즌크랜츠와 길든스턴 등장.

길든스턴   왕자님, 한마디 아뢸까 합니다.   ²⁸⁵

햄릿   사연을 통째.

길든스턴   저하, 국왕 전하께서—

햄릿   그래, 국왕이 어쨌다고?

길든스턴   물러나신 뒤 심히 불편해하십니다.

햄릿   술 탓인가?   ²⁹⁰

길든스턴   아니요, 화증 탓입니다.

햄릿   그렇다면 의사에게 통지하는 게 더 똑똑하지. 내가 그
속을 씻어내려다 화증을 더칠지 모르거든.

길든스턴   왕자님, 좀 조리 있게 말씀하십시오, 제 용건에서 그
리 펄쩍 달아나지 마시고.   ²⁹⁵

햄릿   이보게, 내 순해졌네. 전언하시게.[50]

길든스턴   왕자님 모친 왕비 마마께서 심기가 극히 크게 상하
셔서 절 보내셨습니다.

햄릿   환영이로소이다.[51]

길든스턴   아니, 왕자님, 이런 예법은 경우에 맞지 않군요. 건 ³⁰⁰

---

50 이보게~전언하시게: I am tame, sir. Pronounce. 햄릿을 은연중에— 또는
고의로?—야생말에 비유한 길든스턴의 "펄쩍 달아나지" 말라는 표현에
햄릿이 비아냥거리며 응대한다.

51 환영이로소이다: 햄릿의 딴청.

실한 대답을 해주신다면 제가 모친의 분부를 여쭙겠지
만, 아니면, 용서 구하고 물러나는 것으로 용무 끝내겠습
니다.

햄릿   내 그럴 수 없어.

로즌크랜츠   네, 저하?

햄릿   건실한 대답은 못해. 내 정신이 성치 못하거든. 하지
만, 이보게, 내가 답할 만한 것이라면 자네 분부를 — 아
니, 자네 말마따나, 내 모친 분부를 — 따름세. 그러니 그
쯤 하고 본론으로. 그래, 내 모친께서 —

로즌크랜츠   그럼 말씀 전하겠습니다. 저하의 행동에 당혹과
경악을 금치 못한다 하셨습니다.

햄릿   오, 놀라운 아들이야, 모친을 저리 놀래다니! 그런데,
모친의 이 경악하심의 발꿈치에 따라붙는 속편은 뭐 없
어? 말해주게.

로즌크랜츠   주무시기 전에 마마 내실에서 말씀 나누고자 하십
니다.

햄릿   짐[52]은 복종하겠노라, 마마께서 열곱절 짐의 모친이라
할지라도.[53] 짐과 거래할 일이 더 있나?

로즌크랜츠   저하, 전엔 절 총애하셨지요.

햄릿   지금도 그래, 버릇 나쁜 이 두 손모가지 두고 맹세하지.

로즌크랜츠   저하, 심기 불편하신 까닭이 무엇입니까? 불편한
심사를 벗에게도 열어 보이지 않는 건 해결책을 실로 문

---

52 짐: 스스로를 "짐"으로 지칭함으로써 햄릿은 자신과 로즌크랜츠가 친구
간의 대등한 사이가 아닌 신분상의 상하관계임을 차갑게 환기하고 있다.
53 마마께서~할지라도: 지금보다 열배 더 몹쓸 어머니라 할지라도.

전박대하고 빗장 지르는 격이지요.

햄릿　출세를 못해서 그래.

로즌크랜츠　그럴 리가 있습니까, 전하께서 친히 저하를 덴마　³²⁵
크 왕위 계승자로 지목하셨는데.

햄릿　그건 그런데, 목초 자라는 동안[54]——속담이 좀 곰팡내
나는군.

　　　　　　배우들 피리를 들고 등장.

아, 피리! 하나만 좀 보세.——우리끼리 얘긴데, 왜 날 사
냥감 몰듯 하지? 덫에 빠트릴 작정이야?　³³⁰

길든스턴　저하, 제 직무 수행이 너무 당돌하다면, 그건 제 충
정이 예법을 모르는 탓입니다.

햄릿　무슨 말인지 잘 모르겠군. 이 피리 불어보겠나?

길든스턴　저하, 불 줄 모릅니다.

햄릿　부탁이야.　³³⁵

길든스턴　정말 불 줄 모릅니다.

햄릿　간곡히 청하네.

길든스턴　만지는 법을 전혀 모릅니다, 저하.

햄릿　거짓말하는 것만큼 쉽지. 이 바람구멍들을 손가락으
로 막고 입으로 숨을 불어넣으면, 지극히 유창한 음악을　³⁴⁰
읊어대지. 봐, 이것들이 구멍이야.

길든스턴　하지만 조화로운 소리가 나게 다룰 줄은 모릅니다.

---

54 목초 자라는 동안: 속담의 일부. 그동안 말은 배곯기 마련이다.

기술이 없거든요.

햄릿   아니, 이것 봐, 사람을 아주 시답잖게 보시네. 날 악기
처럼 다루시겠다,[55] 내 피리 구멍을 아시는 척해보시겠다,   345
심금을 울려 비밀을 빼내보시겠다, 내 속을 최저음에서
최고음까지 싹 다 짚어보시겠다, 그러시는 분께서, 음악
이 넘치고 소리도 기막힌 이 작은 악기, 이 악기는 말문
조차 열게 할 줄 모르신다? 염병, 그대 생각엔 내가 한낱
피리보다도 다루기 쉬울 것 같나? 날 무슨 악기로 보건,   350
어떤 운지법을 써도 짜증만 돋울 뿐, 날 다루진 못할걸.

폴로니어스 등장.

신의 축복 있기를.

폴로니어스   저하, 왕비 마마께서 저하와 말씀 나누려 하십니
다. 지금 곧.

햄릿   저기 거의 낙타 모양을 한 구름 보이시오?   355

폴로니어스   참으로— 영 낙타 같습니다.

햄릿   내 생각엔 족제비 같은데.

폴로니어스   등이 족제비 같네요.

햄릿   고래 같기도 한데.

폴로니어스   정말 그렇군요.   360

햄릿   그럼, 머잖아 어머니께 가겠소.—〔방백〕이것들이 더
는 못 버틸 지경으로 날 우롱하네.—머잖아 가리다.

---

55 다루시겠다: 악기를 '연주한다'는 뜻과 사람을 '가지고 논다'는 뜻이 겹
쳐 있다.

폴로니어스 그리 아뢰겠습니다.   (퇴장.)

햄릿   '머잖아'라 아뢰는 거야 쉽겠지.— 친구들, 그만 가봐.

〔햄릿 외 모두 퇴장.〕

지금은 한창 마녀들 설치는 밤 시간,   365

교회 무덤 입 벌리고, 지옥이 직접 이 세상에

독기 내뿜는 때. 지금 난 뜨거운 피 들이켜고,

낮이라면 보기만 해도 몸서리칠 끔찍한 일도

할 수 있겠다. 가만, 이제 어머니에게로.

오, 마음아, 자식 도리는 잃지 마라.   370

굳건한 이 가슴 네로[56]의 혼이 절대 침범케 하지 마라.

잔인할지언정 도리는 저버리지 않게 하라.

말 비수를 쏴붙여도, 비수를 정작 쓰진 않으리.

내 혀와 영혼이 이 일에선 위선자일지니

말로는 아무리 어머닐 꾸짖어도,   375

내 영혼이 그 말에 결코 승인 도장 찍지 않으리.[57] (퇴장.)

〔3막 3장〕

왕, 로즌크랜츠, 길든스턴 등장.[58]

---

56 네로: 친어머니 아그리피나를 죽였다.

57 그 말에~찍지 않으리: 어머니에 대한 험한 질책의 말을 행동으로 옮기도
록 승인하지 않으리.

58 장소는 엘시노 궁성 안.

왕　　　　그자가 싫거니와, 그의 광증을 방치하는 것도
　　　　안전치 못하다. 그러니 준비들 해.
　　　　내 너희들 임명장은 곧바로 조처할 테고,
　　　　그자도 너희와 함께 영국으로 갈 것이다.
　　　　그의 양미간에서 시시각각 자라나오는　　　　　　5
　　　　위험을 견디고 있을 만큼 짐의 처지가
　　　　한가하지 못하다.

길든스턴　　　　　　채비 갖추겠사옵니다.
　　　　목숨과 끼니를 전하께 의지하는
　　　　억조창생의 안전을 지키시려는 성려,
　　　　더없이 거룩하고 성스럽사옵니다.　　　　　　10

로즌크랜츠　　일개 사사로운 생명도 마땅히
　　　　온 정신력을 무장하여 제 몸에 닥치는
　　　　위해를 막아야 하는 법, 하물며
　　　　무수한 목숨이 그 평강하심에 달린 옥체야
　　　　일러 무엇하겠사옵니까. 군왕의 승하하심은　　　　　　15
　　　　옥체만의 일이 아니고, 소용돌이와도 같이
　　　　주변의 것을 빨아들입니다. 달리 말해 군왕은
　　　　드높은 산 정상에 장치된 육중한 바퀴요,
　　　　거대한 바큇살엔 수만가지 작은 것들
　　　　짜맞춰지고 이어졌으니, 바퀴 굴러 떨어지면,　　　　　　20
　　　　작은 부속들, 소소히 딸린 것들도 낱낱이
　　　　요란한 붕괴에 휘말립니다. 임금은 홀로
　　　　탄식치 않나니, 온 백성이 함께 신음하옵나이다.

왕　　　자, 신속히 떠나도록 채비하라,

　　　　지금 너무도 거침없이 나대는 이 우환덩이에　　　　　　25

　　　　차꼬를 채워야겠으니.

로즌크랜츠　　　　　　　　저희들 서둘겠나이다.

　　　　　　　　　　　　(로즌크랜츠와 길든스턴 퇴장.)

폴로니어스 등장.

폴로니어스　전하, 왕자가 왕비 마마 내실로 갑니다.

　　　　휘장 뒤에 슬쩍 숨어 대화 과정을 엿듣겠나이다.

　　　　장담컨대 호되게 닦달하실 겁니다.

　　　　전하의 말씀마따나 ── 지혜로우신 말씀입지요 ──　　　30

　　　　어머니 말고 듣는 귀가 더 있는 게 합당하옵니다.

　　　　모자지간이라 치우치기 마련이니, 숨어서

　　　　대화를 엿들어야지요. 편히 계십시오, 전하.

　　　　전하께서 침전에 드시기 전에 뵈옵고,

　　　　아는 바를 아뢰겠나이다.

왕　　　　　　　　　　　고맙소이다, 대감.　　　　　　　　35

　　　　　　　　　　　　(폴로니어스 퇴장.)

　　　오, 내 죄 추악하여 악취 하늘에 풍긴다.

　　　인류 최초의, 가장 오래된 저주를 받았다 ──

　　　형제 살해! 기도를 할 수 없다, 나는.

　　　기도의 욕구와 의지, 모두 절절하나,

　　　내 강한 뜻을 더욱 강한 내 죄가 이겨 누르니,　　　　　40

　　　한꺼번에 두 일을 하려는 사람처럼,

어디에서 먼저 시작할지 망설이며,
둘 다 하지 못한다. 저주받은 이 손이
형의 피로 두텁게 더께가 졌다 한들
은혜로운 하늘엔 이 손 눈처럼 희게 씻어줄   45
빗물 넉넉하지 않을까? 자비의 역할이 뭔가,
죄를 맞대면하게 돕는 것 아니라면?
기도의 권능은 뭔가, 쓰러지기 전엔 막아주고
쓰러지면 용서해주는 두겹의 힘이 아니라면?
내 그러니 하늘을 우러르겠다.   50
죄는 이미 지은 것—허나 오, 어떤 기도가
내게 맞을까? '흉측한 살인을 용서하소서'?
그건 안되지. 살인으로 얻은 것들을
여전히 차지하고 있지 않은가—
내 왕관, 내 야심, 그리고 내 왕비를.   55
용서도 받고 죄의 열매도 지킬 수 있을까?
이 세상 썩어빠진 시류에서라면
죄의 황금 손이 법을 밀쳐낼 수도 있고,
사악한 장물이 직접 나서 법을 매수해
내쫓기 일쑤. 허나, 하늘에선 다르지.   60
거긴 속임수 어림없고, 거긴 이승의 행위가
본색을 드러내고, 우린 꼼짝없이
제 잘못의 이빨이며 이마까지 속속들이
증거를 대야 한다.[59] 그럼 어쩐다? 뭐가 남았지?

------

59 제 잘못의~대야 한다: '이빨'은 잔인함, '이마'는 뻔뻔함을 뜻함. 자신에
  게 불리한 증거까지 대야 한다는 뜻.

회개는 어떨까? 그 힘이면 뭘 못할까? 65

허나 뭘 할 수 있을까, 회개를 할 수 없는데?

오, 비참한 내 신세! 오, 죽음처럼 검은 내 가슴!

오, 끈끈이에 걸린 내 영혼, 벗어나려 버둥댈수록

더 달라붙네! 천사들이여, 도우소서, 힘을 내소서!

꿇어라, 완강한 무릎. 강철 심줄 심장아, 70

갓난애 힘줄처럼 나긋나긋해져라.

다 잘될 수도 있겠지.   (무릎을 꿇는다.)

햄릿 등장.

햄릿   지금이 딱 좋군, 기도 중이니.

지금 처치하겠다.   〔칼을 뽑는다.〕

          놈은 그럼 하늘로 가고,

난 그럼 원수를 갚는 것. 그건 따져볼 일. 75

악당이 내 아버질 죽이고, 그 댓가로

내가, 아버지 외아들이, 바로 이 악당을

하늘로 보내?

아니, 이건 품삯 받을 짓, 복수는 무슨.

놈은 아버질, 포식해서 부정할 때,[60] 온갖 죄업이 80

오월처럼 싱싱히 활짝 피었을 때 죽였어,

아버지 공과의 셈이 어떨지는 하늘만 알 일.

하지만 이모저모 생각 굴려보면 아버진

---

60 포식해서 부정할 때: 감각적 욕구에 탐닉했으므로 심신을 정화해 죽음
을 맞이할 태세를 갖추지 못한 상태에서.

죄의 빚이 무겁지. 그렇다면, 놈이 영혼을
정화하고 있을 때, 세상 떠날 채비가   85
딱 무르익었을 때 죽이면 그게 복수야?
아니.
참아라, 칼아, 더 독한 기회에 나서라.
술에 곯아 잠들었거나, 골을 내며 날뛰거나,
침대에서 상피 붙는 쾌락에 빠졌거나,   90
욕질해대며 노름을 하거나, 구원의
가망이 없는 어떤 짓을 벌이고 있을 때,
바로 그때 다릴 걸자. 발꿈치는 하늘을 박차고,
영혼은 저주받아 시커멓게 되겠지,
제가 갈 지옥처럼. 어머니가 기다린다.   95
이 약⁶¹은 네 병고의 나날을 연장할 뿐.   (퇴장.)

왕   내 말은 날아오르나, 내 마음은 아래에 남누나.
마음 없는 말이 어찌 하늘에 이르랴.   (퇴장.)

〔3막 4장〕

왕비와 폴로니어스 등장.⁶²

폴로니어스   바로 오실 겁니다. 필히 호되게 꾸짖으소서.

----
61 이 약: 클로디어스의 기도, 또는 햄릿이 복수를 미루기로 한 것.
62 장소는 엘시노 궁성 안.

장난질이 심히 방자해 참을 수 없었으며,

불같은 진노를 마마께서 가로막았다고

말씀하소서. 전 바로 여기, 잠자코 숨어 있겠사옵니다.

부디 바로 들이대소서.

왕비   장담컨대 염려 마시오.   5

숨으시오, 오는 소리가 들리는구려.

〔폴로니어스 휘장 뒤로 숨는다.〕

햄릿 등장.

햄릿   자, 어머니, 무슨 일인가요?

왕비   햄릿, 네 탓에 아버지가 몹시 화나셨다.

햄릿   어머니, 어머니 탓에 제 아버지가 몹시 화나셨지요.

왕비   이런, 이런, 실없는 혀로 답하는구나.   10

햄릿   저런, 저런, 간악한 혀로 질문하는군요.

왕비   아니, 왜 그러냐, 햄릿?

햄릿   뭐가 문젠가요?

왕비   날 모르겠느냐?

햄릿   아뇨, 십자가에 맹세코, 그럴 리가.

어머니께선 왕비시고 남편 동생의 부인이시며,

아니라면 좋겠지만, 제 모친 되시옵니다.   15

왕비   아니, 자꾸 그러면, 말이 통할 사람들을 들이대마.

햄릿   자, 자, 이리 앉으세요, 꼼짝 마시고.

제가 거울을 들이댈 때까진 못 갑니다,

어머니 속내 저 깊은 곳을 보여줄 거울요.

왕비   어쩌려는 거냐? 죽이려는 건 아니지? 20

       사람 살려, 사람!

폴로니어스   〔휘장 뒤에서〕이봐! 사람 살려!

햄릿   뭐야? 쥐새끼! 내 한 더컷 걸지, 죽었다, 죽었어.

〔휘장 속으로 칼을 찌른다.〕

폴로니어스   〔휘장 뒤에서〕어이구, 난 죽는다.

왕비   맙소사, 무슨 짓을 한 거냐?

햄릿   글쎄 난 모르죠. 25

       왕인가요?

〔휘장을 들추자 폴로니어스가 죽어 있다.〕

왕비   오, 이 무슨 경솔하고 피비린 짓이냐!

햄릿   피비린 짓. 자애로우신 어머님, 왕 죽이고

       왕 동생과 결혼하는 짓 거의 맞먹게 나쁜 짓.

왕비   왕을 죽여?[63]

햄릿   네, 마마, 신이 그리 아뢨나이다.— 30

       못나고 경솔한 주제넘은 어릿광대, 잘 가시게.

       당신 상전인 줄 알았네. 운수소관 아닌가.

       너무 껴들면 좀 위험하단 걸 이젠 아실 테지.—

       손 좀 그만 쥐어짜시죠. 가만, 앉으세요,

       가슴을 쥐어짜드릴 테니. 아무렴, 쥐어짜드리죠, 35

       그 가슴, 파고들 수 없는 목석이 아니라면,

       썩어질 놈의 습관이 두텁게 놋쇠 입혀

---

63 왕을 죽여: 두 모자는 이 중차대한 문제에 관해 일언반구 재론하지 않는
다. 거트루드는 햄릿에게 설명을 요구하지 않고, 햄릿은 왕비의 연루 가능
성을 캐묻지 않는다. 이에 관해서는 작품해설 Ⅱ-9를 참고하기 바란다.

감정이 못 뚫을 금성철벽 된 게 아니라면.

왕비 내 무슨 짓을 했기에 혀를 함부로 놀리며
이리 무엄하게 대드느냐?

햄릿   기막힌 짓!   40
단아하게 낮 붉힌 염치의 안색 흐려놓고,
정절을 위선이라 부르며, 천진한 사랑의
고운 이마에서 장미꽃 떼어내고
그 자리에 창부 낙인 찍으며, 혼인서약을
노름꾼 맹세처럼 거짓되게 하는 짓—   45
계약의 몸에서 그야말로 영혼을 뽑고,[64]
경건한 의식을 헛말잔치 만드는, 오, 그런 행위.
하늘도 얼굴 붉힌 채, 종말 온 듯 낯빛 슬픈
이 단단히 뭉쳐진 땅덩이 내려다보며,
그 짓 때문에 마음이 상한다고요.   50

왕비 에구머니나, 도대체 무슨 짓이기에
서막부터 그리 울부짖고 천둥을 쳐대느냐?

햄릿 보세요, 여기 이 그림, 그리고 이 그림,
두 형제를 그대로 나타낸 초상화.
이분의 미간에 서린 높은 기품을 봐요.   55
태양 신의 곱슬머리와 유피테르의 이마,
군신 마르스처럼 위압하고 호령하는 눈,
하늘과 입 맞추는 산 위에 막 내려선
메르쿠리우스[65] 같은 자세를 보시라고요.

---

64 계약의~뽑고: 계약의 영혼은 신뢰.
65 메르쿠리우스: 로마 신화의 전령 신. 상업과 예언의 신이기도 하다.

대장부라는 보증으로 온 세상에 보이려고   60
모든 신들이 다투어 도장 찍어놓은 듯,
갖은 수려한 풍모를 조합한 형상 아닌가요?
이분이 남편이셨습니다. 이제 그다음 것.
이게 지금 남편, 곰팡이 슨 밀 이삭처럼,
건장하던 형님을 시들게 한 자. 눈 있나요?   65
이 수려한 산에서 풀을 뜯다 말고
이 황무지에서 뭘 먹고 살이 쪄? 하, 눈 있나요?
사랑이라 할 순 없지. 어머니 나이면
한창 날뛰던 피도 길들고 순해져
분별에 순종하는 법, 한데 분별은 어디 두고   70
여기서 여기로 옮겨? 감각은 분명 있겠지,
아니면 이동을 못할 테니. 하지만
그 감각, 마비된 것이 분명해.
아무리 미쳐서 실수를 저지르고
감각이 헛것에 지폈다 할지라도,   75
이런 천양지차 구별할 약간의 식별력은
남아 있기 마련이니까. 도대체 무슨 악귀에
홀렸기에 이렇게 눈뜬장님이 됐나요?
촉각 없어도 눈이 있고, 시각 없어도 촉각 있고,
손, 눈 없어도 귀가 있고, 다 없어도 후각 있거나,   80
쓸 만한 감각 한가지의 병든 일부만 있어도
그렇게 얼이 빠질 수는 없을 것을.
오, 수치심아, 네 낯 붉힘은 어디 갔느냐?
반란 일삼는 지옥 같은 욕정아,

네 능히 중년 여인 뼛속에서 반역할진대,
불타오르는 청춘은 순결이 양초처럼
제 불길에 녹게 하라. 가눌 수 없는 정욕이
돌격해올지라도, '수치로다' 선포 마라.
찬 서리도 그 못잖게 거침없이 타오르고
이성이 욕망의 뚜쟁이니라.

왕비   오, 햄릿, 그만해라.   90
네 말 듣고 눈을 돌려 내 마음 들여다보니,
검고 깊게 물들어 지울 수 없는
얼룩들이 보이는구나.

햄릿   아니, 도대체,
살기름 찌든 침대에서 악취 나는 땀에 젖어 살다니,
지글지글 타락에 절어,⁶⁶ 역한 돼지우리에 엎어져   95
아양 떨고, 시시덕대다니!

왕비   오, 그만, 그만해라.
네 말이 비수처럼 내 귀에 꽂힌다.
제발 그만, 햄릿.

햄릿   살인자, 악당,
이전 남편의 이백분지 일도 못되는 종놈,
왕의 탈 쓴 어릿광대, 왕국과 통치권을   100
소매치기한 자, 귀중한 왕관을 선반에서 훔쳐
제 주머니에 챙긴 자 ──

왕비   그만해.

---

66 지글지글~절어: stewed in corruption. 타락한 성애에 탐닉하는 것을 지글거리는 고깃국에 비유했다. 열기, 기름땀, 체취 등을 아우르는 은유다.

햄릿   넝마와 누더기로 기운 왕 ─

유령 등장.

절 구원하시고 제 위에 날개 펴고 머무소서,   105
수호천사들이여! 자애로운 형상이시여, 어인 행차시나
이까?
왕비   아아, 미쳤어.
햄릿   굼뜬 자식 꾸짖으러 오신 건 아닌지,
시기와 열의가 적절할 때 놀라운 사실 알고도,[67]
당부대로 엄명 실행할 기회를 놓치는 소자를?   110
오, 말하소서.
유령   잊지 마라. 내가 온 건 오로지
거의 무뎌진 네 결심의 날을 벼리려 함이다.
하지만 보아라, 네 어미가 넋이 나갔다.
오, 네 어미의 고투하는 영혼을 달래라.
상상의 작용은 약한 몸일수록 강하다.   115
말을 건네주거라, 햄릿.
햄릿   괜찮으십니까?
왕비   맙소사, 너야말로 괜찮은 거냐?

---

67 시기와~알고도: 논란이 많은 대목인데,『뉴 캠브리지』판 주석에 의거해
옮겼다. 여타 다수의 주요 편집본들은 "시기를 놓치고 열의를 잃어"로 새
긴다. 하지만, 연극 공연을 통해 유령의 말을 확인한 뒤 곧 기도 중인 클로
디어스를 죽이려 하고, 클로디어스인 줄 알고 폴로니어스를 죽이는 등 상
황이 급박하게 움직이는 전후 맥락에 비추면, 햄릿이 열의를 잃었다고 보
는 건 무리다.

허공에다 유심히 눈길을 두고

형체 없는 공기와 담화하지 않느냐?

두 눈에는 정기가 사납게 번득거리고　　　　　　120

경보에 놀라 잠 깨어난 병사들처럼,

누웠던 머리칼은 생명의 부산물에도

생명이 있다는 듯 벌떡 일어나

올올이 곤두섰구나. 오, 내 아들,

네 마음병의 뜨거운 불길 위로　　　　　　　125

차가운 인내심을 뿌리렴. 뭘 보느냐?

햄릿　　저분, 저분요. 저 퀭한 눈초리 보세요.

저분 모습, 저분 사연이 힘 모아 호소하면

돌들조차 호응하겠지요.[68] — 절 보지 마소서.[69]

이 가련한 몸짓이 제 단호한 결심을　　　　130

바꿀까 두렵사옵니다. 그리되면 제 할 일은

본색을 잃겠지요 — 피 대신 아마도 눈물.

왕비　　누구에게 하는 말이냐?

햄릿　　저기 아무것도 안 보입니까?

왕비　　아무것도. 하지만 있는 건 다 본다.[70]　　　135

햄릿　　아무 소리도 못 듣고요?

왕비　　아니, 우리 소리 말곤.

------

68 돌들조차 호응하겠죠: 예루살렘으로 가던 중 올리브 산에 이르러 예수의
　제자들이 큰 소리로 예수를 찬양하자, 바리사이파 사람들이 제자들을 책
　망하라고 예수에게 요구한다. 예수가 답한다. "그들이 입을 다물면 돌들이
　소리지를 것이다."(루카 복음서 19:40)
69 절 보지 마소서: 이하 유령에게 하는 말.
70 하지만~본다: 사실은 보지 못한다는 것이 왕비의 비극이다.

햄릿	아니, 봐요 저길, 봐요, 슬며시 사라져요.
	아버지가, 생시 옷차림 그대로!
	보세요, 이제 막 문을 나서요. (유령 퇴장.) 140
왕비	이것은 단지 네 두뇌가 지어낸 것이다.
	광증은 이런 실체 없는 것을 빚어내는 데
	아주 능하단다.
햄릿	어머니 맥박처럼 제 맥박도 차분히
	박자 맞춰 건강한 음악 소릴 냅니다. 145
	제가 말한 것, 광증 아닙니다.
	시험해보세요. 내용을 그대로 다시 읊을 테니.
	광증이라면 엉뚱한 데로 튀겠죠. 어머니 제발,
	어머니 죄가 아니라 제 광증이 나무란다며,
	아첨용 연고 따윈 영혼에 바르지 마세요. 150
	그건 단지 헌 데를 피막으로 덮을 뿐,
	독한 화농은 피부 속을 온통 파먹어들어
	모르는 새 번집니다. 하늘에다 고백하고,
	지난 일 뉘우치고, 앞으로는 조신하세요.
	잡풀에 거름 뿌려 더 억세게 키우는 짓은 155
	마세요. 제 이런 덕행을 용서하소서.
	배부른 지갑처럼 뚱뚱 살찐 요즘 세태엔
	미덕도 몸소 죄송타 악덕께 양해 여쭙고,
	선행을 허락하십사, 네, 엎드려 간청해야지요.
왕비	오, 햄릿, 네가 내 가슴을 둘로 쪼개놓는구나. 160
햄릿	오, 나쁜 쪽은 내던져버리고
	나머지 한쪽으로 더 깨끗이 사십시오.

편히 주무세요. 하지만 숙부 침대엔 가지 마세요.

덕을 지니지 못했다면 걸쳐라도[71] 보세요.[72]

습관이란 저 괴물은 악습을 느끼는 감각을   165

몽땅 먹어치우지만 천사 같은 면도 있어서,

곱고 선한 행실도 버릇을 삼으면,

입기 수월한 외투나 제복을 선사하거든요.[73]

오늘밤 참으시면 다음번 금욕이

좀 쉬워질 테고, 그다음은 더 쉽겠죠.[74]   170

습관은 타고난 성격을 거의 바꾸어,

악마를 들일 수도, 놀라운 힘으로

내칠 수도 있거든요. 또다시, 편히 주무세요.

어머니가 신의 축복을 갈구하실 때,

저는 어머니께 축복을 구하지요. 이 영감 일은   175

진정 뉘우칩니다. 하지만 하늘의 뜻이

이자 통해 절 벌하고 절 통해 이잘 벌하심이니,

저야 하늘의 채찍 든 종이 될 수밖에요.

이 영감 제가 처리하고, 죽인 책임도

달게 지겠습니다. 자, 다시, 편히 주무세요.   180

---

71 걸쳐라도: assume. 무엇을 '가진 척하다'라는 뜻과 옷을 '걸치다'라는 뜻이 겹쳐 있다.

72 165~68행 습관이란~제복을 선사하거든요: 제1이절판에 없는 부분.

73 외투나~선사하거든요: give a frock or livery. 원문의 은유법에 약간의 혼선이 있어 보인다. "곱고 선한 행실" 자체가 의복처럼 "걸쳐"보는 것이므로, 습관이란 놈이 좋은 행실에 의복을 "선사"한다기보다는 그런 행실을 몸에 잘 맞는 옷으로 마름질해 입혀준다고 하는 편이 은유의 논리에 더 적합할 법하다.

74 171~73행 습관은~수도 있거든요: 제1이절판에 없는 부분.

자식다우려는[75] 일념에 잔인할 수밖에 없군요.

이건 나쁜 일의 시작일 뿐, 더 나쁜 게 아직 남았군요.

한마디만 더, 마마.

왕비   나는 어쩌지?

햄릿 제가 시키는 이 일, 이건 절대 안됩니다.

술살 부푼 왕이 침대로 또 꼬드겨,   185

느끼하게 뺨 꼬집으며 내 생쥐라 주절댄 뒤,

텁텁한 입맞춤을 두어번 하거나

썩어질 손가락으로 목덜미 더듬어주면,

그 값으로 이 일을 전부 까바치소서,

이 몸이 본질상 미친 게 아니고,   190

작전상 미쳤노라고. 알리시는 게 좋겠죠,

곱상, 차분, 현명하신 왕비님이실 뿐인데,[76]

두꺼비, 박쥐, 수고양이[77]께 그런 중대사를

어찌 감추시겠사옵니까? 어찌 그러오리까?

아니옵지요. 분별, 비밀 따윈 잊어버리시고,   195

지붕마루 새장 열어 새들 날려 보낸 뒤,

저 유명 짜한 원숭이처럼 결말을 시험코자

---

75 자식다우려는: kind. '자식다운'이란 뜻과 '싹싹한'이란 뜻이 겹친 형용
사. 햄릿이 왕비를 몰아친 것은 타락에서 구함으로써 '자식다운' 도리를
다하려는 '싹싹한' 마음씨의 표현인 셈이다.

76 왕비님이실 뿐인데: who that's but a queen. 주요 번역본들이 'but'을
'except'로 보아 '왕비님을 제외하고'라는 식으로 처리하는 대목인데, 문
맥상으로나 햄릿의 잔인하게 비아냥대는 반어적인 어조로 보나, 'but'은
'only'로 새기는 것이 더 적절해 보인다.

77 두꺼비, 박쥐, 수고양이: 마귀를 돕는 정령들.

새장 속에 기어들었다 떨어져 목을 딱

부러뜨리시는 겁니다.[78]

왕비　　염려 마라. 말이 숨에서 나오고　　　　　　　　　　200

　　　　숨이 목숨에서 나온다면, 네가 한 말을

　　　　숨으로 내쉴 목숨은 내게 없다.

햄릿　　전 필시 영국행인데,[79] 아십니까?

왕비　　　　　　　　　　　　　　　이런,

　　　　내가 잊었구나. 그렇게 결정됐지.[80]

햄릿　　국서가 봉함됐고, 제 학교 동창 둘이　　　　　　205

　　　　왕명을 받드는데, 독니 가진 살모사만큼

　　　　믿음 가는 자들이죠 ── 이자들이 앞길을 쓸며

　　　　절 흉계로 인도할 겁니다. 그러라지요,

　　　　적 공병을 자기네 지뢰가 터져 공중으로

　　　　솟구치게 만드는 게 재미니까. 힘들겠지만　　　　210

　　　　적의 땅굴 일 야드 아래를 파들어가

　　　　저들을 달나라로 날려 보낼 겁니다.

　　　　오, 정말 멋들어진 일 아닙니까,

　　　　두 계략이 동일선상에서 딱 마주친다는 건.

　　　　이 양반 덕분에 보따리 좀 싸겠군.[81]　　　　　　215

---

78 분별, 비밀~부러뜨리시는 겁니다: 지붕 위 새장에서 풀려난 새가 훨훨
　 날아가는 것을 본 원숭이가 새들 흉내를 내다 지붕에서 떨어져 죽는 이야
　 기를 통해, 햄릿은 왕비에게 비밀을 함부로 누설하지 말라고 경고한다.

79 전 필시 영국행인데: 전후 상황으로 보아 햄릿이 자신의 영국행을 이 시
　 점에서 아는 것은 불가능해 보인다.

80 205~14행 국서가~마주친다는 건: 제1이절판에 없는 부분.

81 이 양반~싸겠군: 햄릿은 폴로니어스의 죽음으로 인해 자신이 곧 영국으

이 똥자루는 옆방으로 끌고 가야지.

어머니, 정말 편히 주무세요. 이 고문관께선

지금이 제일 고요, 제일 은밀, 제일 진중하시군,

생전엔 멍청한 수다쟁이시더니.

자, 가봅세, 영감 일도 끝장을 봐야지.   220

안녕히 주무세요, 어머니.

> (폴로니어스를 끌고 들어가며 퇴장.
>
> 〔왕비는 무대에 남는다.〕)

〔4막 1장〕

〔앞 장면에서 무대에 남아 있던〕 왕비, 왕, 로즌크랜츠, 길든스턴

등장.[1]

왕   이 한숨, 이 깊은 탄식은 곡절이 있을 테니,

설명해보시오. 짐도 아는 것이 좋겠소.

당신 아들은 어디 있소?

왕비   잠시 우리 둘만 있게 해주게.

> 〔로즌크랜츠와 길든스턴 퇴장.〕

아, 전하, 오늘밤 끔찍한 일을 겪었어요.   5

왕   왜 그러오, 거트루드, 햄릿은 어떻소?

....

로 내쳐질 거라고 예상한다.

1 장소는 엘시노 궁성 안.

134

왕비   미쳤어요, 누가 더 센지 맞붙어 다투는
　　　　바다와 바람처럼. 가눌 수 없는 발작 상태에서,
　　　　휘장 뒤에 뭐가 움직이는 소리를 듣자,
　　　　칼을 휙 빼들고 '쥐다, 쥐' 하고 소리치며,　　　　　　　10
　　　　광기에 망상을 일으켜 찔러 죽였어요,
　　　　안 보이게 숨은 그 노인을.

왕　　　　　　　　　　　　　　　　　　　오, 엄청난 일!
　　　　짐이 거기 있었다면 짐이 당할 뻔했소.
　　　　방치하는 것은 모두에게 너무 위험해—
　　　　바로 당신에게, 짐에게, 누구에게나.　　　　　　　　　15
　　　　아, 이 피비린 일을 어찌 변명할꼬?
　　　　사람들은 짐 탓이라 할 거요, 미리 알아
　　　　이 미친 청년을 붙잡고 가두어
　　　　격리하지 않았다고. 허나 짐의 사랑이 컸기에,
　　　　가장 옳은 방도를 알려 들지 않았고,　　　　　　　　20
　　　　오히려 흉악한 병을 지닌 사람처럼,
　　　　누설되는 것을 막으려다 병이 생명의 고갱이마저
　　　　잡아먹게 한 셈이오. 그 아인 어디 갔소?

왕비   제가 죽인 시체를 치운다고 끌고 갔어요.
　　　　시신을 보며—광기가, 잡광석 속 순금처럼,　　　　　25
　　　　맑은 정신을 내비치며—저지른 일 때문에 울더군요.

왕　　　오, 거트루드, 갑시다.
　　　　태양이 산마루에 이르기를 기다려
　　　　그를 배편에 떠나보내려오. 이 흉측한 행위는
　　　　짐의 위엄과 계책을 모두 끌어대어　　　　　　　　30

덮어주고 변명할 수밖에.— 이봐, 길든스턴!

로즌크랜츠와 길든스턴 등장.

너희 둘은 가서 도와줄 사람을 더 구해라.
햄릿이 미쳐서 폴로니어스를 살해하고는,
시신을 제 어머니 내실에서 끌고 나갔다.
가서 그를 찾아 — 말은 곱게 하고— 시신은   35
예배당으로 옮겨라. 부탁이니 서둘러.

(로즌크랜츠와 길든스턴 퇴장.)

자, 거트루드, 현명한 지인들을 불러모아,
짐의 계획과 아울러 불시에 저질러진
이 일도 알리겠소. 중상모략의 소곤거림은
대포가 표적에 직격탄을 날리듯   40
세상 끝에서 끝까지 독 포탄을 날리지만,
이렇게 해두면, 우리 이름에서 빗나가
상처 입지 않는 허공만 맞힐 거요. 오, 갑시다,
내 영혼에 잡음과 두려움이 가득하오.   (모두 퇴장.)

〔4막 2장〕

햄릿 등장.[2]

햄릿   안전하게 쟁여뒀고.   〔안에서 부르는 소리.〕
      가만, 무슨 소리? 누가 햄릿을 불러? 아, 여기 오는군.

              로즌크랜츠와 길든스턴 외 몇명 등장.

로즌크랜츠   저하, 시신 어찌하셨습니까?

햄릿   흙이랑 섞었지, 친척지간이니.

로즌크랜츠   어디 있는지 말씀해주십시오. 저희가 들어내서 예   5
      배당으로 옮겨야 하니까요.

햄릿   믿지 마.

로즌크랜츠   뭘요?

햄릿   내가 자네 비밀은 지켜주고 내 비밀은 안 지킬 거라
      고. 게다가, 해면이 질문할 경우 ─ 임금의 아들이 무슨   10
      답변을 내놓아야 마땅할까?

로즌크랜츠   절 해면으로 보십니까, 저하?

햄릿   아무렴, 왕의 총애와 보상과 권능을 빨아들이는 해면.
      한데, 그런 관리들은 끝에 가서 왕에게 가장 요긴하게 쓰
      인다네. 왕이 원숭이처럼 아가리 한쪽에 간직하지 ─ 처   15
      음엔 물고만 있다, 끝에 가서 꿀꺽, 일세. 자네가 모아온
      게 필요하면 쥐어짜기만 하면 되고, 그러면 자넨, 해면이
      니까, 다시 말라버리겠지.

로즌크랜츠   무슨 말씀인지 모르겠습니다, 저하.

햄릿   그렇다니 다행이군. 모욕적 언사도 멍청이 귓속에선   20

----

2 장소는 엘시노 궁성 안.

잠드는 법.

로즌크랜츠 저하, 시신 있는 데를 말씀해주시고 저희와 함께
전하께 가셔야 합니다.

햄릿 시체는 왕과 함께 있되, 왕은 시체와 함께 있지 않도
다.[3] 왕은 아무것—

길든스턴 아무것이라니요, 저하?

햄릿 도 아닌 것. 날 왕에게 데려가.　　　　　　(퇴장.)

〔4막 3장〕

왕, 두세 명〔의 시종들〕과 함께 등장.[4]

왕 그를 찾고 시신도 찾으라고 사람을 보냈소.
정말 위험해, 이자가 멋대로 나다니는 건!
그렇다고 법으로 엄히 다스릴 수도 없는 일.
넋 나간 우중의 사랑을 받고 있거니와,
우중이란 시비 판단보다 겉모습으로 사람을 가리니,

그럴 땐, 죄인이 받는 벌의 무게만 달 뿐,
죄의 무게는 달지 않거든. 모든 걸 매끈히 처리하자면,

---

3 시체는~않도다: 수수께끼 같은 말이다. '폴로니어스의 시신이 왕과 함
께 궁에 있지만, 왕은 죽지 않았으므로 폴로니어스와 저승에 함께 있지 않
다' 정도로 풀어볼 수는 있겠다.

4 장소는 엘시노 궁성 안.

그를 이리 급작스레 떠나보내는 것이
숙고 끝의 조처로 보여야 하오. 지독한 병은
지독한 약으로 고치는 수밖에 없소,
아예 못 고치거나.

10

로즌크랜츠, 〔길든스턴〕 외 몇명 등장.

그래, 어찌 되었더냐?

로즌크랜츠 시신을 어디다 두었는지, 전하,
알아낼 수 없사옵니다.

왕 그는 어딨느냐?

로즌크랜츠 바깥에, 전하, 감시받으며 대기 중입니다.

왕 짐 앞으로 불러들여라.

로즌크랜츠 이봐! 저하를 모셔라.

15

햄릿, 근위병들과 함께 등장.

왕 그래, 햄릿, 폴로니어스는 어딨지?

햄릿 식사 중.

왕 식사 중? 어디서?

햄릿 먹는 곳이 아니라, 먹히는 곳. 한 패거리 정치 구더기[5]
들이 회의를 소집해 지금 막 그 양반을 처리하는 중입니

20

---

5 정치 구더기: 먹이를 향해 몰려드는 구더기의 모습을 정치꾼의 행태에
빗대고 있는데, 살아생전 '첩보 전문가'를 자처했던 폴로니어스의 몸속을
구더기들이 파고들어 속속들이 염탐하는 형국이다.

다. 잡숫는 일이라면 구더기가 유일무이한 황제이옵지요.[6]
인간은 제 살 찌우려고 갖은 짐승을 살찌우고, 그렇게 찌
운 제 살은 구더기께 바치거든요. 살찐 임금과 야윈 거지
는 그저 다른 메뉴일 뿐—접시는 둘이나 식탁은 하나.
끝.

25

왕　　이런, 이런.

햄릿　어떤 사람이 임금 잡수신 구더기로 낚시를 해서, 그
　　　구더기 드신 물고기를 먹을 수도 있어요.

왕　　그게 무슨 말인가?

햄릿　별게 아니라, 임금님도 거지 곱창 속을 순행하실 수
　　　있다, 이겁니다.

30

왕　　폴로니어스는 어딨느냐?

햄릿　하늘에. 사신을 보내 알아보세요. 거기서 못 찾으면,
　　　전하께오서 친히 나머지 한곳[7]을 찾아보시지. 하지만 정
　　　히 이달 안에 못 찾으면, 복도 올라가는 계단에서 그 양
　　　반 냄새를 맡게 되시오리다.

35

왕　　〔몇몇 시종에게〕 가서 거길 찾아보라.

햄릿　그 양반, 자네들 갈 때까지 기다릴 걸세. 〔시종들 퇴장.〕

왕　　햄릿, 이 일로 인해, 네 각별한 안전을 위해—
　　　짐은 네가 저지른 일로 매우 상심되고,

40

---

6 잡숫는~황제지요: Your worm is your only emperor for diet. 이 대사는 또
한 보름스 의회(the Diet of Worms)를 말장난거리로 삼고 있다. 이 의회는
1521년 독일 보름스에서 신성로마제국 카를 황제의 주재로 열렸는데, 의
회에 출두한 마르틴 루터가 자신의 종교개혁 사상을 철회하지 않자 황제
는 칙령을 발표하여 루터를 이단자로 규정한다.

7 나머지 한곳: 지옥.

네 안전도 걱정이다 — 널 떠나보내야겠다,

발등에 불 끄듯이. 한즉 채비를 하거라.

배는 준비되었고, 바람도 도와주고,

일행들은 대기 중이니, 모든 태세가 갖추어졌다.

영국행이다.   45

햄릿　영국행?

왕　맞다, 햄릿.

햄릿　좋지요.

왕　아무렴, 짐의 뜻을 안다면.

햄릿　그 뜻을 꿰뚫어보는 천사가 제 눈에 보이네요. 하지만　50

가자, 영국으로. 어머니, 안녕히 계십시오.

왕　네 사랑하는 아버지다, 햄릿.

햄릿　어머니지요. 아버지와 어머니는 남편과 아내, 남편과

아내는 한몸, 따라서 어머니. 가자, 영국으로.　(퇴장.)

왕　바짝 뒤쫓아라. 잘 구슬려 속히 배에 태워.　55

지체치 마라 — 오늘밤 여기서 떠나보내겠다.

가라, 이 일 관련 여타 사항은 빠짐없이

재가하여 조처했으니. 부탁한다, 서둘러라.

(왕만 남고 모두 퇴장.)

그리고 영국 왕, 그대 내 후의를 중시한다면 —

덴마크의 칼이 남긴 상흔 아직 생생히 붉어,　60

두려움에 자진하여 짐에게 예를 바치니,

내 위력에 비추어 내 후의 중함도 알 터 —

짐의 지상명령을 어찌 감히 소홀히 하랴.

국서에 취지를 적어 상세히 밝힌 내 뜻은

햄릿을 즉각 죽이라는 것. 행하라, 영국 왕.

내 핏속에서 소모열처럼 그자가 날뛰니,

그대가 내 병을 고쳐줘야 하겠다.

이 일의 성사를 확인할 때까지는,

아무리 운수 대통해도 기뻐하긴 이르다.   (퇴장.)

〔4막 4장〕

포틴브라스가 군대를 이끌고 무대 위로 〔행진하며〕 등장.[8]

포틴브라스   가라, 부대장, 덴마크 왕께 문안 여쭤라.

전하의 허락하에 포틴브라스가 약속대로

덴마크를 거쳐 행군코자 간청드린다고 전해라.

집결 장소는 알고 있겠지.

전하께서 내게 용무 있노라 하시면,   5

용안을 뵙고 경의를 표할 것이니,

그리 아뢰라.

부대장   넷, 저하.

포틴브라스   조용조용 가라.[9]   (〔부대장 외〕 전원 퇴장.)

------

8 장소는 덴마크의 어느 해안.

9 4막 4장 8행 이하 전부: 제1이절판에 없는 부분. '전원 퇴장' 지문으로 맺
  는다.

햄릿, 로즌크랜츠, 〔길든스턴〕 외 몇명 등장.

햄릿 이보시오, 이게 누구 군대요?

부대장 노르웨이 왕의 군댑니다. 10

햄릿 미안하지만, 출정의 목적은?

부대장 폴란드 일부를 치려는 겁니다.

햄릿 사령관은 누구시오?

부대장 노르웨이 노왕 전하의 조카, 포틴브라스입니다.

햄릿 폴란드 중심부를 치려는 거요, 아님 변경 어디? 15

부대장 사실대로 보탬 없이 말하자면,

　　　　명분 말곤 아무런 이득 될 것도 없는

　　　　작은 땅뙈기 하나를 얻고자 가는 거지요.

　　　　소작료 다섯 더컷―딱 다섯―에도 전 안 짓겠습니다.

　　　　노르웨이 왕이건 폴란드 왕이건, 20

　　　　팔아치워도 그 돈 이상 못 받을걸요.

햄릿 뭐, 그렇담 폴란드 왕이 방어할 일도 없겠소.

부대장 아니요, 이미 수비대가 배치됐습니다.

햄릿 이천명의 목숨과 이만 더컷으로도

　　　　이 지푸라기 같은 문제를 결판내지 못하겠지! 25

　　　　이것은 부와 평화에 겨워 생긴 종기로,

　　　　속으로 곪아터질 뿐, 사람이 왜 죽는지

　　　　밖으론 안 드러나. 정말 고맙소이다.

부대장 안녕히 가십시오. 〔퇴장.〕

로즌크랜츠 가실까요, 저하?

햄릿 곧바로 합류하겠네. 먼저 좀 가게. 30

어찌 이리 온갖 일이 나를 고발하며,

둔한 복수심을 박차로 다그치는가. 인간이 뭔가,

시간을 처분해서 얻는 주된 이득이 고작

자고 먹는 일이라면? 그저 짐승일 뿐.

신이 인간에게 이렇게 큰 이해력을 주시어   35

앞뒤를 살필 수 있게 하신 뜻은, 그 능력과

신 같은 이성을 쓰지 않아 곰팡이 슬게 하라는 것은

분명 아니겠지. 축생 같은 건망증 탓이건,

결과를 너무 세세히 생각해서 생긴

겁 많은 망설임 탓이건— 생각이래야   40

넷으로 쪼개보면 그중 하나만 지혜고

셋은 늘 비겁이겠지만— 난 왜 내가 여태 살아

이걸 해야 돼, 하고 말하고 있는지 알 수 없어.

내겐 결행할 명분과 의지, 힘과 수단이 있지 않은가.

이 지구처럼 크고 분명한 사례들이 날 훈계한다.   45

엄청난 비용 들인 이 대규모 군대를 보라.

통솔하는 왕자는 섬세하고 앳되지만,

기백만큼은 신성한 웅지에 부풀어,

눈으로 볼 수 없는 결과 따윈 코웃음 치며,

한번 죽으면 그만인 보장 없는 목숨을   50

운명과 죽음과 위난에 내맡긴다, 고작

달걀 껍질만 한 땅을 위해. 진정한 위대함은

큰 명분 없인 움직이지 않는 게 아니라,

지푸라기 한올도 명예가 걸리면

큰 싸움의 명분 삼는 것. 그러면 난 어떤가?　　　　　55

아버지는 살해되고 어머니는 더럽혀져,

이성과 혈기가 격앙돼야 마땅하건만,

모든 것을 잠재운 채 수치스럽게도

이만 군사의 임박한 죽음만 지켜보는 난?

저들은 명성이란 환상과 속임수 좇아　　　　　60

침대로 가듯 무덤 가고, 온 군사가 자웅을

겨루기에도 비좁고, 전사자 묻어 숨길

묏자리도 못되는 땅뙈기를 얻고자

싸우지 않는가? 오, 이제부터 내 생각은

피비린내 풍기지 않으면 무용지물이다.　　　　(퇴장.)　65

〔4막 5장〕

왕비, 호레이쇼, 그리고 신사 한명 등장.[10]

왕비　　그애랑 말하고 싶지 않소.

신사　　　　　　　　　　　　막무가냅니다.

　　　　사실 실성했습니다. 상태가 정말 측은합니다.

왕비　　뭘 원하는 게요?

신사　　제 아비 얘기가 많사온데, 듣자 하니

----

10 장소는 엘시노 궁성 안.

세상은 흉계투성이라며, 에헴 하며 가슴을 치고,   5
별것도 아닌데 독하게 화를 내고,
반쯤만 말이 되는 애매한 얘길 합니다.
뜻은 없지만, 종잡을 수 없는 말본새도
듣다보면 아귀를 맞춰보고 싶어집니다.
그래보려고 사람들이 말을 제 생각에 맞게   10
짜깁는데, 눈짓, 고갯짓, 팔짓도 감안하면,
확실한 건 없어도, 매우 안 좋은 쪽으로
생각해볼 만하다고 생각하기 십상입니다.

호레이쇼   말씀 나누심이 좋겠습니다, 악의 품은 자들 사이에
위험한 억측을 뿌릴 수도 있으니.   15

왕비   들라 해라.   〔신사 퇴장.〕
〔방백〕 내 병든 영혼엔, 죄의 본성이 그렇듯,
사소한 일이 하나같이 큰 불행의 서곡 같다.
죄는 어리석은 두려움으로 가득 차서,
파멸할까 무서워하며 파멸의 고통을 사서 겪누나.   20

오필리아 등장.

오필리아   어여쁘신 덴마크 왕비께선 어디 계셔요?

왕비   웬일이냐, 오필리아.

오필리아   (노래한다.) *그대 임 어찌 아나*
누가 내게 물으면,
순례자 가리비 모자,   25
지팡이와 가죽 신.[11]

왕비   에그, 이 아가씨야, 이 노래 뜻이 뭐지?

오필리아   네? 그냥, 좀 들어보셔요.

　　(노래한다.)   *죽고 없어요, 아씨,*

　　　　　　　　 죽고 영영 없어요,

　　　　　　　　 머리엔 푸른 뗏장,

　　　　　　　　 발치엔 묘석 하나.

　　오오!¹²

왕비   제발, 오필리아 —

오필리아   좀 들어봐요.

　　〔노래한다.〕 *수의는 산골짝의 눈인 양 희고* —

　　　　　　　　　　왕 등장.

왕비   에그, 이걸 좀 보세요, 전하.

오필리아   (노래한다.)   *뿌려진 꽃송이는*

　　　　　　　　　　 아니 젖어¹³ 무덤 갔네,

　　　　　　　　　　 참사랑 소나기 눈물.

왕   어인 일인가, 어여쁜 아가씨?

오필리아   네, 고맙습니다. 올빼미가 빵집 딸이었대요.¹⁴ 주님,

---

11 순례자~가죽 신: 성지 순례자의 전형적 차림새.

12 오오!: 깊은 탄식.

13 아니 젖어: 꽃송이가 사랑하는 사람의 눈물에 젖어 무덤으로 가는 것이
　　자연스러울 터인데, "아니 젖어"라고 한 것은 오필리아가 폴로니어스의 졸
　　속한 장례를 의식한 결과로 볼 수 있겠다.

14 올빼미가 빵집 딸이었대요: 민간 설화. 거지가 음식을 청하자 빵집 딸이
　　인색하게 작은 빵 한조각만 내주었다. 거지는 예수였고, 빵집 딸은 벌로 올

우린 지금 우리가 뭔진 알아도 장차 어찌 될진 몰라요.
하느님께서 식탁에 함께하시길.

왕　　　제 아버지 생각을 하는 게지.　　　　　　　　　　　45

오필리아　제발 이 얘긴 하지 마셔요. 하지만 뜻을 물으면, 이
　　　렇게 말하셔요.

　　　(노래한다.) 아침 오면 밸런타인 성자의 날,
　　　　　　　다들 잠든 첫새벽 이른 시간에
　　　　　　　나는야 그대 방 창 밑에 선 처녀,　　　　　　　50
　　　　　　　그대 눈에 처음 띄어 애인 되려네.[15]
　　　　　　　　그 사내 일어나 옷 걸치고,
　　　　　　　방문 열어 안으로 맞은 그 처녀,
　　　　　　　나갈 땐 처녀 영영 아니었다네.

왕　　　어여쁜 오필리아 ―　　　　　　　　　　　　　　55

오필리아　정말이지, 맹세 따윈 빼고, 끝을 내겠어요.
　　　　　　　예수님, 자비 성자님, 에그 망측해,
　　　　　　　젊은 사낸 시시때때 덤벼들기만 ―
　　　　　　　고추에 맹세코[16] 모두 사내 탓.
　　　　　　　여자가 말하기를, '쓰러뜨릴 땐,　　　　　　60
　　　　　　　그대 내게 혼인을 약속했었지.'
　　　　　사내 답하길,
　　　　　　　'그러려고 했었지, 저 태양에 맹세코,

빼미가 되었다.
15 그대 눈에~되려네: 밸런타인 날 이성의 눈에 처음 띄면 애인이 된다.
16 고추에 맹세코: by cock. 'by god'(신께 맹세코)의 변형인데, 'cock'은 남자
성기를 뜻하기도 한다.

그대 내 잠자리에 아니 들었더라면.'

왕   언제부터 이 지경인가?   65

오필리아 모든 게 잘될 거예요. 참는 수밖에요. 하지만 그분을
        차가운 땅에 묻을 거라 생각하면 울음이 복받쳐요. 오빠
        에게 알려야겠어요. 좋은 말씀 감사합니다. 자, 내 마차.
        안녕히 주무셔요, 마님들, 안녕히 주무셔요. 어여쁘신 마
        님들, 안녕히, 안녕히 주무셔요.   (퇴장.)   70

왕   바짝 따라가라. 단단히 감시해, 부탁한다.

                                        〔호레이쇼 퇴장.〕

        오, 깊은 슬픔의 독 때문에 이리되었다.
        모든 게 아버지 죽음 때문. 자, 보시오─
        오, 거트루드, 거트루드,
        슬픔이 올 땐 척후병 한명씩 오지 않고,   75
        대부대로 닥치는구려. 우선 그애 아비가 살해됐고,
        다음엔 격한 난동으로 당연한 추방 자초한
        당신 아들이 떠났소. 폴로니어스 죽음을 두고
        백성들의 억측과 소문이 흙탕처럼
        혼탁하고 불건전한 판에 ─ 쉬쉬, 허겁지겁 시신 묻은   80
        과인 또한 실로 미숙했소. 가련한 오필리아는
        실성해서 맑은 분별력을 잃었는데,
        분별력 없는 인간이란 그림이나 짐승일 뿐.
        끝으로, 이 모든 것에 맞먹는 큰일로,
        개 오라비가 비밀리에 프랑스에서 돌아와,   85
        의혹을 끼니 삼으며 의심 구름에 휩싸였으니,
        아비의 죽음에 관한 역병 같은 언변으로

그의 귀 감염시킬 소문꾼이 어찌 없겠으며,

실제 사실이 궁하다보면, 귀에서 귀로

과인을 탓하는 말 서슴없이 건너가기   90

마련이오. 오, 거트루드, 이건,

살상용 산탄포처럼, 여러군데 상처 입혀

나를 죽이고 또 죽이는구려.   (안에서 요란한 소리.)

　　　　　　　　　여봐라!

스위스 근위병은? 문을 지키게 해라.

　　　　　　　사자 한명 등장.

무슨 일이냐?

사자　　　　　　　피신하십시오, 전하.   95

방파제 위로 솟구쳐 평지 삼키는 해일인들

폭동 이끌며 관리들을 을러대는

젊은 레어티즈처럼 세차고 급할 수는

없습니다. 폭도들은 그를 주군이라 부르며,

천지개벽이라도 난 듯, 고래의 전통도 잊고,   100

관습도 모른다는 듯 ― 전통과 관습이

말의 법도를 재가하고 유지하건만 ―

외쳐댑니다, '선택은 우리가! 레어티즈를 왕으로!'

모자를 던지고 손뼉 치고 소릴 지르며

구름 높이 갈채를 보내고 있습니다,   105

'레어티즈를 왕으로, 레어티즈를 왕으로.'

왕비　　잘못된 길을 냄새 맡고도 짖는 소린 참 카랑하네.

오, 방향이 틀렸다, 못된 덴마크 개들아.

(안에서 요란한 소리.)

왕   문이 부서졌다.

레어티즈, 추종자들과 함께 등장.

레어티즈   이 왕 어딨어?── 이보게들, 전부 밖에서 대기하게.   110

추종자들   아니요, 들어갑시다.

레어티즈   부탁이니 내게 맡기시오.

추종자들   그럽시다, 그래요.

레어티즈   고맙소. 문을 지키시오.   〔추종자들 퇴장.〕

                    오, 이 악독한 왕,

내 아버지 내놔.

왕비   〔그를 붙들며〕 가만가만, 레어티즈.   115

레어티즈   가만있을 피가 한방울이라도 남았다면,

그건 날 후레자식이라 선포하고, 아버지는

오쟁이 졌다 외치고, 정숙무결한 어머니

미간 바로 여기 창부 낙인 찍을 게다.

왕   레어티즈,

무슨 연유로 이리 반역하는 거인족[17]같이 구느냐?   120

뇌주시오, 거트루드. 과인은 염려 말고.

신성한 울타리가 왕을 에워쌌으니

반역은 어째 볼까 기웃거릴 따름,

....
17 반역하는 거인족: 지구의 거인족이 천상의 신들을 공격하는 이야기가
오비디우스의 『변신 이야기』에 나온다.

제 뜻대로 못하는 법.― 말하라, 레어티즈,
왜 이리 화가 났는지.―놔주시오, 거트루드.―   125
말해봐, 이 사람아.

레어티즈 아버진 어딨어?

왕   돌아가셨다.

왕비   전하 탓은 아니다.

왕   묻고 싶은 것 한껏 묻게 하오.

레어티즈 어쩌다 돌아가셨어? 야바위 짓은 안 통해.
         충성? 염병할! 군신의 맹세? 우라질!   130
         양심과 은총? 지옥 구덩이에나 처박아!
         천벌도 겁 안 나. 이것만은 양보 못해,
         이승이건 저승이건 나는 관심 없고,
         무슨 일이 닥쳐도, 오로지 난 철저히
         아버지 복수를 할 테다.

왕   누가 널 막을까?   135

레어티즈 내 뜻 말곤, 온 세상이 뭐래도 못 막아.
         그리고 내 수단은, 내가 잘 꾸릴 테니,
         비록 미약하나 큰 결과를 낼 게다.

왕   레어티즈,
         아버지 죽음에 대해서 확실히
         알고 싶다면서, 싹쓸이다, 외치고   140
         친구 원수, 승자 패자 가리지도 아니하고
         칼을 들이대는 게 네 복수의 철칙이냐?

레어티즈 원수만 잡겠소.

왕   그럼 누가 원수인지 알고 싶나?

레어티즈 아버지 친구에겐 이렇게 활짝 팔 벌려서,

제 피로 새끼 살리는 자애로운 펠리컨처럼,[18]   145

내 피라도 대접하겠소.

왕   그렇지, 이제야

착한 자식, 참된 신사답게 말을 하는구나.

내가 네 아버지 죽음에 죄가 없으며,

그 일로 절절히 슬퍼하고 있다는 건,

햇빛이 네 눈을 찌르듯, 네 판단력을   150

정통으로 찌를 것이다.

          (안쪽에서 소리. 〔오필리아의 노랫소리가 들린다.〕)

                  들어오게 놔둬라.

레어티즈 뭐야, 저게 무슨 소리지?

오필리아 등장.

오, 열기야, 내 뇌수를 말려라! 일곱배 짠

눈물아, 내 눈의 시력을 태워 없애라!

맹세코 네 광증의 댓가는 저울대 기울도록   155

무겁게 받아내겠다. 아, 오월의 장미!

고귀한 처녀—상냥한 누이—아리따운 오필리아—

오, 하늘이여, 젊은 처녀의 정신이

늙은이 목숨처럼 죽어가다니, 이럴 수가?[19]

----

18 제 피로~펠리컨처럼: 어미 펠리컨은 제 가슴에 부리로 상처를 내어 나온 피를 새끼에게 먹이고, 때로는 죽은 새끼를 그렇게 해서 살리기도 한다고 생각되었다.

사람의 천성은 사랑으로 지순해지고,   160
지순한 천성은 사랑의 대상 좇아
제 소중한 일부를 떠나보내는 법.

오필리아 (노래한다.) *맨얼굴로 상여에 지고 갔다네,*
무덤 속엔 한없이 눈물비 내렸네—
잘 가, 내 비둘기.   165

레어티즈 네가 제정신이 있어 복수를 조른다 해도,
이렇게 마음을 움직일 순 없다.

오필리아 거긴 "애고, 애고" 하고, 거긴 "그 사람 부르며 애고,
애고" 하고 노래하세요. 아, 후렴이 어쩜 이리 잘 어울릴
까! 주인집 아씰 훔친 건 못된 집사 놈이에요.   170

레어티즈 뜻 없는 말에 깊은 뜻이 실렸구나.

오필리아 여기 로즈메리, 잊지 말란 뜻이죠 — 제발, 내 사랑,
기억해줘요. 여기 팬지, 생각해달라는 꽃이에요.[20]

레어티즈 광증 가운데 교훈이구나. 생각하면서 잊지 말라는
거지.   175

오필리아 여기 회향꽃은 그대 것, 이 매발톱꽃도. 그대에겐 참
회꽃. 나도 좀 갖고. 이건 주일은총꽃이라고도 하죠. 참
회꽃을 달 땐 색다르게 달아야죠. 여긴 데이지 꽃. 그대
에겐 제비꽃을[21] 좀 드리고 싶지만, 제 아버지 돌아가시
자 모두 시들었어요. 잘 가셨다더군요.   180

---

19 160~62행 사람의 천성은~떠나보내는 법: 제2사절판에 없는 부분.

20 로즈메리~꽃이에요: 레어티즈에게 주는 것인 듯하다.

21 여기 회향꽃은~제비꽃을: 아첨을 뜻하는 회향꽃과 불륜을 뜻하는 매발
톱꽃은 거트루드 몫, 뉘우침을 뜻하는 참회꽃은 클로디어스 몫이라고 할
수 있겠다. 데이지는 불행한 사랑, 제비꽃은 진실됨을 뜻한다.

〔노래한다.〕 *귀여운 로빈새는 내 기쁨 전부.*

레어티즈 수심과 번민과 고통, 지옥마저도

　　　　우아하고 예쁘장하게 바꾸어놓는구나.

오필리아 (노래한다.) *아니 다시 오시려나?*

　　　　　　아니 다시 오시려나?　　　　　　　　185

　　　　　　아니, 아니, 죽었으니,

　　　　　　그대 죽는 그날까지,

　　　　　　결코 다시 아니 오리.

　　　　　　흰 수염은 눈발 같고,

　　　　　　머리칼은 온통 아맛빛.　　　　　　　190

　　　　　　가셨다네, 가셨다네,

　　　　　　한탄한들 부질없네.

　　　　　　신의 자비 빌어볼 뿐.

　　　　모든 기독교도들에게도 자비를. 안녕히.　　　(퇴장.)

레어티즈 이 모습 보시나이까, 오, 하느님.　　　　195

왕　　　 레어티즈, 네 슬픔을 내 나눠가져야겠다.

　　　　안된다면, 날 아예 거역하는 셈. 잠시 따로 보자.

　　　　네 친구들 중 가장 현명한 자들을 마음대로 골라,

　　　　너와 나 사이에서 듣고 판단케 하자.

　　　　만약 짐이 직접이든 남의 손을 빌렸든　　　　200

　　　　연루된 게 밝혀지면, 짐의 왕국을 내주겠다.

　　　　짐의 왕관과 짐의 목숨, 짐의 것 전부를

　　　　네게 배상으로 내주마. 하지만 아닌 경우,

　　　　부디 진정하고 짐의 말을 들어다오.

그러면 짐은 네 영혼과 협력하여
충분히 한을 풀어줄 것이다.

레어티즈   그리하지요.
아버님 사망의 정황, 허술한 장례—
유해 위에 기념패, 검, 문장도 없고,
고상한 의례도 정중한 의식도 없고—
이 모든 게 억울하다고 천지에 외치니,
내 이를 기필코 문제 삼겠소이다.

왕   그렇게 해라.
그래서 죄 있는 곳은 육중한 도끼로 찍어라.
자, 나와 함께 가자.   (모두 퇴장.)

〔4막 6장〕

호레이쇼와 하인 한명 등장.[22]

호레이쇼   나와 얘기하겠다는 이들, 어떤 사람들인가?
하인   선원들입니다. 전해드릴 편지가 있답니다.
호레이쇼   들여보내게.   〔하인 퇴장.〕
세상 어느 곳에서 내게 안부 소식이 오겠어,
햄릿 왕자 아니고서야.   5

....
22 장소는 엘시노 궁성 안.

선원들 등장.

선원 1 신께서 나릴 축복하시길.

호레이쇼 자네들도 신께서 축복하시길.

선원 1 원하시면 그러시겠지요. 선생께 편지 한장을 갖고 왔
    습죠. 영국행 사신이 보낸 건데―성함이 호레이쇼라면,
    그리 듣긴 했습니다만.   10

호레이쇼 (편지를 읽는다.) 호레이쇼, 이 편지를 훑어본 뒤 이
    친구들에게 왕을 만날 방도를 좀 주선해주게. 왕에게 보
    내는 편지들을 이들이 지녔다네. 바다에 나선 지 이틀도
    못돼, 단단히 무장한 해적선이 우릴 추격했네. 우리 배
    속력이 너무 느린 걸 알고 우린 억지로 용기를 내 싸웠   15
    는데, 싸움질 와중에 내가 적의 배에 올라타게 됐지. 그
    순간 적선이 우리 배에서 떨어져나갔고, 그래서 나 혼자
    포로가 됐다네. 그들은 날 자비의 도적들[23]처럼 대해주
    었어. 하지만 속셈이 있어 그런 걸 테니, 나도 그들에게
    내 몫을 베풀어야지. 내가 보낸 편지를 왕이 받도록 조처   20
    한 뒤, 죽음에서 도망치듯 속히 내게 와주게. 자네 귀에
    다 말해줄 얘기가 있는데, 들으면 아연실색할 걸세. 하지
    만 가벼운 말로 전하기엔 사안이 너무 엄중하군. 이 사람
    들이 자넬 내가 있는 곳으로 안내할 걸세. 로즌크랜츠와
    길든스턴은 영국행을 계속 중인데, 그들에 관해서도 할   25

....
23 자비의 도적들: '자비의 천사'란 통상적인 표현을 재미있게 비튼 것.

얘기가 많네. 안녕히.

자네가 지기로 알아주는,
햄릿.

자, 내 이 편지들 전할 방도를 주선하리다.
되도록 서둘겠소. 그래야 자네들도   30
편지를 보낸 분에게 나를 안내할 테니.

(모두 퇴장.)

〔4막 7장〕

왕과 레어티즈 등장.[24]

왕   너는 이제 진심으로 내 죄 없음을 인정하고,
        마음속에 나를 한편으로 맞아들여야 한다.
        네 직접 듣지 않았느냐, 총명한 귀로,
        네 선친 살해한 그자가 내 목숨을
        노렸던 것임을.
레어티즈   분명하군요. 하오나 말씀해주십시오,   5
        죄질이 이리 흉측하여 극형감인 악행을
        어찌하여 조처하지 않으셨나이까?
        전하의 안위와 혜안, 여타 사항들을 고려하면

----

24 장소는 엘시노 궁성 안.

크게 진노하셨을 터임에도.

왕   아, 특별한 이유가 둘 있지.

네겐 매우 부실해 보일지 모르나,   10

나로선 강력한 이유다. 햄릿 어미 왕비는

아들 안 보곤 거의 못 살 사람인데, 나에게는 —

내 장점인지 병통인진 알 바 없지만 —

내 목숨 내 영혼이 왕비와 별자리가 같아,

별이 궤도를 떠나 움직이지 못하듯,   15

나 또한 왕비 없인 못 산다. 내 그자를

공공연히 처벌 못하는 또 하나 이유는

일반 백성이 그를 몹시 사랑한다는 점.

백성들은 그의 온갖 잘못을 애정에 담가서,

나무를 돌로 바꾸는 샘물처럼,²⁵   20

그의 족쇄도 명예로 바꾼다. 그러니 내 화살은,

그리 거센 바람 견디기엔 화살대가 너무 가벼워,

활 쪽으로 오히려 되돌아올 뿐,

겨냥한 곳을 명중하진 못했을 것이야.

레어티즈   그래서 전 훌륭한 아버님을 잃었고,   25

누이는 절망적인 상태로 내몰렸군요.

누이의 가치는, 지난날로 돌아가 칭찬하자면,

산정에 올라 고금과 만방에 내로라할 만큼

완벽했지요. 아무튼 원수는 꼭 갚습니다.

왕   그 일로 잠 설칠 건 없느니라. 짐의 성정이   30

....
25 나무를~샘물처럼: 물에 포함된 광물질 때문에 석화작용을 하는 샘이 당
시 영국 도처에서 발견됐다.

수염을 위험하게 쥐어흔들도록 놓아두고
장난이겠거니 여길 만큼 맥없고 둔하리라곤
생각하지 마라. 곧 알게 될 것이다.
난 네 아버질 사랑했고, 짐 자신도 사랑하니,
그쯤 얘기해두면, 내 생각에, 너도 짐작—   35

                    사자가 편지를 들고 등장.

사자   이것은 전하께, 이것은 왕비 마마께.
왕   햄릿에게서! 누가 가져왔느냐?
사자   선원들이라 합니다. 전 보지 못했사옵니다.
       클로디오가 제게 편질 건넸습죠. 편질 가져온 자들에게서
       직접 받았다 하옵니다.   40
왕   레어티즈, 읽을 테니 들어봐라.—물러가거라.

                                        (사자 퇴장.)

       〔읽는다.〕 *지고, 지엄하신 전하, 소인이 전하의 왕국에 맨*
       몸으로 상륙하였음을 아뢰옵니다. 내일 용안을 뵙고자
       윤허를 청하려 하거니와, 뵙게 되면, 먼저 전하의 용서를
       구한 다음, 소인의 급작스럽고 또 심히 기이한 귀환의 연   45
       유를 사뢰겠나이다.

                                        햄릿.

       이게 대체 무슨 소린가? 나머지도 다 돌아왔나?
       혹은 무슨 속임수나 뭐 그런 건 아닌가?
레어티즈 필체를 아시겠습니까?
왕   햄릿의 글씨야.   50

160

'맨몸으로'—

그리고 여기 추신에 '혼자서'라고 했구먼.

설명할 수 있겠나?

레어티즈 영문을 모르겠군요. 하지만 오라지요.

제가 살아 그자 이빨에 대고 '넌 이렇게 죽어'라고   55

말해줄 걸 생각하면 가슴속 응어리마저

좀 풀립니다.

왕   그리되었다면, 레어티즈—

어찌 그리될 수가, 달리 어떻게[26]—

내가 권하는 대로 하겠느냐?

레어티즈   예, 전하.

그자와의 평화를 강권치만 않으신다면.   60

왕   네 마음의 평화지. 항해를 중단하고

돌아온 지금, 그가 만약 다시 떠날

생각이 없다고 하면, 내 그를 구슬려

계책 속에 막 무르익은 묘수 하나를 걸겠다.

걸려들면 쓰러지지 않곤 못 배길 게다.   65

그가 죽어도 비방의 바람결은 숨 쉬지 않을 터,

제 어미마저 음모의 혐의를 걸지 않고

사고라고 할 게야.[27]

레어티즈   전하, 권고 따르겠습니다.

제가 계책의 도구가 되게 꾸며주시면

----

26 어찌 그리될~어떻게: 햄릿이 어떻게 돌아올 수 있는가? 하지만 돌아오지
않고서야 이 편지를 어떻게 보낼 수 있겠는가?

27 68~81행 전하, 권고~옷차림이 어울리거든: 제1이절판에 없는 부분.

더욱 좋겠나이다.

왕 　　　　　　　　마침 잘되었다.　　　　　　　70

너 여행 떠나고 나서 칭찬이 자자했지,

햄릿도 듣는 데서. 네게 한가지 빛나는

재간이 있다고들 하며. 네 재주를 다 합한들

그것만큼 그의 시샘을 사진 않았을 게다.

내가 보기에 그것은 네 재주 가운데　　　　75

가장 격이 낮은 것이지만.

레어티즈 　　　　　　　　그게 무슨 재주입니까?

왕 젊은이 모자의 리본 장식 같은 것─

하지만 필요한 것이기도 하지.

지긋한 나이에 건강과 지체를 나타내는

담비와 검정 의상이 어울리듯, 젊은이에겐　　80

경쾌, 발랄한 옷차림이 어울리거든. 두달 전

노르망디에서 신사 한 사람이 왔었지─

내 몸소 프랑스인들 겪어보고 겨루어보아

말들 제법 잘 타는 건 알지만, 이 양반

승마술은 마법 같더군. 안장에 착 붙어　　　85

놀라운 재주를 말에게 시키는데,

기수가 그 멋들어진 짐승과 한몸 이루어

반인반마가 된 듯하더만. 그 재주

내 상상을 초월하는지라, 자세와 묘기를

꾸며내 그려본들 그가 해 보인 재주엔 못 미쳐.　　90

레어티즈 노르망디 사람이었습니까?

왕 노르망디 사람.

레어티즈　맹세컨대 라모르!

왕　　　　　　　　　바로 그 사람.

레어티즈　그를 잘 압니다. 참으로 모든 프랑스인의 보배,

보석이지요.　　　　　　　　　　　　　　　　95

왕　　그가 너에 관해 증언을 하는데,

네 능수능란한 검술, 특히 세장검 솜씨가

달인의 경지에 이르렀다고 극찬하며,

누가 너와 맞붙을 수 있다면

정말 대단한 볼거리가 될 거라 부르짖더만.²⁸　　　　100

네가 만약 대적하면, 제 나라 검객들은

운신과 방어는커녕 시선 유지도 못할 거라고

단언하더군. 그가 전하는 이런 말을 듣고

햄릿은 시기심으로 독이 잔뜩 올라,

네가 불시에 돌아와 한판 붙게 되기만을　　　　105

학수고대 바라고 또 빌 따름이었다.

자, 이걸 기화로—

레어티즈　　　　　　　이걸 기화로 어쩌지요?

왕　　레어티즈, 너는 선친을 귀히 여겼느냐?

아니면 너는 그림 속 슬픔처럼

심장 없는 얼굴이냐?

레어티즈　　　　　　　그걸 왜 물으시옵니까?　　　110

왕　　네가 선친을 사랑하지 않았다는 게 아니라,

사랑이 시간의 소산임을 내 알거니와,

---

28 101~03행 **네가 만약~단언하더군**: 제1이절판에 없는 부분.

확실히 입증된 사례들을 보건대

시간 지나면 사랑의 불꽃과 화기도 잦아들거든.²⁹

사랑의 불꽃 한가운데, 그 불꽃 스러지게 할   115

심지나 검댕 같은 것이 자리를 잡았지.

한결같이 좋은 것은 없는 법,

좋은 것도 과하게 자라면 병이 되고,

바로 그 과도함 탓에 죽어. 하고 싶은 일은

하고 싶을 때 해야 돼. 이 '하고 싶다'는 마음은   120

변하기 마련, 허다한 혀, 손, 사건이 말리는 족족

줄어들고 미뤄지기 십상인 게야.

'해야 된다'는 생각은 피를 말리는 탄식³⁰ 같아서

내뱉으면 위안은 되지만 해롭지.

허나 궤양 같은 골칫거리, 가장 아픈 데를 찌르면—   125

햄릿이 돌아온다. 진정 선친의 아들임을

입증하기 위해 넌 무엇을 감히 하겠느냐,

말 아닌 행동으로?

레어티즈   놈 목줄을 끊지요, 교회에서.

왕   그 어떤 곳도 살인이 숨을 성역이 될 수 없고,

복수에는 울타리가 없는 법. 허나 레어티즈,   130

이 일을 할 작정이면, 방에 꼭 박혀 있거라.

햄릿이 돌아오면 네 귀국을 알리마.

네 솜씨를 칭찬할 사람들을 심어서,

그 프랑스 신사 갑절로 네 명성을

....

29 115~25행 사랑의 불꽃~찌르면: 제1이절판에 없는 부분.
30 피를 말리는 탄식: 탄식은 사람의 정기를 소진시킨다고 생각되었다.

광낸 다음, 너희 둘을, 결국, 시합 붙이고,   135
누가 이길지 내길 걸겠다. 햄릿은 무심하고
대범하며 술수 따윈 전혀 모르므로,
시합 검을 꼼꼼히 살피지 않을 터, 그러니 손쉽게―
또는 약간의 속임수로― 칼끝 무디게
갈지 않은 검을 골라 계획대로 찌르면,   140
선친의 복수를 할 수 있다.

레어티즈   하겠습니다.
그리고 잡도리 삼아 칼에 독을 바르지요.
웬 돌팔이에게서 독약을 샀는데,
하도 독해서, 칼을 약에 슥 담그기만 해도,
그 칼에 걸려 피가 나면, 제아무리 용한 고약도,   145
달빛 아래 채취해 효력이 센 갖은 약초로
달였다고 해도, 칼에 긁히기만 한 사람도
죽음에서 구해내지 못한답니다. 제 칼끝에
이 독을 바르겠습니다. 살짝 스치기만 하면,
죽음이지요.

왕   이 일은 좀더 생각해보고,   150
우리 배역에 맞는 편리한 시기와 방법을
저울질해보자. 이 일이 잘못되고,
서툰 연기로 우리 계책이 탄로될 거라면,
아니함만 못해. 그러므로 이 계책이
실행 중 불발할 경우에도 유효한   155
예비책 또는 둘째 방책이 있어야 해. 가만, 어디 보자.
둘의 솜씨에 정색하고 내기를 걸 테고―

옳지!

겨루느라 열이 나고 목이 마르면—

그리되게끔 더욱 맹렬히 찔러대야 해—

그가 마실 걸 달라 하겠지. 그럴 때를 노리고

술잔을 준비해둘 텐데, 입술만 적시면,

그가 행여 네 독검을 피한다 해도,

우리 목적은 달성된다. 헌데 가만, 웬 소란?

왕비 등장.

왕비   재앙이 꼬리를 물고 잇따라 닥치는구려,

너무 빨리 이어져요. 누이가 물에 빠져 죽었다, 레어티즈.

레어티즈   물에 빠져? 오, 어디서요?

왕비   거울 같은 물 위에 은빛 나뭇잎 비추며

버드나무 한그루 비스듬히 냇가에 자라지.

그것으로 누이가 미나리아재비, 쐐기풀,

데이지, 자란을 엮어 기막힌 화관을 만들었어.

입 험한 목동들은 자란에 상스러운 이름[31] 붙이지만

얌전한 처녀들은 죽은 남자 손가락이라 하지.

늘어진 가지에 들꽃 화관 걸려고

기어오를 때, 심술 맞은 실가지 하나 부러져,

들꽃 화관도 누이도 흐느끼는 냇물에

떨어지고 말았단다. 옷자락 활짝 펴져

---

31 상스러운 이름: 난과 식물은 뿌리 윗부분(위구경)이 고환처럼 생겼기 때
  문에 '개불알'과 같은 "상스러운 이름"으로 불리기도 한다.

한동안 물 위에 인어처럼 떠 있는 사이,

옛 가락을 몇 구절 누이가 부르는데,

제 곤경을 못 느끼는 사람 같기도 하고, 180

물에서 태어나 물에 살기 적합한

생명체 같기도 하더구나. 그러나 오래잖아

의복은 물을 머금어 무거워져,

가여운 누이 고운 가락 앗아가버리고,

진흙탕 죽음으로 끌고 갔단다.

레어티즈   아아, 그럼 빠져 죽었군요. 185

왕비   빠져 죽었다, 죽었어.

레어티즈 물이라면 지긋지긋할 테니, 가여운 오필리아,

눈물은 내 금하마. 하지만 어쩌랴,

울음도 천성인걸. 수치심이 뭐라 해도

천성은 제 버릇대로 하는 법. 〔운다.〕 눈물 다하면, 190

여자 같은 마음도 가시겠지. 편히 계십시오, 전하.

불같은 할 말이 활활 타려 하지만,

이 얼뜬 짓이 꺼버립니다.   (퇴장.)

왕   뒤따릅시다, 거트루드.

그의 분노 달래느라 내 정말 애먹었다오.

이 일로 그 분노가 덧날까 두렵소. 195

그러니 뒤따릅시다.   (전원 퇴장.)

〔5막 1장〕

광대 둘 등장〔──무덤일꾼과 그의 동료〕.[1]

무덤일꾼 이 여자 기독교식으로 매장해도 되나, 제멋대로 자 길 구원하려 했는데?[2]

동료 된다니까 그래. 그러니 무덤이나 얼른 파. 검시관이 여 잘 조사하고 기독교식 매장으로 결정 봤다고.[3]

무덤일꾼 어찌 그럴 수 있담, 자기방어 중 빠져 죽은 게 아닌   5 다음에야.

동료 글쎄, 그리 결정 봤다니까.

무덤일꾼 '자기공격'[4]이 분명하구먼, 딴거일 순 없어. 요점 인즉슨 여차하걸랑. 내가 만약 알고설랑 빠져서 죽는 다, 그럼 하나의 행위가 성립돼. 행위는 세갈래로 나뉘걸   10 랑 ── 행하고, 동하고, 실행하는 거. 고로 이 여잔 알고설 랑 빠져 죽은겨.

----

1 장소는 엘시노의 교회 묘지.

2 **기독교식으로~했는데:** 자살자의 시신은 기독교식 장례 절차에 따라 교회 묘지에 매장하는 것이 금지되었고, 흔히 갈림길에 있는 돌더미 아래 몸에 막대를 꿰어 묻었다.

3 **검시관이~결정 봤다고:** 검시관은 오필리아가 자살이 아니라고 판정한 셈이다. 하지만 무덤일꾼과 동료는 검시관의 공식 판정을 딱히 신뢰하지 않는 듯하다.

4 **자기공격:** se offendendo. 자기방어 또는 정당방위(se defendendo)를 잘못 말 한 것. 하지만 자살이란 사실 '자기공격'에 해당한다고 볼 수 있다. 이 대사 는 1554년에 자살한 제임스 헤일스 경과 관련된 법정 논쟁을 익살스럽게 처리한 것으로 추정된다. 자살은 상상, 결심, 결행, 세 단계로 이루어진다 는 주장이 논쟁 과정에서 제기되었다.

동료　그 참, 이봐, 무덤 파는 양반 ——

무덤일꾼　가만있어봐. 여기 물이 있어 —— 되얐고. 여기 사람이
　　서 있어 —— 되얐고. 만약 이 사람이 저기 물로 가서 빠져　　　　15
　　죽으면 그건 좋건 싫건 제 발로 간 거지. 알겠나? 하지만
　　물이 그 사람한테 와서 빠뜨려 죽인다면, 제 스스로 빠져
　　죽은 게 아니걸랑. 고로, 자기 죽음에 죄가 없는 자는 자
　　기 수명을 단축한 게 아니야.

동료　그게 법인감?　　　　　　　　　　　　　　　　　　　20

무덤일꾼　암, 여부가 있나, 검시관 검시법.

동료　진실을 알고 싶나? 양갓집 처자가 아니었담 기독교식
　　매장은 턱도 없어.

무덤일꾼　어라, 한말씀 하시는구먼. 높으신 양반들은 이 세상
　　에서 물에 빠지거나 목매달아 죽을 권한이 서민들보다　　　　25
　　더 많다니 참 딱도 하지. 이리 줘, 내 삽. 유서 깊은 양반
　　네치고 정원사, 도랑일꾼, 무덤일꾼 아닌 사람 없지[5] ——
　　그 사람들은 아담의 직업을 대물렸걸랑.　　　〔땅을 판다.〕

동료　아담이 양반이었다고?

무덤일꾼　그야말로 젤 첨으로 학문에 힘쓴 양반.　　　　　　30

동료　에이, 학문은 무슨.

무덤일꾼　아니, 자네 이교도야? 성경 말씀을 거꾸로 알아먹
　　나? 성경 말씀에 나와, 아담이 땅을 팠다고. 항문에 힘깨

---

5 유서 깊은~사람 없지: 1381년 농민봉기의 주도자 중 한명인 존 볼의 설교
　중에 '아담이 땅 파고 이브가 물레 잣던 시절에 양반이 따로 있었느냐'라
　는 구절이 나오는데, 무덤일꾼은 이 구절을 그 당시에는 양반밖에는 없었
　다는 식으로 익살맞게 뒤집는다.

나 쓰지 않고서 땅이 파졌겠어?[6] 내 자네에게 또 한가지

묻지. 똑바로 대답 못할 시엔 자백하시고[7]—　　　　　　　　　₃₅

동료　　잡소리.

무덤일꾼　　석공, 조선공, 목공보다 더 실하게 짓는 자가 누구게?

동료　　교수대 만드는 사람. 그놈의 틀은 손님 수천명 받아도

　　　　끄떡없잖아.

무덤일꾼　　자네 재치 참말 맘에 들었어. 교수대도 딱 맞는구면.　　₄₀

　　　　헌데, 누구한테 딱 맞을까? 잘못한 놈들한테 딱 맞지. 근

　　　　데, 자넨 교수대를 교회보다 더 실하게 짓는다 했응께,

　　　　잘못한 거야. 고로 교수대가 자네에게 딱 맞걸랑. 자, 다

　　　　시 해봐.

동료　　석공, 조선공, 목공보다 더 실하게 짓는 자가 누구냐고?　　₄₅

무덤일꾼　　그래, 답하고 푹 쉬서.

동료　　제길, 이젠 알겠어.

무덤일꾼　　어디.

동료　　염병, 모르겠네.

무덤일꾼　　그 일로 골 그만 패셔. 둔한 나귀 조진다고 걸음이　　₅₀

　　　　날래져? 이담에 누가 또 이걸 물으면, '무덤 짓는 어르

---

6 항문에~땅이 파졌겠어: 원문에서는 'arm'이 '귀족가문의 문장'과 '팔'
이란 전혀 다른 두 뜻을 가진 것을 이용해 무덤일꾼이 말장난을 하고 있
다. 아담이 양반이었냐는 무덤일꾼 동료의 물음에 무덤일꾼이 아담이 문
장(arms)을 소지한 최초의 양반이었다고 답한다. 무덤일꾼 동료가 그럴 리
없다고 반박하자, 무덤일꾼은 아담이 땅을 팠다는데 팔(arms) 없이 무슨
수로 땅을 파느냐고 맞받는다.

7 자백하시고: 이 말에 이어지는 것은 '교수형이나 당하시지'이다. '진정한
참회는 죄를 고백하고 합당한 벌을 받는 것'이라는 명제를 우스꽝스럽게
비틀었다.

신'이라고 그래. 그분께서 지으시는 유택은 최후 심판 날까지 버틸 테니. 가, 요언⁸한테 가서 술이나 한대접 받아 오라고.

〔무덤일꾼 동료 퇴장. 무덤일꾼 계속해서 무덤을 판다.〕

(노래한다.) *사랑하고 사랑한 젊던 그 시절*   55
      사랑은 다디달다 생각했다네
   내 뜻대로 시간을 ― 어허야 ― 붙잡기에는
   사랑만큼 좋은 건 ― 어허야 ― 없다 여겼네.

〔무덤일꾼이 노래하는 사이에〕 햄릿과 호레이쇼 등장.

햄릿 묘를 파며 노랠 부르다니, 이 친구 제 일이 아무렇지도 않나?   60

호레이쇼 습관이 되어 무감각해진 거겠지요.

햄릿 바로 그래. 쓰지 않는 손이 감각은 더 예민한 법이거든.

무덤일꾼 〔노래한다.〕 *하지만 도둑 걸음 노년 다가와*
      갈고리 손아귀로 날 움켜쥐고
      땅속 저 깊은 곳에 동댕이치니   65
      청춘 언제이런가, 세월 덧없네.

                           (해골 하나를 던져 올린다.)

햄릿 저 해골도 한때 혀가 달려 노래까지 불렀다네. 저놈이 땅에다 해골 내팽개치는 본새 좀 보게. 인류 최초의 살인자 카인의 아가리 뼈라도 다루는 것 같군. 지금 저 녀석

---
8 요언: 술집 주인 이름인 듯하다.

이 마구 다루는 저건 어느 책사의 머리통이었는지도 몰
라. 하느님도 속여먹으려는 책사 말일세. 안 그런가?

호레이쇼   그렇군요, 저하.

햄릿   혹은 어느 벼슬아치 대갈통일 수도 있겠지. '안녕하십
니까, 대감마님? 어찌 지내시옵니까, 대감마님?' 하고 알
랑거렸을 테지. 저건 아무개 대감 것일지도 모르지. 달라
고 빌붙을 속셈으로 다른 아무개 대감의 말을 칭찬해댄
그자 말일세. 안 그런가?

호레이쇼   그렇지요, 저하.

햄릿   그래, 그렇지. 그런데 지금은 구더기 마님 차지로, 턱
은 빠지고, 대갈통은 묘 파는 놈 삽 끝에 얻어터지는 신
셀세. 알아볼 눈만 있다면, 만사 돌고 도는 근사한 이치
가 여깄군. 이 해골들 키워낸 값이 고작 공놀이란 말인
가? 생각하자니 내 해골이 지끈거리는군.

무덤일꾼   (노래한다.) *곡괭이, 삽 한자루, 삽 한자루에*
수의 삼아 덮을 천 한장 보태면
땅 파서 진흙으로 구덩이 만들어
저런 손님 모시기 마침맞을세.

〔해골을 또 하나 던져 올린다.〕

햄릿   또 하나 나왔군. 글쎄, 저건 변호사 해골 아니겠나? 그
의 궤변과 요설, 그의 사건과 그의 소유권 소송과 그의
잔재주는 지금 어딜 갔을까? 그는 어째서 이 망나니가
더러운 삽으로 골통을 갈겨도 내버려두고, 폭행으로 고
소하겠노라 들이대지 않는가? 음, 이 친구는 한창때 토
지담보증서, 차용증서, 최종합의소송, 이중증인 소환, 토

지반환소송 따월 남발하며, 땅깨나 사서 쟁였을지도 몰⁹⁵
라. 이자의 고운 대갈통에 고운 흙먼지만 그득하니, 이게
최종합의소송의 최종 결과요,⁹ 토지반환소송으로 얻은
반환물인가? 증인들이 그의 토지 매입을 증언하고 또 이
중증언까지 한 결과가 기껏 가로세로가 계약서 한장만
한 땅뙈기란 말인가? 이자 땅의 땅문서만으로도 이 관이¹⁰⁰
넘칠 텐데, 정작 토지 매수자 자신은 이것밖에 못 갖는
다, 이건가?

호레이쇼   한뼘도 더이상은 안되지요.

햄릿   양피지를 양가죽으로 만들지 않나?

호레이쇼   예, 저하. 송아지 가죽으로도 만듭니다.

햄릿   양피지에서 소유권 보증을 찾는 자들은 양이나 송아¹⁰⁵
지라네.¹⁰ 이 친구에게 말을 걸어봐야지.—이봐, 누구
무덤이냐?

무덤일꾼   제 것입죠, 나리.
        〔노래한다.〕 *땅 파서 진흙으로 구덩이 만들어—*

햄릿   참으로 네 것이겠지, 그 안에 누웠으니.¹¹¹¹⁰

---

9 고운 대갈통에~최종 결과요: 네겹의 말장난. "고운" "최종합의소송" "최종
결과"는 원문이 모두 "fine" 또는 "fines"이다.

10 양피지에서~송아지라네: 죽으면 다 두고 가니까. 양, 소는 '바보'라는 뜻
도 있다.

11 그 안에 누웠으니: thou liest in't. 무덤에 묻힐 사람이 누구냐는 햄릿의 물
음을 무덤일꾼이 딴청 부리며 누가 판 무덤이냐고 받아서 "제 것입죠"라
고 답하는 순간, 햄릿과 무덤일꾼 사이의 말장난 대결이 촉발된다. 동사
'lie'는 1) '눕다', 2) '거짓말하다'라는 뜻으로 동시에 쓰이므로, 무덤 안에
누워 있다는 것은—죽었다는 뜻이면서—동음이의어 말장난으로는 무
덤 속에서 거짓말을 한다는 뜻도 된다. 111행 "나리는 밖에 계시니"(you lie

무덤일꾼 나리는 밖에 계시니 나리 것은 아닙죠. 소인이야 뭐, 이 안에 눕진 않았지만, 제 것이굽쇼.

햄릿 그 안에 있으면서 네 것이라니 넌 진정 그 안에 누운 거지. 무덤은 죽은 사람 거지 산 사람 게 아니야. 그러니 거짓말이지. 115

무덤일꾼 그건 산 거짓말잉께, 나리, 소인한테서 나리께 되돌아갈 겁쇼.

햄릿 어떤 사내 무덤을 파느냐?[12]

무덤일꾼 아무 사내 것도 아닙죠.

햄릿 그럼 어느 여자 것이냐? 120

무덤일꾼 여자 것도 아니굽쇼.

햄릿 누가 거기 묻힐 거냐?

무덤일꾼 여자였습죠, 나리. 한데, 가엾게도, 죽었습죠.

햄릿 그놈 말본새 꾀까다롭기도 하다. 자로 재듯 정확히 말을 해야지, 잘못했단 말재간에 걸려 패가망신하겠어. 정 125 말이지 호레이쇼, 내 요 삼년 유심히 살펴왔는데, 시절이 하도 유난스러워져 농사꾼 발가락 끝이 궁정 벼슬아치 뒤꿈치를 바짝 따라붙는 통에 튼 곳이 긁혀 쓰릴 지경일세.——무덤일 한 지 얼마나 됐나?

무덤일꾼 일년 열두달 허구많은 날들 가운데 선왕 햄릿 전하 130 께서 포틴브라스를 꺾으신 그날부터입죠.

햄릿 그게 얼마나 됐는데?

---

out on't)에는 '나리는 밖에서 거짓말하시니'라는 뜻도 물론 실렸다. 이 말장난이 117행까지 이어진다.
12 어떤~파느냐 말장난의 달인 햄릿이 무덤일꾼에게 밀려 말꼬리를 돌린다.

174

무덤일꾼 그걸 모르신다굽쇼? 암만 바보라도 다 아는데. 햄릿
    왕자님 태어나신 바로 그날이었습죠. 미쳐서 영국으로
    쫓겨간 그 왕자님요.   135

햄릿 아, 그런가. 왜 영국으로 쫓겨갔는데?

무덤일꾼 그야, 미쳤으니깐요. 거기서 제정신을 되찾게 하자
    는 것입죠. 뭐, 못 찾아도 거기서야 별문제 아니굽쇼.

햄릿 어째서?

무덤일꾼 미친 게 표가 안 날 테니깐요. 거긴 사람들이 죄다 140
    햄릿 왕자님만큼은 미쳤걸랑요.

햄릿 왕자가 어쩌다 미친 거냐?

무덤일꾼 참 희한하게 미쳤다더군입쇼.

햄릿 어떻게 '희한하게'?

무덤일꾼 글쎄, 정신을 분실했습죠.   145

햄릿 어디다가, 왜?¹³

무덤일꾼 그야, 여기 덴마크입죠. 소인이 소싯적부터 여기서
    교회 머슴질을 한 게 삼십년이구먼요.¹⁴

햄릿 사람이 무덤 속에 얼마나 있으면 썩나?

무덤일꾼 죽기 전에 벌써 썩지 않았다면──무덤에 내려놓을 150
    겨를도 없이 썩어 문드러지는 매독 걸린 송장도 요샌 많
    걸랑요── 한 팔구년 갑죠. 무두장이는 구년 가굽쇼.

햄릿 왜 더 가?

----

13 어디다가, 왜: upon what ground. 1) '어느 땅에', 2) '무슨 이유로'의 두 뜻
이 겹친 표현. "정신을 분실했"다는 무덤일꾼의 말장난에 햄릿이 장단을
맞춰준 셈이 됐다.
14 교회 머슴질을~삼십년이구먼요: 앞서 134행에서 햄릿이 태어나던 날 묘
파는 일을 시작했다고 했으니, 이 말대로라면 햄릿의 나이는 서른살이다.

무덤일꾼　그야, 나리, 살가죽이 직업상 하도 무두질이 돼놔서 한참은 물이 못 스미걸랑요. 물이란 게 니미랄 송장 썩히 ₁₅₅는 덴 독합죠. 여기 이 해골은 땅속에서 이십년 하고도 삼년 누워 있던 놈입죠.

햄릿　누구 건가?

무덤일꾼　니미랄 미친 작자였습죠. 누구 거 같은갑쇼?

햄릿　글쎄, 난 모르지. ₁₆₀

무덤일꾼　염병할 미친놈! 한번은 제 머리에 포도주를 병째 쏟아붓더라굽쇼. 바로 이 해골이, 나리, 임금님 어릿광대였던 요릭 해골입죠.

햄릿　이게?　　　　　　　　　　　〔해골을 집는다.〕

무덤일꾼　바로 그겁죠. ₁₆₅

햄릿　아아, 불쌍한 요릭. 그를 아네, 호레이쇼. 익살이 무궁무진하고 기발한 발상이 출중한 친구였어. 날 수천번 업어줬는데─지금은 그걸 상상하니 소름이 돋누먼. 구역질이 나려 해. 바로 여기 달려 있었군, 내가 수도 없이 입맞춘 두 입술이. 그대의 농담, 그대의 익살, 그대의 노래, ₁₇₀ 그대의 반짝이는 재담은 어디로 갔는가? 좌중을 뒤집어놓곤 했는데. 그대 자신의 이빨 드러낸 웃음을 골려줄 재담 한마디 이젠 없는가? 턱은 아주 빠져버렸는가? 자, 마나님 방에 가서 말해주게, 일 인치 두께로 화장을 한들이 모양이 되고 만다고. 그런 말로 마나님들을 웃겨보게 ₁₇₅ 나.─이보게, 호레이쇼, 한가지 답해주게.

호레이쇼　무엇을요, 저하.

햄릿　알렉산더 대왕도 땅속에서 이 꼴이었다고 생각하나?

176

호레이쇼　바로 그랬겠지요.

햄릿　이런 악취도 풍기고? 푸우!　　　〔해골을 내려놓는다.〕　180

호레이쇼　바로 그랬겠지요, 저하.

햄릿　우린 죽어 얼마나 천한 데 쓰일까, 호레이쇼! 그래, 알
　　　렉산더의 고귀한 유골이 결국 술통 마개가 되는 과정을
　　　상상으로 추적해볼 수도 있지 않겠나?

호레이쇼　그렇게까지 생각하는 건 지나치게 기발한 생각이겠　185
　　　지요.

햄릿　아니, 정말 전혀 그렇지 않아. 충분히 합리적으로, 개
　　　연성을 상상의 길라잡이 삼아 그의 뒤를 따라가다보면
　　　거기까지 갈 걸세. 알렉산더가 죽었다, 알렉산더가 묻혔
　　　다, 알렉산더가 티끌로 돌아갔다, 티끌은 흙이다, 흙으로　190
　　　찰흙을 만든다, 그런 뒤 알렉산더가 변해서 된 찰흙이 술
　　　통 마개가 되지 말란 법 있나?
　　　천하의 씨저도 죽어서 흙이 되면
　　　구멍 때워 바람 막을 수도 있는 법,
　　　오, 온 세상 떨게 하던 그 흙덩이　　　　　　　　　　195
　　　벽 때워 엄동설한 강풍을 막다니!
　　　가만, 잠시 가만. 저기 왕이 오는군,
　　　왕비와 조신들도.

관〔을 진 사람들〕, 사제 한명, 왕, 왕비, 레어티즈, 시종들 등장.

　　　　　　　　누구 장례일까?
　　　저렇게 거두절미한 의례로? 보아하니

저들이 뒤따르는 저 시신 이판사판으로   200
　　　제 목숨 끊은 게지. 지체깨나 있었겠어.
　　　우리 잠시 몸을 숨기고 지켜보세.

레어티즈　예식은 뭐 더 없소?

햄릿　　레어티즈일세. 썩 훌륭한 청년이지. 잘 보게.

레어티즈　예식은 뭐 더 없소?   205

사제　이 여인 장례 절차는 우리 권한 내에서
　　　최고로 거행했소. 사망 원인이 석연찮아,
　　　왕명이 관례를 뒤엎지 않았다면,
　　　고인은 축성 없이 땅속에 머물며
　　　최후의 나팔 소릴 기다렸을 것이오.   210
　　　자비의 기도 대신 사금파리, 부싯돌,
　　　조약돌을 맞았겠지. 하지만 이번엔
　　　처녀 화관 씌우고 처녀 꽃 뿌리고,
　　　종 울려 정중히 유택에 모시는
　　　의례가 허용되었소.   215

레어티즈　더이상은 안되오?

사제　　　　　　　　　더이상은 안됩니다.
　　　엄숙한 진혼가를 부르거나, 평화롭게
　　　세상 떠난 영혼들처럼 안식을 노래하면
　　　장의예배 모독이오.

레어티즈　　　　　　저 아이를 묻어라.
　　　곱고 정결한 저 아이 육신에서   220
　　　제비꽃 돋아나리. 매정한 사제야,
　　　내 누이 구원천사 되었을 때, 넌 지옥에 누워

178

울부짖을 것이다.

햄릿　　　　　　　뭐, 어여쁜 오필리아!

왕비　　〔꽃을 뿌리며〕고운 사람에게 고운 꽃. 잘 가거라.

　　　　햄릿의 색시가 되었으면 했단다.　　　　　　　　　　225

　　　　꽃으로 네 신방 꾸밀 줄 알았지, 고운 아기야,

　　　　네 무덤에 뿌릴 줄 몰랐구나.

레어티즈　　　　　　　　오, 세곱 재앙,

　　　　그 저주받은 대가리에 서른곱으로 쏟아져라,

　　　　악독한 짓으로 네 총기 앗아간

　　　　그 대가리에.── 흙은 좀 있다가 끼얹어.　　　　　　230

　　　　누이를 한번 더 내 팔에 안아보련다.

　　　　　　　　　　　　　　　　　　(무덤에 뛰어든다.)

　　　　자, 그 흙을 산 자와 죽은 자 위에 쌓아올려,

　　　　이 평지가 산이 되어 옛 펠리온 산[15]보다,

　　　　저 푸른 올림포스 산 하늘 닿은 꼭대기보다

　　　　더 높아지게 하라.

햄릿　　　　　　누구냐, 슬픔을 저리　　　　　　　　　235

　　　　과격하게 표하는 자가? 슬픔의 수사법이

　　　　배회하는 별들도 홀려, 경탄한 청중처럼

　　　　멈추어 세우겠구나. 여기 나올시다,

　　　　덴마크 사람[16] 햄릿!

---

15 펠리온 산: 그리스 신화에서 거인족이 신들을 공격하는 과정에서 신들의
　　거처인 올림포스 산을 공략하려고 올림포스 남쪽 오사 산 위에 덧쌓아 올
　　린 산.

16 덴마크 사람: the Dane. 덴마크의 통치자를 뜻하는 표현.

레어티즈 〔햄릿과 드잡이하며〕 네놈 영혼 악귀나 물어가라!

햄릿   기도가 잘못됐어.   240

　　　　부탁이니 내 목에서 손가락 좀 치워.

　　　　내 성정이 급하거나 경솔하진 않지만,

　　　　무언가 위험한 것이 내 속에 도사렸으니,

　　　　겁을 내는 게 현명할걸. 손 떼.

왕　　　뜯어말려라.   245

왕비　　햄릿! 햄릿!

모두들　두분!

호레이쇼　저하, 고정하소서.

햄릿　　그래, 이 문제라면 내 저자와 싸울 테다,

　　　　눈꺼풀 깜짝거릴 힘조차 다할 때까지.   250

왕비　　오, 내 아들, 무슨 문제 말인가?

햄릿　　오필리아를 난 사랑했어. 오라비 사만명의

　　　　알량한 사랑을 깡그리 합해도

　　　　내 사랑에는 못 미쳐. 이 여인 위해 뭘 할 건데?

왕　　　오, 왕잔 미쳤다, 레어티즈.   255

왕비　　제발 저 아일 그냥 둬라.

햄릿　　제기랄, 뭘 할 건지 내놔봐.

　　　　울고불고해? 싸우겠어? 제 사지를 찢어발기겠다고?

　　　　식초를 냅다 들이켜고, 악어를 먹어치운다고?[17]

　　　　나도 그러지. 징징대려고 여길 왔어?   260

　　　　무덤에 뛰어들어 날 무안하게 만들려고?

----

17 식초를~먹어치운다고: 불가능하진 않지만 너무도 역겨워서 어지간한
　결심 없인 할 수 없는 일을 뜻함.

180

산 채로 함께 묻힌다고? 나도 그러지.

산이 어쩌고 떠벌리는데, 우리 위에

수백만 에이커 땅을 퍼 던지라고 해,

흙더미 꼭대기가 해에 닿아 그을리고,   265

오사의 태산고봉이 사마귀처럼 보일 때까지.

그래, 네가 부르짖는다면, 나도 너만큼

울부짖을 수 있고말고.

왕비   이건 순전히 광증일 뿐,

한동안 저렇게 광기로 나대지만,

금방, 황금빛 병아리 한쌍 까놓은   270

암비둘기처럼 온순해져서, 그의 침묵이 풀죽은 채

앉아 있을 게다.

햄릿   이보게, 들어봐.

자네가 내게 이러는 까닭이 무엇인가?

난 자넬 늘 좋아했네. 하지만 다 부질없어.

헤라클레스가 아무리 용을 써본들,   275

고양이는 야옹 울고 개는 멋대로 짖는 법.[18]   (퇴장.)

왕 부탁한다, 호레이쇼. 따라가보아라.   (호레이쇼 퇴장.)

〔레어티즈에게〕 간밤 짐의 말 명심해서 인내심을 다지도록.

조속히 그 일을 결행할 작정이다.—

거트루드, 아들에게 감시를 좀 붙이시오.   280

---

18 헤라클레스가~짖는 법: 수수께끼 같은 구절이지만 두가지 해석이 가능
하다. 1) 천성은 어쩔 수 없으므로, 초인간적 과업을 수행한 헤라클레스 같
은 장사라도 날뛰는 레어티즈를 제어하는 것은 불가능하다. 2) 레어티즈가
제아무리 헤라클레스처럼 날뛰어도 승리는 결국 햄릿 자신의 몫이다.

살아 있는 기념비[19]를 이 무덤에 세우겠소.
평온한 시간이 곧 돌아올 터이니
그때까지는 인내하며 일을 진행해야지.   (전원 퇴장.)

〔5막 2장〕

햄릿과 호레이쇼 등장.[20]

햄릿   이 일은 그만 됐고, 나머지 한가지.
        전후 사정은 자네 모두 기억할 테지?
호레이쇼   기억하지요, 저하!
햄릿   가슴속에 일종의 싸움이 일어나
        도통 잠을 이룰 수 없었지. 생각하니 내 신세   5
        쇠 차꼬 찬 반란 선원만도 못하더만. 무작정하고—
        무작정이 이번엔 칭찬감이었네. 심사숙고한
        계책이 맥 못 출 때, 무대책이 상책인 걸
        알아두세. 그러니, 우리의 초벌 손질이
        암만 거칠어도, 우리 목적 매끈히 마무리하는   10
        섭리가 있음을 배워야겠지—
호레이쇼   분명 그렇지요.

---

19 살아 있는 기념비: '불멸의 기념비'란 뜻과 아울러, 레어티즈가 듣기에는,
  살아 있는 햄릿이 희생물이 될 것이라는 암시도 담겼다.
20 장소는 엘시노 궁성 안.

햄릿   선실에서 일어나,

선원복을 대충 걸치고, 그것을 찾으려고

어둠속을 더듬었지. 원하는 걸 찾아내

그들의 짐 꾸러미를 훔쳐, 이윽고   15

내 방으로 돌아왔어. 정말 담대하게도,

두려움에 법도마저 망각한 채, 국서 봉인을

뜯었네. 거기에 담긴 것은, 호레이쇼 —

아, 간악한 왕! — 단호한 명령이었네.

덴마크 왕은 물론 영국 왕도, 날 살려두면,   20

허 참! 요괴 도깨비가 날뛰어 위험하다는 둥,

갖가지 이유를 덕지덕지 발라대며,

국서를 읽자마자 일각도 지체 없이,

아니, 도끼날 갈 시간도 지체 말고,

내 목을 날리라는 거였어.

호레이쇼   그럴 수가!   25

햄릿   국서가 여기 있으니, 좀더 한가할 때 읽어보게.

이제 내가 어떻게 대처했는지 들어보려나?

호레이쇼   듣고 싶군요.

햄릿   이렇게 흉계 그물에 꼼짝없이 걸렸을 때 —

서막도 채 짓지 않았는데 머릿속엔   30

공연이 이미 시작되더군 — 내 앉아서

새 국서를 꾸며냈지, 반듯한 필체로 —

나도 한때는 여느 정치가들처럼

반듯한 필체를 천히 여겨,²¹ 기왕 익힌 것을

버리려고 애썼네만, 이번에는 그것이   35

충복의 소임을 해주었지. 알고 싶은가,

내가 뭐라 썼는지?

호레이쇼   물론이지요, 저하.

햄릿   왕의 간곡한 청이라 말하고,

영국은 덴마크의 충성스러운 조공국인 고로,

양국의 우애가 야자수처럼 번성하길 원하는 고로,   40

평화가 언제나 밀 이삭²² 화관 쓰고

두 나라 친선의 교량이 되어야 하는 고로—

그밖에도 그 비슷하게 뺵적지근한 '고로'를

당나귀 짐 지우듯 바리바리 달아놓은 뒤—

읽고서 내용을 파악하는 즉시,   45

왈가왈부 더이상 논란할 것도 없이,

국서 지참자 두 사람을 불시에 죽이되,

참회할 시간도 허락치 말랬지.

호레이쇼   봉인은 어찌?

햄릿   글쎄, 그 문제도 하늘이 인도해주셨네.

선왕의 옥쇄가 내 지갑에 있었거든.   50

지금 왕의 옥쇄는 그것을 본뜬 걸세.

원래 국서와 똑같은 모양으로 접은 뒤,

서명하고 옥쇄를 눌러 감쪽같이 갖다놨으니,

바꿔치기가 들킬 리 없지. 그다음 날엔

해적과 싸움이 벌어졌고, 그 뒷일은   55

---

21 반듯한 필체를 천히 여겨: 공문서에 쓰이는 읽기 편한 정자체는 신분이 낮
은 서기들의 재간이라 하여 경시되는 경향이 있었다.

22 밀 이삭: 야자수와 마찬가지로 평화와 번영의 상징.

자네도 이미 알고 있겠지.

호레이쇼   그럼 길든스턴과 로즌크랜츠는 갔군요.

햄릿   그야, 이 사람아, 그자들이 자청한 걸세.
난 양심에 거리낌이 없어. 그자들 파멸은
이 일에 끼어들어 자업자득한 거라네.   60
막강 적수들의 분기탱천 살벌한 칼부림에
천박한 종자가 끼어들면 위험하지.

호레이쇼   아니, 무슨 왕이 이럴 수가!

햄릿   자넨 어찌 생각하나, 내 도리 아닌가 ─
선왕을 시해하고 내 어머닐 갈보 만들고,   65
국왕 선출과 내 희망 사이에 쏙 새치기하고,
바로 내 목숨 노리고 그따위 속임수로
낚싯바늘 던졌으니 ─ 완벽하게 떳떳하지 않나,[23]
이 팔로 처단하는 게? 천벌 받지 않겠나,
인간계의 이 암종이 악행을 계속하게   70
내버려둔다면?

호레이쇼   그곳 일이 어찌 마무리됐는지 영국에서
틀림없이 왕에게 곧 기별이 올 겁니다.

햄릿   곧 올 테지. 그사이 시간은 내 것일세.
사람의 한평생도 '하나' 세면 끝이지.   75
하지만, 호레이쇼, 참으로 면목 없네,
제정신을 잃고 내가 레어티즈를 대했던 게.
내 처지에 비춰서 그 친구 처지, 초상처럼

---

23 69~82행 이 팔로~누군가요: 제2사절판에 없는 부분.

그려지거든. 화해를 청해볼 생각일세.

하지만 슬픔을 현란하게 표내는 통에   80

탑처럼 열이 솟구친 건 확실해.

호레이쇼 　잠깐, 저기 오는 게 누군가요?

조신 오즈릭 등장.

오즈릭 　왕자님의 덴마크 귀국을 충심으로 환영하옵니다.

햄릿 　삼가 감사드리네.— 이 쉬파리를 아는가?

호레이쇼 　아니요, 저하.   85

햄릿 　자네가 나보다 복이 많네. 저 따윌 아는 건 악덕이거
든. 저 작자 기름진 토지깨나 가졌어. 짐승도 짐승을 많
이 거느리면 제 여물통을 왕의 식탁에 차릴 수 있다네.[24]
수다스러운 시골뜨기시지만, 소유하신 티끌만큼은 광대
하지.   90

오즈릭 　왕자님, 왕자님께서 한가하시다면, 전하의 말씀을 아
뢸까 하옵니다.

햄릿 　내 심혈을 몽땅 기울여 들음세. 그 모자는 용도에 맞
게 사용하게. 머리에 쓰는 것이야.

오즈릭 　감사합니다, 왕자님. 몹시 더워서요.   95

햄릿 　아니, 정말이지, 몹시 춥군, 바람도 북풍이고.

오즈릭 　저하, 정말 다소 춥군요.

햄릿 　하지만 내 체질에는 너무 후텁지근하니 덥다는 생각

----

24 짐승도~차릴 수 있다네: 축생 같은 인간이라 할지라도 가축을 많이 소
유하면 궁정에서 대접을 받을 수 있다네.

이야.

오즈릭 극히, 저하, 몹시 후텁지근합니다 — 이를테면— 이 100
루 말할 수 없나이다. 저하, 전하께서 저하 쪽에 큰 내기
를 거셨다고 통보하라는 분부십니다. 내용은 이러하옵
니다—

햄릿 〔오즈릭에게 모자를 쓰라고 손짓하며〕 부탁컨대, 잊지 말
고— 105

오즈릭 아닙니다, 저하. 전 이게 정말 편하옵니다.[25] 저하, 최근
레어티즈 공이 궁에 돌아왔사온데, 정말이지, 완벽한 신
사로, 아주 빼어난 남다른 자질을 두루 갖추었으며, 예의
범절이 매우 온유하고 풍채도 대단하옵니다. 사실, 실감
있게 평하자면, 신사도의 항해도나 범례지요. 신사라면 110
보고 싶어할 온갖 것을 다 갖춘 대륙 같은 분이옵니다.

햄릿 그대 설명에서 그 양반이 손해 본 건 없군. 그의 장점
을 재고 조사하듯 낱낱이 들여다보려면 산술 능력에 쥐
가 날 텐데, 그래봐야 그의 쾌속선을 따라잡기는커녕 항
로 이탈이 고작이지.[26] 하지만 사실대로 격찬을 하건대, 115
그는 최상품이요 드물고 귀한 품질을 지녔기에, 여실한
표현을 쓰자면, 그와 유사한 것은 그의 거울뿐, 그밖에
그를 따르려는 자는 그의 그림자, 그 이상은 아니야.

---

25 106~38행 저하, 최근~무적이옵니다: 제1이절판에 없는 부분. 그 대신 오
스릭의 대사 "레어티즈 공이 무기를 다루는 데 얼마나 출중한지 모르시지
않을 줄 아옵니다"가 추가되었다.

26 그의 장점을~고작이지: 레어티즈의 많고 많은 장점을 일일이 들추려다
보면 기억이 헷갈리기 십상이고, 장점의 핵심에 다가가기보다는 겉돌기만
할 뿐이다.

오즈릭   왕자님 말씀에 일말의 오류도 없사옵니다.

햄릿   이보게, 상관성은 나변에? 우리가 왜 이 양반을 우리   120
의 조야한 숨결로 감싸는가?[27]

오즈릭   예?

호레이쇼   자기 말투도 남이 쓰면 못 알아듣는 걸까요? 재미
단단히 보시겠군요, 왕자님.

햄릿   이 신사 양반을 거명한 뜻은 무엇인가?   125

오즈릭   레어티즈 공 말씀이신가요?

호레이쇼   지갑이 이미 비고, 황금 언어는 다 써버렸군요.

햄릿   그렇네.

오즈릭   저하께서 모르시지 않을 줄 아옵니다만—

햄릿   자네가 알아주면 좋지. 하지만 사실 알아준들, 대단한   130
자랑거린 못되겠지. 그런데?

오즈릭   레어티즈 공이 얼마나 출중한지 저하께서 모르시지
않을 줄—

햄릿   내 감히 그런 고백은 못하네. 자칫 그 양반과 출중함
을 겨루는 격이 될 테니.[28] 하지만 남을 잘 알려면 제 자   135
신을 알아야 해.

오즈릭   그의 무예 말씀입니다, 저하. 아무튼 그를 모시는 자들

----

27 상관성은~감싸는가: 햄릿이 오즈릭을 골리려고 일부러 이해하기 어려운
표현을 쓰고 있다. 풀자면, '이런 이야기의 의미는 어디에 있는가? 그러잖
아도 훌륭한 레어티즈를 두고 굳이 설익은 칭송을 늘어놓을 필요가 있는
가?'

28 내 감히~될 테니: 자신의 됨됨이에 비추어 남을 이해하는 것이므로, 레
어티즈의 출중함을 안다는 것은 그것을 비추어볼 출중함을 햄릿 자신이
지녔다는 뜻이 되기 때문에.

평으로는 무적이옵니다.

햄릿　무기가 뭔데?

오즈릭　세장검과 단검입니다.　　　　　　　　　　　　　　　　　140

햄릿　그게 그의 무기 두가지라. 한데, 그래서?

오즈릭　전하께서, 저하, 그와 내기를 하시고, 바바리산 말 여
섯필을 거셨고, 거기에 맞서 그는, 제가 알기로, 프랑스
제 세장검와 단검 여섯자루를 혁대와 팔걸이 등 부속품
과 함께 저당하였습니다. 거치구 셋은 실로 아취 있고 칼　　145
자루와 썩 잘 조응하며, 만듦새가 지극히 섬세한 거치구
로서, 의장도 교묘하옵니다.

햄릿　뭘 두고 거치구라 하는가?

호레이쇼　저하께서 필경 각주 설명의 교화를 입으실 줄 알고
있었습니다.[29]　　　　　　　　　　　　　　　　　　　　150

오즈릭　거치구란, 저하, 칼걸이옵니다.

햄릿　허리춤에 대포라도 차고 다닌다면 그 말이 대상에 더
잘 부합하겠네만――그때까진 칼걸이라 해두었으면 하
네. 하지만 계속. 바바리산 말 여섯필 대 프랑스제 칼
여섯자루와 그 부속품 및 의장도 교묘한 거치구 셋이　　155
라――그건 프랑스식 대 덴마크식이로군. 이런 게 왜――
그대 말대로, 저당되었나?

오즈릭　전하께서는 열두합을 겨루어 레어티즈 공이 저하를
석점 이상 앞서지 않는다는 데 거셨고, 레어티즈 공은 열

---

29 저하께서~있었습니다: 오즈릭의 별스러운 용어 선택에 고소를 금치 못
하던 호레이쇼가 슬쩍 추임새를 놓는다. 뒤이은 오즈릭의 대사가 '각주'인
셈이다.

두합에서 아홉번 득점한다는 데 걸었사옵니다.[30] 저하께 160
서 응해주신다면 즉각 시합이 성사될 것입니다.

햄릿   내가 싫다고 응하면 어떻게 성사돼?[31]

오즈릭   시합에서 친히 도전에 응해주신다면, 이라는 뜻입니
다, 저하.

햄릿   여기 대청에서 거닐고 있겠어. 전하께서 좋으시다면, 165
지금이 마침 내 운동 시간이네. 세장검이 당도하면, 그
양반이 원하고 전하의 의향이 여전할 경우, 전하를 위해
되도록 이겨볼까 하네. 못 이기면, 나야 뭐 망신살이며
몇대 더 맞는 것 빼곤 얻어 걸칠 게 없겠지만.

오즈릭   그리 전해 올릴까요? 170

햄릿   취지는 그렇게, 그대 천성대로 무슨 미사여구를 끌어
대든.

오즈릭   저하의 충복 되길 청하며 물러가옵니다.

햄릿   소인이 그대 충복.   〔오즈릭 퇴장.〕
제 스스로 청하는 게 잘하는 짓이지. 저 작자 위해 청을 175
넣어줄 혓바닥이 어디 또 있겠나.

호레이쇼   이 댕기물떼새가 알껍데기를 머리에 쓴 채 달아나
는군요.[32]

---

30 전하께서는~걸었사옵니다: 정확한 내기의 조건을 읽어내는 것이 불가
능하다는 말이 나올 정도로 해석상 논란이 분분한 대목인데, 여기서는『노
턴 셰익스피어 전집』의 편집자 주에 의거해 옮겼다.

31 내가~성사돼: 햄릿이 오즈릭의 물음을 짐짓 오해한 척하고 있다.

32 이 댕기물떼새가~달아나는군요: 갓 알을 깨고 나온 댕기물떼새 새끼는
알껍데기를 쓴 채 종종걸음으로 달아난다고 여겨졌다. 알껍데기는 오즈릭
이 드디어 쓴 모자, 또는 오즈릭의 텅 빈 머리를 말한다.

햄릿   저잔 분명 젖 빨기 전에 젖꼭지에 대고 예부터 갖추었
       을 걸세. 그리하여 저잔 ─ 이 허접한 세태가 넋을 놓고   180
       섬기는 그와 똑같은 새대가리를 내 여럿 더 알지 ─ 유행
       따라 말본새나 익히고, 버릇처럼 사교판 들락거리며 술
       거품 같은 언행을 주워모은 덕분에, 바람에 날리고 키로
       까불러 한껏 정선한 견해들 사이를 요리조리 헤집고 다
       닌단 말씀이야. 하지만 그러다 시험 삼아 훅 불기만 하면   185
       거품은 끝장이지.[33]

                    귀족 한 사람 등장.

귀족   저하, 주상께서 젊은 오즈릭 편에 안부 겸 하문하셨던
       바, 그가 돌아와 아뢰길 저하께서 대청에서 대령하신다
       하였나이다. 주상께서 절 보내심은 레어티즈 공과 겨루
       시려는 저하의 뜻이 여전한지, 아니면 좀더 말미를 두시   190
       려는지 알아보시려는 것이옵니다.
햄릿   내 의향은 불변으로, 주상의 뜻을 따르리다. 주상께서
       적절하시다면 나 또한 무방하오. 지금이든 어느 때든, 내
       몸만 지금처럼 거뜬하다면.
귀족   국왕 전하와 왕비 마마께서 다들 거느리고 행차하시   195
       는 중입니다.
햄릿   때맞춰 오시는군.

....
33 187~200행 지문 '귀족 한 사람 등장'~지당하신 가르침이오: 제1이절판
  에 없는 부분. 그 대신 제1이절판에는 201행 호레이쇼 대사가 "저하, 이 내
  기에서 패하실 겁니다"로 바뀌었다.

귀족　시합에 임하시기 전에 레어티즈 공을 좀 정중히 응접
　　　하시라는 왕비 마마의 청이 있었사옵니다.

햄릿　지당하신 가르침이오.　　　　　　　　〔귀족 퇴장.〕　200

호레이쇼　저하, 패하실 겁니다.

햄릿　내 생각은 다르네. 그 양반 프랑스 간 뒤로 내 줄곧 연
　　　습을 했거든. 석점 접어주니 이기겠지. 자넨 모를 걸세,
　　　여기 내 심장께가 온통 얼마나 편치 않은지. 하지만 상관
　　　없어.　205

호레이쇼　하오나, 저하.

햄릿　어리석은 느낌일 뿐이지만, 내가 여자라면 아마 고민
　　　깨나 했을 만한 불안감이네.

호레이쇼　거리끼시는 마음이 조금이라도 있다면, 그 마음에
　　　순종하십시오. 제가 가서 이리로 행차하는 것을 미리 막　210
　　　고, 저하가 불편하다 아뢰지요.

햄릿　천만에. 전조 따위 우린 안 믿어. 참새 한마리 떨어지
　　　는 데도 특별한 섭리가 있는 법, 때가 지금이면 장차 오
　　　지 않을 테고, 장차 오지 않는다면 지금이 때겠지. 때가
　　　지금이 아닐지라도 장차는 오고 말겠지. 마음 준비가 제　215
　　　일일세. 어느 누구도 자신이 남기고 떠나는 게 무엇인지
　　　전혀 모르니,[34] 일찍 떠난들 어떤가? 그 얘긴 그만.[35]

---

34 어느 누구도~모르니: 제1이절판에는 "어느 누구도 자신이 남기고 떠나는
　것을 전혀 갖지 못하니"라고 되어 있다.
35 그 얘긴 그만: Let be. 편집본에 따라 '올 테면 오라지' '순리를 따라야지'
　등으로 뜻을 새기기도 한다.

탁자가 하나 마련된다. 나팔수, 고수, 그리고 쿠션을 든 관리들 등장.
왕, 왕비, 레어티즈, 〔오즈릭,〕 그리고 모든 조신들 및 시합 검과
단검을 든 시종들 등장.

왕   오너라, 햄릿, 와서 이 손을 내게서 받아 잡아라.
　　　　　　　　　　　〔레어티즈의 손을 햄릿 손에 쥐어준다.〕

햄릿   이보게, 용서하시게. 내 자네에게 잘못했네.
　　　　하지만 자네는 신사니까 용서하시게.　　　　　　　　　220
　　　　여기 좌중께서 아시고 자네도 필시 들었겠네만,
　　　　내 심한 정신착란의 형벌을 받고 있네.
　　　　내가 한 짓, 자네 효성과 명예심과 결기를
　　　　격하게 일깨웠으리라 짐작하는 바이나,
　　　　내 여기서 공언컨대 그건 광증이었어.　　　　　　　　225
　　　　레어티즈에게 잘못한 게 햄릿인가? 햄릿 절대 아닐세.
　　　　햄릿이 제 자신에게서 떨어져나가
　　　　제 자신 아닐 때 레어티즈에게 잘못한다면,
　　　　그건 햄릿의 짓 아니지. 햄릿은 인정 못하네.
　　　　그럼 누구 짓인가? 그의 광증. 그렇다면,　　　　　　　230
　　　　햄릿도 억울한 일을 당한 쪽이니,
　　　　그의 광증은 불쌍한 햄릿의 적일세.
　　　　이보게, 여러분들 들으시는 이 자리에서,
　　　　의도된 행악이 아니었음을 천명하니,
　　　　집 너머 쏜 내 화살에 내 형제가 다친 셈이거니,　　　235
　　　　너그럽게 헤아리고 날 풀어놓아주시게.

레어티즈   효성의 면에서는 마음이 풀렸소,

효성이야말로 이 경우 가장 내 복수심을
자극해야 마땅하지만. 하나 명예 면에서는
타협할 수 없소. 화해도 않겠소,   240
명예롭기로 명망 높은 몇분 원로 대가께서
화해해도 내 이름이 상처 입지 않는다는
전례에 입각한 유권해석을 주시지 않는 한.
그러나 그때까지 진정 저하의 우의는
우의로서 받을 뿐, 모독하진 않으리다.   245

햄릿   그 제안 흔쾌히 안아들이면서,
        형제간의 이 내기 시합, 허심히 행하겠네.—
        우리에게 시합 검을 달라.

레어티즈   자, 내게도 하나.

햄릿   난 자넬 돋보이게 할 걸세, 레어티즈.   250
        내 미숙함 배경 삼아 능란한 자네 재주
        칠흑밤 별처럼 실로 불타듯 빛날 것이네.

레어티즈   놀리는군요.

햄릿   아니, 이 손에 맹세코.

왕   둘에게 시합 검을 줘라, 오즈릭. 조카 햄릿,
        내기를 알겠지?

햄릿   잘 알지요, 전하.   255
        자애로우신 전하께선 약한 쪽에 거셨습니다.

왕   그런 염려 않는다. 너희 둘을 봐왔거늘,
        그가 낫다는 게 중평이라, 몇점 접은 것이다.

레어티즈   이건 너무 무거워. 다른 걸 보여주게.

햄릿   이게 됐어. 칼들 길이는 다 같나?   260

오즈릭   예, 저하.   (두 사람이 시합을 준비한다.)

포도주 잔(을 든 하인들 등장).

왕   포도주 잔을 저 탁자에 준비해놓아라.
        햄릿이 일합 또는 이합에서 득점하거나,
        삼합에서 한점을 만회하면,[36]
        흉벽에서 일제히 대포를 발사하라.   265
        햄릿의 분발 위해 짐은 건배할 터이며,
        술잔에 진주 한알 던져넣을 것인즉,[37]
        덴마크 역대 네 왕 왕관에 박혔던 것보다
        더 훌륭한 진주로다 ─ 잔들을 내게 다오 ─
        또한 북을 울려 나팔수에게 알리고,   270
        나팔수는 성 밖 포수에게 알리고,
        대포는 하늘에, 하늘은 땅에 알리게 하라,
        '국왕이 햄릿 위해 건배한다'. 자, 시작.
        그대 심판들, 두 눈 부릅뜨도록.

햄릿   자, 덤비게.   275

레어티즈   자, 덤비시오.   (두 사람 겨룬다.)

햄릿   한점.

레어티즈   아니오.

---

36 삼합에서~만회하면: 1) 일합과 이합에서 연달아 실점한 뒤 한점 만회하
    면. 2) 첫 두합에서 레어티스만 한점을 얻고 햄릿은 득점이 없는 상태에서,
    삼합에서 햄릿이 한점을 얻어 동점이 되면.
37 진주 한알: union. 왕관에 박을 만큼 예외적으로 큰 진주를 가리킨다.

햄릿   판정!

오즈릭   한점, 명명백백한 한점.   280

레어티즈   음, 다시.

왕   잠깐, 술을 다오. 햄릿, 이 진주는 네 몫이다.

    여기, 네 건강을 위해!   (북소리, 나팔 소리, 이어서 포성.)

                  왕자에게 잔을 줘라.

햄릿   이 일합부터 마치겠습니다. 잠시 놓아둬.

    덤비게.   (두 사람 다시 겨룬다.) 285

    또 한점. 어떤가?

레어티즈   기꺼이 승복.

왕   우리 아들이 이기겠군.

왕비   땀투성이에 숨도 가쁘군요.

    여기, 햄릿, 내 손수건, 이마를 닦으렴.

    네 행운을 비는 축배다, 햄릿.   290

햄릿   마마.

왕   거트루드, 마시면 안돼.

왕비   마시겠어요, 전하. 미안해요.

    (왕비가 술은 마신다. 〔그리고 잔을 햄릿에게 건넨다.〕)

왕   〔방백〕독이 든 잔이다. 너무 늦었어.

햄릿   아직 함부로 못 마십니다, 마마 — 이따가. 295

왕비   자, 얼굴을 닦아주마.

레어티즈   전하, 이젠 제가 가격하겠습니다.

왕   그리될까?

레어티즈   〔방백〕하지만 이건 양심에 걸리는 짓 같은데.

햄릿   자, 삼합째, 레어티즈. 자네 그저 슬슬 하는군.

부탁이니 한껏 사납게 찔러보게.

자네가 날 버릇없는 애로 다루나 걱정이네.

레어티즈   그래요? 덤비시오.   (두 사람 겨룬다.)

오즈릭   양쪽 모두 무득점.

레어티즈   이제 받아랏!   ([레어티즈가 햄릿에게 부상을 입힌다.

그리고 나서] 드잡이 와중에 두 사람 칼이 서로 바뀐다.)

왕   뜯어말려라. 너무 흥분했다.

햄릿   아니, 또 덤벼.

([햄릿이 레어티즈에게 부상을 입힌다.] 왕비 쓰러진다.)

오즈릭   저기 왕비 마말 돌보세요. 그만!

호레이쇼   양쪽 다 피를 흘립니다. 괜찮습니까, 저하?

오즈릭   어떠세요, 레어티즈 공?

레어티즈   뭐, 도요새 꼴로 내 덫에 내가 걸렸네, 오즈릭.

내 흉계에 내가 넘어갔으니 죽어 마땅하지.

햄릿   왕비는 괜찮으십니까?

왕   저들이 피 흘리는 걸 보고 왕비가 실신했다.³⁸

왕비   아니, 아니다. 저 술, 저 술이다! 오, 내 아들 햄릿!

저 술, 저 술이야! 난 독을 마셨어.   (죽는다.)

햄릿   오, 사악한! 이봐라! 문을 걸어라.

흉계다, 찾아내라!   [오즈릭 퇴장.]

레어티즈   여기요, 햄릿. 햄릿 그대도³⁹ 죽소.

---

38 저들이~실신했다: 햄릿의 질문을 무시하고 불특정 다수의 사람에게 하
는 말.
39 햄릿 그대도: 레어티즈가 햄릿을 가리키는 이인칭 대명사가 좀더 격의없
는 '그대'(thou)로 바뀐다.

세상 어떤 명약도 그대에겐 소용없고,

목숨은 반시간도 채 남지 않았소.　　　　　　　　320

흉계의 도구는 그대 손안에 있다오,

둔하게 갈지도 않고 독까지 묻힌 채.

비열한 음모가 되돌아와 날 덮치는구려.

보시오, 나, 여기 쓰러져 결코 다시

못 일어나오. 모친은 독살된 거요.　　　　　　　325

난 더이상 안되겠소. 왕 ── 왕의 짓이오.

햄릿　　칼끝에 독까지! 그럼 어디 독 맛 좀 봐라.

　　　　　　　　　　　　　　(왕에게 부상을 입힌다.)

모두　　반역이다! 반역이다!

왕　　이보오, 우선 날 좀 막아주오. 다쳤을 뿐이오.

햄릿　　여기, 너 상피 붙은 살인자, 저주받은 덴마크 왕,　　330

비워라 이 독배. 이것이 네 진주, 네 합환주냐?[40]

어머닐 따라가라.　　　　　　　　(왕이 죽는다.)

레어티즈　　　　　　　마땅한 대접이오.

그 술, 저자가 손수 조제한 독약이오.

용서를 주고받읍시다, 고결한 햄릿.

나와 내 아버지 죽음으로 그대가 죄받지도,　　335

그대 죽음으로 내가 죄받지도 않길.　　(죽는다.)

햄릿　　하늘이 그대 죄 사하시길. 나도 따르리.

난 죽네, 호레이쇼. 가여운 마마, 안녕.

이 참극 앞에 하얗게 떨고 있는 여러분,

---

40 합환주냐: union. '진주'라는 뜻 외에 '합일'이라는 뜻도 있으므로 여기서
　는 '합환주'로도 옮겼다.

이 장면의 대사 없는 배우, 관객일 뿐인 여러분,　　　　340
시간만 있다면— 하나 죽음이란 이 드센 저승 포졸은
가차 없이 끌고 간다오—오, 얘기할 수 있으련만—
하지만 그만둡시다. 호레이쇼, 난 이제 죽었고,
자넨 사네. 나와 내 명분, 사정 모르는 사람들에게
바르게 알려주게.

호레이쇼　　　　　　　절대 못 그럽니다.　　　　345
전 덴마크인이라기보다 고대 로마인입니다.[41]
여기 아직 독주가 남았군.

햄릿　　　　　　　　　　자넨 사나이니
그 잔 내게 줘. 놔, 에잇, 이리 내!
오 하느님, 호레이쇼, 얼마나 상처투성일까,
이리들 내막 모른다면, 내 떠난 뒤 남는 이름이?　　　350
자네가 날 마음에 품은 적이 있다면,
천상의 지복을 잠시 멀리하고,
이 모진 세상, 힘겹게 숨을 이으며
내 사연을 전해주시게.　　　(멀리 행군 소리. 안에서 포성.)
이 무슨 전쟁 난 소리?

오즈릭 등장.

오즈릭　젊은 포틴브라스가 폴란드에서 개선하여　　　　355

....
41 전~로마인입니다: 로마인들은 일반적으로 불명예보다 자살을 택했다. 특
　히 주인이 쓰러지면 하인이나 가신은 따라서 죽는 것이 명예롭다고 생각
　했다.

영국 사신들에게 이 요란한 예포를

놓는 중이옵니다.

햄릿   오, 난 죽네, 호레이쇼.

강력한 독기, 내 기운 꺾고 싸움닭처럼 우쭐대네.

살아서 영국 소식을 듣진 못하나,

분명히 예언컨대 국왕 선출에서 왕위는   360

포틴브라스에게 갈 걸세. 내 유언으로 그를 지명하네.

그에게 그리 전하게, 날 그러도록 떠민

크고 작은 사정들과 함께— 남은 건 침묵.[42]   (죽는다.)

호레이쇼   이제 갈라지네, 고결한 심장. 고이 주무세요, 어진 왕

자님,   365

날아드는 천사들 노래, 안식으로 이끄소서.

〔안에서 행군 소리.〕

북소리가 왜 이리로 올까?

포틴브라스, 영국 사신들, 북과 깃발 든 군인들 등장.

포틴브라스   그 참상 벌어진 곳이 어딥니까?

호레이쇼   뭘 보시렵니까?

비통, 비참한 것이라면, 찾을 것도 없지요.

포틴브라스   이 송장 더미, '마구잡이 살육'이라 외치는구나.   370

오, 오만한 죽음아, 네 저주받은 암굴에서

---

42 남은 건 침묵: 제1이절판에는 "오, 오, 오, 오!" 한 행이 더 이어지지만, 셰
익스피어가 쓴 것으로 보기에는 너무 감상적이라는 이유 등으로 빼는 편
집자들이 많다.

무슨 잔치 열기에, 이 많은 귀인들을
단칼에 이리 무참히 쳐 눕혔느냐?

사신 1   무서운 광경이오.
영국 일의 소식이 너무 늦게 왔군요.
들어주실 두 귀가 감각을 잃었으니,   375
대명 이행하였고, 로즌크랜츠와 길든스턴이
죽었음을 아뢰올 방도가 없소이다.
치하는 어디서 들으리까?

호레이쇼   그의 입은 아닙니다,
그 입이 설사 살아 있어 치하할 수 있다 한들.
그는 결코 그들을 죽이라 명하지 않았습니다.   380
하지만 이 피비린 사안에 딱 맞춰,
왕자께선 폴란드에서, 사신들은 영국에서
도착들 하셨으니, 명을 내려 시신들을
단상 높이 사람들이 보게 올려놓으시고,
내막 모르는 세인들에게 이 일의 연유를   385
제가 설명케 해주십시오. 그럼 들려드리지요,
간음과 피비린 짓과 반인륜적 행위에 대해,
우연 같은 천벌과 우발적 살인에 대해,
간계와 꾸며낸 명분이 부추긴 죽음에 대해,
빗나간 음모가 장본인들 머리에 떨어진   390
여기 이 결말에 대해. 이 모든 것을 사실대로
전할 수 있습니다.

포틴브라스   서둘러 들어봅시다.
그리고 원로분들도 청해 함께 들읍시다.

나로서는 슬픔으로 이 운을 껴안겠습니다.

내 이 왕국에 잊지 않은 권리가 좀 있는데,   395

좋은 기회니 이번에 주장해볼까 합니다.

호레이쇼   그 일이라면 저도 전할 것이 있지요.

동조할 사람이 많은 분 입에서 나온 말씀입니다.

하나 인심이 흉흉한 지금 이때, 바로 이 일[43]부터

곧 시행케 하십시오. 모략이나 착오로   400

또 불행이 일어날까 두렵습니다.

포틴브라스   부대장 넷이

햄릿을 군인의 예로 단상에 모셔라,

보위에 오르셨더라면 더없는 선군이

되셨을 만한 분이니. 군악 울리고 조포 쏘아

그분의 서거를 소리 높이 알려라.   405

시신들을 들어라. 이런 광경은

전장에나 어울리지, 이곳엔 맞지 않다.

가라, 병졸들에게 발포하라 일러라.

　　　　([시신들을 운반하며] 행군하여 전원 퇴장. 이어서 포성.)

---

43 이 일: 시신들을 "단상 높이 사람들이 보게 올려놓"는 일.

비평적 견해들*

이 부록은 『햄릿』의 몇몇 주요 관심거리에 관한 '고전적' 평자들의 발언을 짤막하게 뽑아, 일부는 평자의 육성 그대로 옮기고 일부는 요약, 정리한 것인데, 작품해설 II의 1, 2, 3, 7, 8 항목에 관한 보충자료이면서 동시에 그 자체로서 흥미로운 읽을거리가 되리라 기대한다. 원문을 그대로 뽑아서 옮긴 경우, 자구를 낱낱이 옮기기보다는 원문의 취지를 왜곡하지 않는 선에서 되도록 쉽게 읽히도록 옮기는 데 주력하였음을 밝혀둔다. 독자의 이해를 돕기 위해 필요

---

* 여기 번역 또는 요약된 글들의 출처는 *Shakespeare Criticism Vol. 1* (Detroit, Michigan: Gale Research Company 1984)이다. 글 제목과 면수를 일일이 따로 밝히지 않고 발표 연도만 괄호 속에 표시했다.

한 경우에는 대괄호(〔 〕) 속에 원문의 내용 일부를 축약해 제시하거나 역자의 설명을 보충했다.

셰익스피어 비평의 필독서로 꼽히는 브래들리(A. C. Bradley)의 『셰익스피어 비극』(*Shakespearean Tragedy*, 1907) 이전에 나온 비평적 언급들은 그 고전적 성격을 감안하여 원문을 직접 따와 번역하고, 그뒤에 나온 발언들은 내용을 풀어서 소개한다.

I. 햄릿의 사람됨

1. 요한 볼프강 폰 괴테(Johann Wolfgang von Goethe, 1795)[1]

유령이 사라졌을 때 우리 눈앞에 어떤 사람이 서 있는가? 복수의 열망에 헐떡이는 젊은 영웅? 왕위 찬탈자를 응징하라는 명을 받고 긍지에 충만한 왕자? 아니다. 고독한 청년은 경악과 혼란에 넋을 잃는다……

> 세상 관절이 다 어긋났어. 오, 저주스러운 악연,
> 내 굳이 태어나 이를 바로잡아야 하다니.(1막 5장)

내가 보기에 햄릿의 행동 과정 전체를 이해할 열쇠가 이 말에 담겼다. 엄청난 책무가 그것을 이행할 능력이 없는 한 인간에게 부여되었음을 셰익스피어는 그리려 했다. (…) 아름다운 꽃들을 품어야 했을 값진 화분에 한그루 참나무가 심어졌고, 뿌리가 뻗어나가자

---

[1] 이 구절은 괴테 소설 『빌헬름 마이스터의 수업시대』(*Wilhelm Meisters Lehrjahre*)의 주인공 빌헬름의 말이므로 엄밀히 말해 괴테 자신의 말은 아니다.

화분은 산산조각이 난다.

사랑스럽고 순결하고 고결하고 극히 도덕적이지만, 영웅이 되는 데 필요한 정신의 힘을 지니지 못한 한 인간이 질 수도 버릴 수도 없는 짐에 깔려 무너진다. (…) 불가능한 일을, 그 자체로 불가능하지는 않지만 그에게는 불가능한 일을 수행하라고 그는 요구받은 것이다.

2. 쌔뮤얼 존슨(Samuel Johnson, 1765)

햄릿은 작품 전체를 통해 〔행위의〕 주체라기보다는 도구다. 연극이라는 책략을 써서 왕의 죄를 확인한 뒤에도 햄릿은 그를 응징하려는 시도를 하지 않으며 (…) 왕이 결국 죽음을 맞는 것도 햄릿이 꾸며내지 않은 우연적 사건의 결과다.

3. 아우구스트 슐레겔(August Wilhelm Schlegel, 1808)

햄릿은 (…) 오필리아의 사랑을 거칠게 내친다고 해서, 그리고 그녀의 죽음에 대해 무감각하게 반응한다고 해서 비난받는다. 하지만 그는 제 자신의 슬픔에 너무 압도당했기에 다른 사람의 슬픔에 공감할 여유가 없다. (…) 그런가 하면 우리는 그가 제 자신의 용기 덕분이 아니라 (…) 우연에 힘입어 적을 제거하며 악의에 찬 쾌감을 느끼는 모습을 뚜렷이 본다. 〔폴로니어스와 로즌크랜츠, 길든스턴을 죽이게 되는 경우가 그러하다.〕 햄릿은 그 자신 또는 다른 어느 것에 대해서도 확고한 믿음이 없다. 그는 종교적 확신을 표현하다 회의주의적 의심으로 넘어간다. 그는 눈에 보이는 동안에는 아버지 유령의 존재를 믿지만, 유령이 사라지자마자 그에게 그것은 거의 속임수처럼 보인다.

4. 쌔뮤얼 콜리지(Samuel Taylor Coleridge, 1811)

〔셰익스피어가 햄릿을 통해 그리려 했던 것은 외적 세계를 그 자체로서보다 내면적 성찰의 대상으로 받아들이는 데 치중했던 사변적 인물이다.〕시인은 햄릿을 한 인간이 놓일 수 있는 가장 자극적인 상황〔햄릿의 왕위 계승권자라는 신분, 아버지의 의문스러운 죽음, 어머니의 재혼, 아버지 유령이 나타나 복수를 촉구하는 것 등〕에 놓는다. 그것이 햄릿에게 어떤 효과를 미치는가? 즉각적 행동과 복수의 추구? 아니다. 끝없는 추론과 망설임에 빠지는가 하면 (…) 제 자신의 나태와 태만을 지속적으로 자책하는 사이, 결단의 에너지는 이 자책 속에서 통째 증발해버린다. 햄릿이 겁쟁이라서 그런 게 아니다. 그는 그 시대 가장 용감한 사람으로 묘사되어 있으니까. 앞을 내다볼 줄 모르거나 이해력이 부족해서도 아니다. 그는 자신 주변에 있는 모든 사람들의 영혼까지도 꿰뚫어보니까. 순전히 이것은 자신 속에 하나의 세계를 지닌 〔성찰적, 사변적〕 사람들에게서 두드러지는, 행동에 대한 혐오감 때문이다.

5. 이반 뚜르게네프(Ivan Sergeevich Turgenev, 1860)

내 생각에 모든 인간은 두 유형 중 하나에 들어맞는다. 햄릿 아니면 돈 끼호떼인 것이다. 우리 시대에는 물론 햄릿들이 훨씬 흔하지만 그렇다고 해서 돈 끼호떼들을 찾기가 어려운 건 아니다.

돈 끼호떼는 무엇의 전형인가? 우선 그는 영원하고 파괴할 수 없는 어떤 것에 대한 믿음, 한 개인의 이해력을 넘어선 어떤 진리에 대한 믿음을 대변한다. 돈 끼호떼는 자신의 이상에 대한 애착에 온통 사로잡혀 있으며, 그 이상을 위해서라면 어떤 고통도 견딜, 심지어는 자신의 목숨마저도 희생할 각오가 되어 있다. 그에게 자신의 삶이 가치를 지니는 것은 그것이 자신의 이상, 곧 정의와 진리를 지상에 실현하는 일에 복무하는 한에서다. (…) 그에게서는 자기중심성이란 추호도 찾아볼 수 없다.

(…) 그럼 햄릿은 무엇을 나타내는가? 무엇보다 분석하고 꼼꼼히 따지는 태도, 자기중심성, 그리고 그 결과인 불신이다. 그는 전적으로 제 자신을 위해서 산다. 그는 에고이스트다. (…) 모든 것을 의심하는 까닭에 햄릿은 제 자신도 가차 없이 의심의 대상에 포함시킨다. 그는 너무도 깊이 생각하는 (…) 탓에 자신의 내면에서 발견되는 것에 만족하지 못한다. 자의식이 강하고 제 자신의 약점을 의식하고 있으므로 그는 자신의 힘이 얼마나 부족한지 알고 있다. 돈 끼호떼와 대조되는 그의 반어적인 태도가 거기에서 나온다. 햄릿은 과도한 자기비하를 즐긴다. (…) 그는 언제나 내면적 성찰을 하는 존재로서 자신의 모든 결점을 세세히 알고 있기에 제 자신을 조롱하지만, 동시에 (…) 그 자기조롱을 자양분으로 살아간다.

6. 프리드리히 니체(Friedrich Wilhelm Nietzsche, 1872)

〔니체는 소크라테스 이전의 그리스 문화가 두가지 경향을 드러냈다고 생각한다. 그중 하나는 아폴론적인 것으로 절제와 조화, 균형에 대한 관심이며, 나머지 하나는 디오니소스적인 것으로 구조적 틀과 이성에 대한 원시적 저항이 그 특징이다. 첫번째 경향은 그리스 조각과 건축으로 표현되고, 두번째 경향은 술의 신 디오니소스를 위한 질펀한 축제로 표현된다.〕 디오니소스적 인간은 햄릿을 닮았다. 둘 모두는 사물의 본질을 진정으로 꿰뚫어보았으며, 앎을 얻었으며, 욕지기가 그 둘의 행동을 가로막는다. 사물의 영원한

본성에 비추어보면 행동은 아무것도 바꾸지 못하기 때문이다. 관절이 어긋난 세상을 바로잡으라는 요청이 자신들에게 주어졌다는 사실이 우스꽝스럽고 치욕적이라고 그들은 느낀다. 앎은 행동을 죽인다. 행동하려면 환상의 베일이 필요하다. 그것이 햄릿의 교의다. 그것은 지나친 성찰로 인해 과도하게 많은 가능성들을 보기 때문에 행동에 나서지 못하는 저 몽상가의 싸구려 지혜와는 다르다. (⋯) 햄릿과 디오니소스적 인간에게는 진정한 앎, 끔찍한 진리를 꿰뚫어 아는 것이 행동을 위한 그 어떤 동기보다 더 중요하다.

7. 기오 브란데스(Georg Brandes, 1895~96)

관객과 독자는 햄릿에게 공감하고 햄릿을 이해한다. 성인이 되어 세상 속으로 걸어 들어갔을 때 모든 선량한 인간들은 세상이 상상했던 것과는 다르다는 것을, 수천배 더 끔찍하다는 것을 발견하게 되니까. (⋯) 유령 같은 목소리가 우리에게 속삭인다. "끔찍한 일이 일어났어, 끔찍한 일이 매일 일어나고 있어. 잘못된 걸 바로잡고 세상이 올바로 굴러가도록 바꾸는 것이 네가 해야 일이야. 세상 관절이 다 어긋났어. 네가 바로잡아야 해." 하지만 우린 힘없이 팔을 떨군다. 악은 우리가 상대하기엔 너무 강하고 너무 교활하다.

근대 최초의 철학적 연극인 『햄릿』에서 우리는 전형적인 근대적 등장인물을 최초로 만난다. 그는 이상과 실제세계 간의 괴리를 강렬하게 실감하고 자신의 능력과 욕망 간의 간극을 날카롭게 의식하는 인물로서, 그의 복잡한 성격은 음울한 위트를 통해, 섬세한 감성과 결합된 잔인성을 통해, 고질적인 미적거림과 쟁투하는 광기어린 다급함을 통해 드러난다.

8. 엘리엇(T. S. Eliot, 1919)은 『햄릿』이 "어머니의 죄가 아들에게 미치는 영향"을 다루려 했지만, 당시 인기를 끌던 복수극의 형식과 소재를 작가의 의도대로 다루기가 쉽지 않았던 탓에 목표를 달성하는 데 실패했다고 본다. 그 결과 "이 작품에는 수정 과정이 아무리 다급했다고 해도 놓치기 힘든 불필요하고 일관성 없는 장면들이 남아 있다." 『햄릿』이 예술적으로 완성된 작품이기 때문에 흥미롭다고 생각한 사람들보다 『햄릿』이 흥미롭기 때문에 예술적으로 완성된 작품이라고 생각한 사람들이 아마도 더 많았을 법하다. 그래서 "이 작품은 문학의 '모나리자'다."

"예술형식에서 정서를 표현하는 유일한 방법은 '객관적 상응물'(objective correlative, 또는 '객관적 상관물')을 찾아내는 것이다. '객관적 상응물'이란 달리 말하면 특정한 정서를 정식화할 한 무리의 대상들, 상황, 사건의 연쇄로서, 어떤 감각적 경험으로 귀착될 외부적 사실들이 주어지면 해당 정서를 즉각 불러일으킨다." 셰익스피어의 경우에도 좀더 성공적인 비극들을 살펴보면 '객관적 상응물'이 발견된다. 아내의 죽음 소식을 들은 맥베스의 대사——"내일, 또 내일, 그리고 또 내일이/쪼작대는 걸음으로 하루 또 하루/기록된 시간의 마지막 음절까지 기어드네"로 시작하는 대사——는, 사건들의 맥락을 돌아보면, "일련의 사건들 중 마지막 사건에 의해 마치 자동적으로 촉발된 것"같이 받아들여진다. "예술적 '불가피성'은 외부적인 것과 그것이 불러일으키는 정서가 이처럼 완벽하게 맞아떨어짐으로써 생겨나는데," 『햄릿』은 바로 이게 부족하다. 햄릿의 정서는 눈앞에 드러나는 사실들이 촉발할 만한 수준을 성질과 정도의 면에서 "초과하기(exceed) 때문에 표현 불가능하다." 그의 혐오감은 어머니 때문이지만, "그 혐오감은 어머니를 에워싼 뒤 어머니를 초과하기 때문에, 어머니는 그 혐오감의 합당한 객관적 등가물"
이 될 수 없다. 따라서 햄릿은 자신이 느끼는 "혐오를 이해할 수도
객관화할 수도 없다." 그 결과 혐오의 느낌은 살아남아 "삶에 독을
풀고 행동을 가로막는다."

　9. 쌀바도르 데 마다리아가(Salvador de Madariaga, 1948)에 의하
면 "햄릿은 제 자신과 세계 사이에 거리(distance)를 확립"함으로써
"오로지 햄릿 한 사람만 이 비극에서 중요하다는 느낌을" 불러일
으킨다. 그 결과, 오필리아조차 우리의 관심을 오래 붙잡아둘 수 없
다. "그녀의 슬픈 운명, 그녀의 실성한 모습, 그녀의 죽음, 그녀의
장례 등은 그저 햄릿이 꾸는 꿈의 일부분, 햄릿의 하늘에 뜬 몇조
각 구름"에 불과한 것이 된다. 일단 햄릿이 등장하면 모든 사람은
배경으로 밀려난다. "『햄릿』은 햄릿-중심적 연극이다." 햄릿은 "자
기중심적인" 인물이어서 "상황이 그에게 영향을 미치는 한에서만
반응을 보인다." 이 점을 이해하고 나면 난해한 이 연극의 의미가
뚜렷해진다. 햄릿에 관한 끝없는 논쟁과 복잡한 설명이 존재하는
까닭은 그를 "세련되고 고결하며 싹싹하고 관대한 신사로 해석하
려는 편향" 때문이므로, 햄릿의 자기중심적 성격을 파악하고 나면
"코페르니쿠스 이후의 태양계처럼" 작품의 뜻은 뚜렷해진다.

　10. 리베카 웨스트(Rebecca West, 1957)에 따르면 온갖 부류의 사
람들―"전문적 학자들, 학생들, 일반 독자들, 작품을 전혀 읽지 않
고 연극, 영화, 티브이, 라디오 등을 통해 그것을 접하는 사람들"―
이 햄릿을 우유부단함의 상징으로 보는데, "작품에 그런 관점을 정
당화할 것이 나오지 않는다는 사실을 고려하면 그들의 의견 일치

는 주목할 만하다.""햄릿은 실행 능력이 없기는커녕 살인이라는 극단적 행동을 가책도 없이" 범하는 인물이다. 더구나 햄릿은 폴로니어스의 경우와 같이 우발적 살인뿐만 아니라 로즌크랜츠와 길든스턴의 경우와 같은 계획적 살인을 저지르기도 한다. 햄릿은 또한 살인자치고도 남달리 "냉담한 살인자"다. 폴로니어스를 죽인 햄릿은 범행 직후의 흥분 상태에서가 아니라 죽은 폴로니어스를 옆에 두고 제 어머니와 한참 대화를 나눈 다음 "이 똥자루는 옆방으로 끌고 가야지"라고 말한다. 로즌크랜츠와 길든스턴에 대한 태도는 더 냉혹하다. 편지를 위조해 영국 왕의 손을 빌어 두 사람을 죽음으로 몰아간 이야기를 호레이쇼에게 전하는 햄릿의 태도는 사뭇 의기양양하다. 정황으로 보아 두 사람은 클로디어스가 친서에서 햄릿을 죽이라고 영국 왕에게 요청한 것을 몰랐을 가능성이 크지만, 로즌크랜츠와 길든스턴의 죽음을 두고 햄릿은 "난 양심에 거리낌이 없어"라고 말한다. "살인은 그에게 그처럼 쉬운 일이다."

11. **나이츠**(L. C. Knights, 1959)는 『햄릿』을 "자아와 세계 사이의 긴밀하고도 복잡한 관계를 파고드는" 작품 중 하나로 본다. 이 작품들, 즉 『오셀로』(*Othello*) 『아테네의 타이먼』(*Timon of Athens*) 등은 "'존재'(being)와 '인식'(knowing)이 관계 맺는 방식을 탐구"한다. 『리어 왕』(*King Lear*)에서 리어가 더 높은 인식의 경지에 이르게 되는 것은 그가 "자기이해라는 연옥 같은 과정을 거치기" 때문이다. 햄릿의 의식 수준이 더 높은 인식의 경지에 도달하기 이전의 리어의 의식 수준, 즉 "인간 본성에 내재한 것처럼 보이기도 하는 악(evil)에 대한 인식으로 가득 찬" 상태와 유사할지 모르지만, "햄릿은 리어와 달리 혐오와 자기모멸의 닫힌 원을 깨고 나오지 못한다."

그 결과 그의 본성은 염색일꾼의 손처럼, 자신이 다루는 대상과 동일한 수준으로 전락한다. 햄릿이 구현하는 깨달음의 수준은 "좋게 보면 영혼이 도달한 중간적 단계이고 나쁘게 보면 막다른 골목이다."

12. 로버트 온스타인(Robert Ornstein, 1960)은 햄릿의 도덕성에 관한 우리 인상이 그의 행동보다는 그의 말에 주로 근거한다고 지적한다. "그 인상은 그의 도덕적 성품의 아름다움, 깊이, 우아함에 관한 거의 직관적 인식인데," 그런 성품을 지닌 인물이 "복수라는 야만적 책무와 환멸 앞에 불쑥 내던져지는 것이다." 셰익스피어의 인물들을 연극이 빚어낸 환상이라고 한다면, 우리가 사랑하는 햄릿은 "환상 속의 환상"이다. 우리가 사랑하는 것은 "이전에 이러했다고 암시된 햄릿, 오필리아가 기억하고 호레이쇼와의 대화에서 가슴 찡하게 다시 모습을 드러내는 햄릿"이니까. 셰익스피어의 장인적인 예술적 수완은 햄릿에 대한 "거의 신념에 가까운 공감을" 우리에게 불러일으킨다. 그 공감에 힘입어 우리는 햄릿의 오필리아에 대한 잔인한 태도, 폴로니어스의 죽음 뒤 반응, 기도 중인 클로디어스를 살려두겠다는 잔혹한 결심, 로즌크랜츠와 길든스턴의 처리 과정에서 내보이는 "마키아벨리적 희열"을 받아들이게 된다.

II. 햄릿의 복수 미루기?

1. 조지 스텁스, 토머스 핸머(George Stubbes/Thomas Hanmer, 1736)

왕자가 찬탈자를 되도록 신속히 죽이지 않는 까닭이 전혀 나타나 있지 않다. 더구나 햄릿은 그처럼 용감하고 또 자신의 목숨을 그처럼 대수롭지 않게 여기는 인물로 묘사되지 않았는가?

사연인즉슨 다음과 같다. 만약 햄릿이 (…) 자연스럽게 행동에 나섰더라면, 연극은 끝나고 말았을 것이다. 작가는 그래서 주인공의 복수를 미룰 수밖에 없었다. 그렇더라도 작가는 뭔가 근사한 까닭을 꾸며냈어야 옳았다.

2. 헤르만 울리치(Hermann Ulrici, 1839)

왕이 형을 살해했다 하더라도, 법에 따르지 않고 직접 왕을 죽이는 것은 기독교적 의미에서 죄가 될 것이다. (…) 신성한 정의가 범죄자의 응징을 요구하는 것으로 보일지라도, 삼촌 겸 계부를 살해하는 것은 순수하고 사려 깊은 마음을 지닌 사람이라면 마땅히 주저하게 될 행위다. (…) 따라서 우리는 햄릿 내면에서 기독교인과 자연인 간의 갈등을 보게 된다. 자연인은 즉각적 행동을 촉구하면서, 의심을 품는 것은 비겁과 우유부단 때문이라고 몰아대고, 기독교인은 (…) 그를 만류한다. 영혼의 구원을 생각하면 멈춰서 심사숙고할 수밖에 없고, 아버지의 혼령이 그에게 부과한 복수의 엄숙한 의무를 돌아보면 앞으로 나아갈 수밖에 없다. (…) 따라서 그의 결심의 발목을 잡는 것은 행위의 가능한 결과를 철저히 짚어보려는 회의주의적이고 한가하고 세련된 사념이 아니라 (…) 독자적으로, 그리고 자신의 확신에 따라 행동하려는 바람이다. 뒤틀린 세상을 바로잡아야 하는 책무가 자신에게 주어졌다고 햄릿이 불평하는 것은, 괴테의 생각과는 달리, 자신에게 영웅적 자질이나 담대함이 없다고 느껴서가 아니라 (…) 자신의 이러한 내면적 기질을 감지하기 때문이다.

3. 카를 베르더(Karl Werder, 1859~60)

괴테를 위시한 모든 주요 평자들은 햄릿이 어떤 주관적 결함이나 허약함 때문에 잘못을 범한다고 주장한다. (…) 나로서는 이런 결론에 단호히 반대할 수밖에 없다. 우선, 햄릿은 이 평자들이 거의 한목소리로 요구한 대로 감히 행동할 수 있었을까? (…) 순전히 객관적 이유 탓에 그러지 못했을 것이라는 것이 내 주장이다. (…) 평자들이 햄릿에게 요구하는 것이 무언가? 왕을 즉각 공격하여 (…) 가급적 즉각 처치할 것. (…) 그런 다음 궁정 사람들을 불러 모아 자신의 행위를 정당화한 뒤 왕좌를 차지할 것. 그런데 햄릿은 어떻게 자신의 행위를 정당화할 것인가? 아버지 유령이 해준 말을 전함으로써? 이런 종류의 증거만으로 사람들이 햄릿의 행위가 정당했다고 믿어줄까? (…) 유령 자신이 평자들보다 처지를 더 잘 이해하고 있다. 유령은 아들에게 복수를 요구하지만 (…) 서둘지 않고, 시간과 장소는 아들에게 맡긴다. (…) 단도로 찌르기만 하면 된다든지, 그것만으로 자신의 요구가 충족된다고 내비치지 않는다.

(…) 햄릿은 무엇을 할 것인가? 그의 실제 임무는 무엇인가? (…) 왕을 곧장 처단하는 것이 아니라 자백하게 만들고 그의 가면을 벗기고 죄를 확정짓는 것이다. (…) 사안의 성격상 오로지 한 사람의 입, 왕관 쓴 범죄자의 입을 통해서만 진실은 밝혀지고 정의는 실현될 수 있으며, 그가 입을 열지 않으면 (…) 진실은 영원히 묻힐 것이다. (…) 바로 여기에 이 비극의 공포가 자리한다. 이것이 햄릿의 불가해한 두려움과 쓰디쓴 고뇌의 원천이다. (…) 그 임무가 평자들의 주장처럼 그리 쉽게 완수될 수 있다면 왜 햄릿이 미루겠는가? 아뿔싸! 어렵다 못해 거의 불가능하지 않은가? (…) 클로디어스는

자백할 생각이 없다. 설령 햄릿이 그를 처단한다 하더라도 진실은 드러나지 않을 것이다. (…) 햄릿이 유령의 뜻을 오해하고 왕의 가면을 벗기기 전에 그를 살해했다면, 햄릿은 그를 파멸에 빠뜨리기는커녕 오히려 구원하는 셈이 되었을 것이다. 세상 사람들의 동정심은 왕에게로 흘러갔을 것이고, 범죄자 왕은 사악한 음모의 무고한 희생자로 대대손손 기억되었을 것이니, 햄릿 덕분에 왕은 불멸의 존재가 되었을 것이다.

4. 지그문트 프로이트(Sigmund Freud, 1900)

『오이디푸스 왕』에서는 작품의 근저에 있는 어린아이의 열망 어린 판타지가 공공연히 드러나고 마치 꿈에서처럼 실현된다.『햄릿』에서는 그 판타지가 억압된 채로 남아 있다. (…) 이 연극의 토대는 햄릿이 자신에게 부과된 복수 과업의 실행을 주저하는 것이다. 하지만 작품은 그가 왜 주저하는지 아무런 이유나 동기도 제시하지 않는데, 그것을 풀어서 설명하려는 엄청나게 다양한 시도들이 있었지만 이렇다 할 결과를 내놓진 못했다. (…) 그렇다면 햄릿이 아버지 유령이 부과한 과업을 수행하지 못하도록 막는 것은 무엇인가? 그 답은 과업의 성격이 독특하다는 것이다. 햄릿은 무엇이든 할 수 있다. 아버지를 제거하고 어머니를 차지한 남자, 자신의 어린 시절 억압된 욕구〔어머니를 성적으로 소유하려는 욕구〕를 실현해 보여주는 남자에게 복수하는 것을 제외하고. 그리하여 그의 내면에는 그를 복수로 몰아가야 마땅한 증오심 대신 자기책망이, 양심의 가책이 자리 잡아, 응징해야 할 죄인보다 햄릿 자신이 (…) 나을 바 없다는 사실을 일깨워준다.

5. 브래들리(A. C. Bradley, 1905)

작품 속 햄릿의 성격을 재구성해보면, 그의 기질이 현대적 의미에서 멜랑콜리하다고 보기는 어렵다. (…) 하지만 그는 기질상 (…) 감정과 기분이 급속하고 극단적으로 변하는 경향이 있고, 자신을 사로잡는 감정과 기분에 (…) 한동안 함몰되는 성향을 보인다. 이런 기질을 엘리자베스 시대 사람들은 멜랑콜리하다고 일컬었다. 〔엘리자베스 시대 사람들이 말한 멜랑콜리는 요즘 같으면 조울증 증세와 상당히 유사하다.〕

(…) 〔햄릿의 첫번째 독백 "오, 더럽고 더러운 이 육신"을 인용한 다음,〕 여기엔 삶에 대한 혐오, 심지어는 죽음을 향한 열망이 담겨 있다. (…) 그런데 무엇이 그것들을 초래했는가? 아버지의 죽음은 그 원인이 아니다. 아버지의 죽음이 슬픔을 불러온 건 틀림없지만, 사랑하는 사람이 죽어 슬프다고 해서 고결한 영혼을 지닌 사람이 세상을 "천성이 억세고 막된 것들"이 그득한 곳으로 혐오하게 되진 않는다. 왕관을 뺏긴 것도 원인이 아니다. (…) 원인은 어머니의 본성이 급작스럽고도 놀랍게 드러난 데서 오는 정신적 충격이었다. (…) 햄릿은 평생 어머니를 믿어왔다. (…) 〔어머니의 근친상간적 재혼 앞에〕 아들은 어머니의 행위에 깃든 (…) 음탕한 욕정을 목도할 수밖에 없었다. (…) 그 결과 당혹스러운 공포, 혐오감, 인간성에 대한 절망이 차례로 몰려온다.

햄릿이 극도로 무기력해진 순간, 어머니의 부정과 아버지의 살해 사실이 드러나고, 떨쳐 일어나 행동하라는 〔유령의〕 요청이 그에게 닥친다. 한순간 (…) 그의 영혼은 이 요청에 부응코자 열렬히 도약한다. 그러나 너무 늦었다. 그것은 그를 붙들어 맨 멜랑콜리의 결박을 단단히 조일 뿐이다. 남은 이야기가 보여주는 것은 책무를 이행하려는 그의 헛된 노력, 그의 무의식적 자기변명, 부질없는 자책, 그리고 그가 복수를 미룸으로써 초래된 비극적 결과들이다.

(…) 멜랑콜리는 (…) 햄릿의 행동 않음(inaction)을 설명해준다. 행동 않음의 직접적 원인은 다름 아닌 햄릿이 습관적으로 빠져드는 감정이다. 그것은 삶과 삶 속의 모든 것—제 자신을 포함한—에 대한 혐오인데, 그 감정은 때로 솟구쳐 죽음에 대한 열망이 되는가 하면, 흔히는 가라앉아 시들한 냉담함이 되기도 하지만, 오랫동안 사라지는 법은 없다. 그런 감정 상태는 어떤 종류의 단호한 행동도 가로막기 마련이다.

7. 프레드슨 바우어스(Fredson Bowers, 1955)는 햄릿의 복수 지연이 그가 놓인 상황의 모순적 성격—공적 복수를 지향해야 하면서도 사적 복수에 의존할 수밖에 없는 상황—에서 비롯된다고 주장한다. 햄릿은 처음에 유령의 명령을 "혈족에 의한 사적 복수에 대한 요구"로 받아들인다. 그런데 엘리자베스 시대 관객들은 그것을 신이 금지하는 범죄 행위로 여겼으므로 복수를 수행해야 하는 비극의 주인공은 고뇌에 찬 입장에 몰리게 된다. 잘못을 바로잡고 덴마크 왕이 되려면 햄릿은 "공적 보복을 통해 자신이 하늘의 정의를 섬기는 자임을 입증할 길을 모색해야 한다." 하지만 아버지는 일체의 증거도 없이 은밀하게 살해되었으므로 재판 등에 의한 공적 정의의 실현 가능성은 없다. 이런 상황은 햄릿에게 사적 복수를 강요한다. 따라서 작품에 대한 온전한 이해에 도달하려면 이런 모순이 야기한 햄릿의 갈등이 제대로 검토돼야 한다.

6. 로버트 온스타인(Robert Ornstein, 1960)은 관객/독자가 일인칭

시점의 소설 주인공을 대하듯 햄릿을 대하면서 햄릿의 관점에서 상황을 바라보게 되어 있다는 점을 지적한 다음, 복수 지연과 관련된 기왕의 논란이 발생한 것은 햄릿 자신의 발언들 탓이라는 견해를 편다. 따라서 햄릿이 "제 자신을 찢어발기는 듯한 독백들"을 통해 아버지의 참혹한 죽음에 대한 자신의 "둔감성과 무감각함"을 자책하지 않았다면, 복수 지연이라는 논란거리가 발생하지 않았을 것이다. "책상 앞의 비평가들이야 햄릿이 클로디어스를 처단하지 않는다고 열을 올릴 수 있다. 하지만 극장의 관객들은 햄릿이 기도 중인 클로디어스를 꿰찔렀어야 했다거나, 햄릿이 제 어머니를 구원하는 것보다 클로디어스를 지옥 보내는 데 더 관심을 가졌어야 했다고 느끼지 않는다."

III. 유령의 의미

1. 브래들리(A. C. Bradley, 1905)

유령 등장의 효과는 무엇인가? 그리고 특히, 왜 셰익스피어는 유령을 그처럼 위풍당당한 환영으로 만들며, 왜 그에게 그처럼 신중하고 근엄한 말투를 부여하며, 왜 그처럼 냉담하고 무심한 기색을 띠게 해서 (…) 햄릿을 향한 〔유령의〕 애정 표현을 모두 차단하고 또 햄릿이 아버지에게 격한 연민을 표하는 것을 막는가? 작가의 의도가 무엇이든, 그 결과 유령은 자기 목적을 이루려는 죽은 왕의 원혼일 뿐만 아니라, 저 숨겨진 궁극적 권능의 대변자, 인간이 찾아내 징벌하는 것이 불가능해 보이는 죄행들을 속죄시키려는 신성한 정의의 메신저, 일상적 경험의 제한된 세계와 (…) 더 광대한 세계 사이의 연결에 대한 (⋯) 상징으로 우리의 상상에 각인된다.

(⋯)『햄릿』을 좁은 의미의 '종교극'이라 부를 수는 없을지라도, 셰익스피어의 다른 비극들과 견주면 이 작품은 대중적인 종교적 관념을 좀더 융통성 있게 활용하는 한편, 인간의 선과 악에 관여하는 지고한 권능에 대한 한층 교의적인—비록 상상에 의한 것이긴 하나—암시를 담아내기도 한다. 아마도 이 점이야말로 이 연극이 특별한 대중적 인기를 끄는 이유 중 하나일 것이다.

2. 그레그(W. W. Greg, 1917)는 유령의 모습이 노르웨이 왕을 쓰러뜨릴 당시 선왕 햄릿의 모습과 흡사하다는 1막 1장에 나오는 호레이쇼의 대사와 관련하여, 호레이쇼는 햄릿의 학교 동창이므로 연령상으로 노르웨이 군대와의 전투에 참전했을 가능성이 없고, 따라서 호레이쇼는 "증거 가치가 있는 개인적 증언을 내놓는 것이 아니라 상상의 산물인 수사적 표현에 탐닉하고 있을 뿐"이라고 주장한다. 더구나 호레이쇼는 유령이 나타나자 "멈춰라, 헛것"이라고 외치지 않는가? 유령이 선왕의 혼령이라는 확신이 그에게 없는 셈이다.

유령이 선왕의 혼령이라는 믿음은 어떻게 생겨났을까? 실제로 모습이 닮았을 수도 있고, 유령의 모습이 "마셀러스와 바나도의 마음을 사로잡고 있는 어떤 생각과 우연찮게 맞아떨어졌을 따름일 수도 있다." 그들이 선왕을 따르던 자들이었다면 전쟁 준비와 같은 근자에 덴마크에 일어난 일들이 그들 마음에 선왕의 죽음과 관련된 추측과 의심을 불러일으켰을 수 있다. 그리하여 그들이 유령을 선왕이라고 짐작할 여지가 생기는 것이다. 그들로부터 호레이쇼에게 선왕의 유령이 나타났다는 암시가 건너간다. 그리고 이번에는 역으로 유령의 진실성에 관한 호레이쇼의 증언이 사람들에게 결정적으로 작용한다. 하지만 호레이쇼는 정직한 사람이긴 해도 선왕의 모습은 모를 가능성이 크므로 증인으로서는 실격이다. 다시 호레이쇼에게서 햄릿에게로 암시가 건너간다. 유령이 선왕의 혼령이라는 생각이 일단 한번 일어나자 그 생각이 "여러 방식으로 두 사람의 믿음에 작용하게" 되었을 법하다. "그들 간에 상호암시가 일어나고," 그들은 서로를 부추겨 유령과 선왕의 닮은 점을 들추어낸다. 하지만 그 어느 누구도 유령의 진정성을 진실로 믿지 않는다. 유령은 그들에게 "헛것"에 지나지 않을 수도 있고, 그저 상상의 소산일 수도 있다. 더구나 햄릿은 나중에 유령이 악귀일 수 있다는 것을 인정하지 않는가?

유령의 초자연적 성격을 의심할 만한 근거는 작품에 매우 많이 나온다. 그런가 하면 그것의 초자연적 성격을 완전히 부정하기에는 근거가 한참 모자란다. 그래서 유령의 진정성을 믿고 싶은 사람은 작품에 근거하여 그 진정성을 믿을 만도 하다. "셰익스피어는 동시에 대안적 관점에도 길을 열어두면서, 우리가 원한다면 유령을 집단적 암시가 빚어낸 헛것으로 볼 수도 있다고 내비치는 것 같다."

3. 윌슨(J. D. Wilson, 1935)은 『햄릿』을 셰익스피어의 비극 중 "가장 사실적이고 현대적인 작품"이며, 다른 어느 극작품보다 "셰익스피어 시대의 정신과 삶, 그리고 우리 자신의 시대의 정신과 삶에 가장 가까이 다가간 작품"으로 본다. 따라서 셰익스피어가 이 작품에서 유령이라는 초자연적 요소를 두드러지게 사용했다는 것은 특기할 만하다. 1막은 그 자체로서 "유령을 주인공으로 삼은" 하나

의 작은 극이라 할 수 있다. "850행 중 550행이 유령과 관련된다." 더구나 유령은 매우 실재적인 혼령이다. 『줄리어스 씨저』(*Julius Caesar*)와 『맥베스』(*Macbeth*)에 나오는 유령이 작품 속 등장인물의 심리적 투사물로 보이는 데 반해, 『햄릿』의 유령은 매우 "실재적"이며, "햄릿 왕 유령의 객관성"에는 의심의 여지가 없다. "유령은 온전한 의미에서 극중 등장인물"이다. "그는 인간의 마음을 잃지 않았고, 대단한 위엄을 지녔으면서도 그의 장중한 형상에는 애처로움 이상의 그 무엇이 깃들었다." 셰익스피어가 실제로 뭘 믿었는지는 알 길 없지만, "시인으로서 그가 이 유령의 존재를 믿었으며, 관객도 그렇게 믿어야 마땅하다고 작심했던 것은 분명하다. 유령은 『햄릿』의 핵심적 존재이며, 그것을 제거하면 극 자체가 산산이 부서져버린다."

4. 프레드슨 바우어스(Fredson Bowers, 1955)는 "건전한 혼령이라면 유령은 제 자신의 의지로 지상의 일에 영향을 미칠 목적으로 연옥을 벗어날 수 없다"는 점을 지적한다. 유령이 나타난 것은 신의 허락이 있었음을 뜻하므로, 복수를 해달라는 요청은 "개인적 요구일 뿐만 아니라" 사실상 햄릿을 "클로디어스를 벌하는 신의 대리자로 지명하는 신성한 명령을 전달하는 것"이기도 하다.

5. 나이츠(L. C. Knights, 1959)는 유령이 당당한 모습을 지녔지만 첫닭이 울자 죄인처럼 흠칫 놀랄뿐더러, 시적으로 고양된 대사를 통해 강하게 환기되는 이 장면의 기독교적 분위기가 유령의 복수 요청이 갖는 악의적 성격을 부각하는 측면이 있다고 주장한다. 당시 인기를 끌던 복수극의 연극적 관습을 『햄릿』이 끌어 썼다는 점

을 강조하는 평자들은 사적 복수에 대한 유령의 요청에 담긴 반기독교적, 악의적 성격을 부각하는 것은 극의 연극사적 맥락을 충분히 고려하지 않는 입장으로서 부차적인 문제에 과도한 의미를 부여하는 것이라고 내세우기도 한다. 나이츠가 보기에 "이런 주장은 퍽 기이하다." 셰익스피어는 극작 의도에 따라 다양한 연극적 관습—남장을 한 여성의 정체가 좀처럼 드러나지 않는다든가 하는—을 사용한다. 하지만 "그는 결코 연극적 관습이 작품의 본질적 문제를 좌우하게 만드는 법은 없다. 어느 위대한 작가가 그렇게 하겠는가?" 셰익스피어가 『리어 왕』, 『폭풍우』(The Tempest) 같은 주요 작품에서 복수보다 용서를 더 고귀한 행위로 다루었던 점을 염두에 두면, 그런 시인이 흥미로운 극적 효과를 낼 목적에서 자신의 깊은 윤리적 확신을 잠정적으로 접어둘 수 있겠는가?

6. 일리노어 프로서(Eleanor Prosser, 1971)는 우선 유령의 명령이 "도덕적 구속력을 가질 수 있는가"라는 물음을 던진다. 달리 말해, 유령의 말에 근거해 "아버지의 죽음에 대한 복수를 해야 할 도덕적 의무가 햄릿에게 있다고 이 작품은 전제하는가?" 16세기 후반 교회와 국가의 도덕률은 모든 종류의 사적 복수를 금했다. "복수는 신의 몫이며 따라서 신이 임명한 대리자인 치안판사들의 몫"이라고 국가는 갖은 논리를 동원해 시민을 설득했다. 심판은 오로지 신의 몫이므로 신의 눈으로 보면 복수는 신의 뜻을 거역하는 신성모독이며, 따라서 "복수자를 복수의 대상 못지않게 악한 존재로 만들 수밖에 없다." 복수자가 아무리 정의의 사도를 자임해도, 복수의 속성에 비추어 정의의 실현은 불가능할 수밖에 없는 셈이다.

일반적인 엘리자베스 시대 사람들이 복수자에게 강한 공감을 느꼈을 가능성은 크지만, 자신들이 일상 속에서 받아들이는 윤리적, 종교적 계율을 그들이 무시했다고 판단할 근거는 찾아보기 어렵다. 셰익스피어의 극작품들이 동시대 다른 작가들 경우에 견주어 "복수에 수반되는 윤리적 딜레마의 성격에 관한 한층 심오한 통찰과 복수자에 대한 한층 깊은 공감"을 담고 있긴 하지만, 셰익스피어 작품들에서도 복수는 언제나 지옥의 힘에 의해 촉발된다.

IV. 극중극──또는 쥐덫

1. 그레그(W. W. Greg, 1917)는 「곤자고 살해」에 앞서 공연되는 무언극(dumb-show)에 대한 클로디어스의 반응──또는 무반응──에 주목한다. 무언극은 유령이 자신의 독살 과정을 햄릿에게 묘사한 그대로 귀에 독을 부어 왕을 살해하는 모습을 연출해 보인다. 클로디어스가 선왕을 무언극과 동일한 방식으로 죽였다면 마땅히 반응을 보였어야 할 텐데, 그는 아무런 반응을 보이지 않는다. "유일한 합리적 결론은 클로디어스가 귀에 독을 부어 형을 죽이지 않았다는 것" 아니겠는가? 본 연극 「곤자고 살해」가 시작되고 살인자가 독을 잠자는 왕의 귀에 부어넣는다. 여전히 클로디어스는 이렇다 할 반응을 보이지 않는다. 오히려 햄릿이 애가 닳아 극중 살인 사건의 내용을 손짓 발짓 해가며 "금방이라도 왕의 멱살을 잡을 듯" 왕의 안전에다 고함치듯 떠벌린다. 그제야 왕은 자리를 박차고 일어나지만, 왕의 그런 행동은 "자신의 죄가 탄로 났다고 믿어서가 아니라, 햄릿이 광기에 사로잡혀 왕을 죽일 계획을 짜고 있다고 믿게 되었기 때문이다." 만약 극중극 공연 중의 왕의 행동

에 대한 이와 같은 설명이 타당하다면, "유령이 햄릿에게 한 이야기는 햄릿 자신의 정신이 빚어낸 환청에 지나지 않는다고" 주장할 만하다.

2. 윌슨(J. D. Wilson, 1918)은 그레그의 견해에 대한 반론으로, 극 속에 "클로디어스가 무언극은 보고 있지 않았다는 사실"이 분명히 밝혀져 있다는 주장을 편다. 「곤자고 살해」의 왕과 왕비가 대사 몇줄을 말한 다음 살인자가 미처 등장하기 전에 클로디어스가 햄릿에게 이렇게 묻는다. "줄거릴 들었느냐? 거슬리는 내용은 없고?" 그런데 만약 클로디어스가 무언극을 보았다면 이런 물음이 어떻게 가능하겠는가? "이 무언극이 연극 줄거릴 뜻하나봐요"라고 굳이 오필리아가 말하도록 되어 있는 것은 무언극이 본 연극의 줄거리를 미리 알려준다는 사실을 관객에게 확인시켜주려는 뜻 아닌가?

3. 할리 그랜빌바커(Harley Granville-Barker, 1937)는 무언극에 대한 클로디어스의 반응에 대해 그레그나 윌슨과 다른 제3의 설명을 내놓는다. 무언극을 보는 순간 왕은 물론 바짝 긴장한다. 클로디어스는 자신이 형을 살해한 것과 꼭 같은 방식으로 무언극 속 살인이 진행되지만, 우연의 일치일 수도 있다고 일단 생각한다. 하지만 햄릿에 대한 경계심을 늦출 순 없다. 어떻게 할 것인가? 우연의 일치라면 가만히 있으면 된다. 덫이라면 연극의 진도가 미처 나가기도 전에 이유 없이 극을 멈춘다거나 하는 섣부른 행동을 해서 제풀에 함정에 빠져서는 안된다. "기다리면서 조심하는 수밖에 없다."

V. 클로디어스의 '기도'와 햄릿의 선택

1. 조지 스텁스, 토머스 핸머(George Stubbes/Thomas Hanmer, 1736)

기도하고 있는 왕을 보는 순간 햄릿이 하는 대사는 늘 내게 불쾌하다. 그 대사는 매우 잔인하고 비인간적이며 주인공에 어울리는 않는 무언가를 담고 있어서, 나는 셰익스피어가 그 대사를 뺐으면 하고 바란다. 한 인간의 영혼을 파괴하길 바라고, 그가 뉘우칠 수 있는 가능성을 죄다 잘라 없애버림으로써 그를 영원히 고통받게 만들기 바라는 것—기독교도인 왕자가 이런 마음을 품는다는 것은 어버이에 대한 그 어떤 지극한 사랑으로도 정당화할 수 없는 앙갚음이다. 찬탈자를 죽여 그가 지은 악독한 죄의 과실을 빼앗고 덴마크의 왕좌가 더럽혀지는 것을 막는 것은 마땅히 해야 할 일이다. 하지만 왕자의 바람은 거기에서 멈추었어야 했고, 죄인을 저승까지 쫓아가려는 생각을 왕자는 버렸어야 했으며, 그를 죽이기 전에 오히려 그가 회개하기를 바랐어야 했다.

2. 쌔뮤얼 콜리지(Samuel Taylor Coleridge, 1811)

〔이 장면에 대한 쌔뮤얼 존슨의 생각, "햄릿이 피를 피로 갚는 데 만족하지 못하고 징벌 대상을 지옥으로 보내려고 작심하는 이 대사가 너무 끔찍하다"를 언급한 다음.〕 사실인즉 존슨 박사가 햄릿의 성격을 이해하지 못하고 그를 비난한 것이다. 그 순간 죄지은 왕을 그냥 놓아주기로 결심한 것은 오로지 주인공이 우유부단함 때문이다.

즉각적이고 효과적으로 행동할 수 있는 순간에 햄릿은 행동하지 않을 핑계를 붙잡는다. 그러므로 그는 반드시 추구해야 할 복수를 다시 미루고, 왕이 "술에 곯아 잠들었거나, 골을 내며 날뛰거나,/침대에서 상피 붙는 쾌락에 빠졌"을 때 복수하리라 선언한다. 이것은, 강조해서 말하건대, 아버지 유령의 긴박한 명을 좇아 죄지은 삼촌을 벌할 수 있는 바로 이 절호의 기회를 취하지 않을 핑계일 뿐이다.

3. 카를 베르더(Karl Werder, 1859~60)

왕이 기도하고 있는 순간이 그를 죽이기에 적절한 순간이 아니라고 생각하는 것이 우유부단함에서 비롯된 햄릿의 변명에 지나지 않는다고 보아야 하는가? 비평가들의 눈이 갑자기 멀기라도 했단 말인가? 왕이 결국 어떻게 죽는가? 그가 죽는 모습을 보며 우리는 〔그의 죽음이 너무도 참담하기 때문에〕 그가 다른 어떤 방식으로 죽어도 이보다는 더 너그러운 대접이 될 뻔했다고, 죄인에게 합당한 보복이 아니라 "이건 품삯 받을 짓, 복수는 무슨"이라고 느낄 만하다.

왕은 갑작스러운 발작으로 마침내 쓰러지는 것도 아니고, 술에 취하거나 잠에 빠지거나 노름을 하다 쓰러지는 것도 아니다. 그랬더라면 그의 운명은 너무도 홀가분한 것이 되었을 것이다. 왕은 자신의 구원 가망성을 철저히 박탈할 만한 짓을 벌이다 쓰러진다. (…) 자신의 흉계가 드러날까봐 그는 햄릿 몫의 독을 왕비가 마시도록 내버려둔다. 이 순간, 구원의 가망성을 철저히 상실한 채 그는 쓰러지고, 그의 "영혼은 저주받아 시커멓게" 될 것이다. 그리하여 시인은 햄릿이 〔클로디어스를 찌르려던 칼을 거두면서〕 한 말을 실현한다. 결국 햄릿의 말은 이런 경우에 합당한 복수와 처벌과 심판에 관한 셰익스피어의 생각을 정확히 표현한 것이 된다. (…)

그리고 잊지 말아야 할 것은 왕을 이와 같은 최후로 몰아가는 것이 다름 아닌 햄릿이라는 사실이다. 성공과 실수를 거치며, 연극을 활용하고 폴로니어스를 죽이는 과정을 거치며, 햄릿 혼자서 해내는 것이다.

4. 할리 그랜빌바커(Harley Granville-Barker, 1937)는 이 장면의 "기법적 짜임새"에 주목한다. 무대에 왕이 혼자 있는 것은 처음이다. 여태껏 차분함을 잃은 적이 없던 왕이 양심의 가책으로 몸부림친다. 이 장면이야말로 극의 진정한 전환점이다. "지금 일어나는 일─또는 일어나지 않는 일─에 극의 나머지가 좌우되고, 이 순간부터 비극과 유혈이 가속화된다." 이 장면을 기도 장면이라고 부르면 이 장면의 의미가 왜곡된다. 햄릿은 왕이 기도하고 있다고 생각해서 칼을 거두지만, 왕은 기도하려는 뜻을 이루지 못하지 않는가? 왕 마음속의 갈등을 알았다면 햄릿은 그를 죽였을 것이고, 그랬다면 거의 모든 것이 끝났을 것 아닌가?

클로디어스의 기도에 대한 갈망을 피력하는 대사가 침묵 속으로 잦아들자 햄릿이 불쑥 등장한다. 햄릿은 자신에게 주어진 기회에 놀라고, 그의 독백이 클로디어스의 "또다른 독백 위에 겹쳐진다." 셰익스피어 작품 다른 곳 어디에도 "이처럼 단단하고 빽빽하게 짜인 구성은 없다. 여기에서는 각각의 요소들이 서로 경합한다." 클로디어스는 햄릿의 존재를 모르고 햄릿은 클로디어스의 마음을 모른다. "햄릿은 복수의 기회를 손에 넣었지만 그 복수의 성격에 만족하지 못해 기회를 버리고, 클로디어스는 제 자신의 참모습을 직면하며 기도를 포기하고 일어난다." 죽음을 모면한 그는 "다시 단호한 마음가짐으로" 돌아와 햄릿을 죽이라고 요구하는 편지를 영국 왕에게 쓸 것이다.

5. 윌슨 나이트(G. Wilson Knight, 1930)가 보기에 클로디어스는 "탁월한 외교가이자 군주로서의 면모를 두루 보여준다." 덴마크의 정치는 매끄럽게 잘 굴러가고 있고, 그의 대사들은 그가 "신속하고 능률적인 인물이라는 인상"을 준다. 그는 장황한 절차를 피하면서 국사를 처리함으로써 "삶의 즐거움을 향유할 여유를 마련할 줄 아는 인물"로 보인다. 그런가 하면 "클로디어스를 냉혹한 범죄자로 보는 것은 잘못이다." "독실한 표정과 경건한 행동이면/사람들은 악마조차 능히 사탕 발라" 감춘다는 폴로니어스의 말에 왕은 "오, 정말 그렇다./그 말이 내 양심을 너무도 매운 채찍으로/때리는구나"라고 혼자 중얼거린다. 또, 햄릿이 마련한 연극을 본 왕은 양심의 가책으로 제 영혼을 쥐어짠다. "그 가책은 기본적으로, 우리의 예상과는 달리, 햄릿에 대한 두려움에서 비롯된 것이 아니라 진정한 양심의 가책이다." 클로디어스의 고뇌는 저 지극히 아름다운 기도로 이어진다. "오, 내 죄 추악하여 악취 하늘에 풍긴다."

6. 일리노어 프로서(Eleanor Prosser, 1971)가 보기에 클로디어스는 탐욕에 찌든 냉혹한 악한이 아니라 "비극적 인물"이다. 그는 강인하고 집념이 세면서도 예민한 사람으로, 정념에 사로잡혀 악의 길을 선택했지만 그 악이 선이라고 자신을 기만하지 않는다. 그는 "침묵시킬 길 없는 적극적인 양심을 지녔다." 관객은 회오에 차서 내면의 투쟁을 벌이는 클로디어스를 보며 인간적 유대를 느끼게 될 수도 있다. 셰익스피어는 클로디어스의 이 내면적 투쟁을 "기독교적 관점에서 극화한다." 그는 "'참회의 사다리'라고로 알려진 네 단계, 즉 회오, 고백, 믿음, 개심 중 세 단계를 하나씩 올라간다. 그의 기도는 발각의 두려움에서 비롯된 것이 아니다. 그의 양심이 그

를 진정한 회오로 이끌었으며, 그가 자기 죄를 혐오하는 것은 그것이 신에 대한 범행이기 때문이다." 나아가 그는 고백을 통해 자기 죄의 끔찍함을 자신이 알고 있음을 신 앞에 인정한다. 가차 없는 양심에 떠밀려 "자기 죄의 참모습을 보며 진저리를 치지만," 그는 범행을 통해 확보한 것들—권력, 아내 등—을 버리지 못한다. 하지만 그는 설사 자신의 죄가 카인의 죄보다 더 클지라도 "신이 자비로써 용서하리라는 절대적 믿음"을 지녔다. 만약 영혼의 평온을 찾으려는 자신의 갈망이 끈질긴 야망과 욕정의 힘을 꺾을 수 있다면 자기 앞에 용서가 기다리고 있다는 것을 그는 안다.

작품해설

『햄릿』 곰곰이 읽기[*]

셰익스피어(William Shakespeare, 1564~1616)의 극작품 중 가장 높은 공연 빈도를 뽐내는 『햄릿』(*Hamlet*)은 고전 중의 고전이다. 고전이라면 뭔지 모르게 낯설고 고리타분하고 심각한, 그래서 함부로 다가가기 부담스러운 그 무엇을 떠올릴지도 모른다. 고전이라 일컬리는 작품 중에 실제 그런 경우가 없는 것은 아니지만, '진짜' 고

---

* 집필 연도, 판본, 출전에 관해서는 캠벨(O. J. Campbell) 등이 편집한 『독자용 셰익스피어 백과사전』(*The Reader's Encyclopedia of Shakespeare*, 1966), 『아든 셰익스피어(2차 시리즈): 햄릿』(*The Arden Shakespear: Hamlet(Second Series)*, 1982) 서문, 『노턴 셰익스피어 전집』(*The Norton Shakespeare*, 1997) 서문, 『뉴 캠브리지 셰익스피어: 햄릿』(*The New Cambridge Shakespeare: Hamlet*, 2003) 서문 등을 두루 참조했다.

전은 대중적이다. 가령 유럽 최고의 고전으로 꼽히는 소포클레스, 아이스킬로스 같은 고대 그리스 비극 작가의 현존하는 작품들은 아테네에서 해마다 열리던 연극 경연에서 최고상을 받은 인기작들이다. 『햄릿』도 이와 비슷하다. 셰익스피어 시대 런던 인구가 대략 이십만명 정도였는데, 매주 만에서 이만명 정도가 런던 극장들에서 연극 공연을 관람했으니 현재 서울 인구로 치면 오십만에서 백만명(!)이 매주 연극을 보았던 셈이다. 더구나 당시의 연극 관객은 특정한 신분이나 계층에 국한되지 않았고, 위로는 왕에서부터 아래로는 하인, 도제, 마차꾼에 이르기까지 모든 계층이 같은 연극을 보고 즐겼다. 요컨대 당시 연극은 인기 드라마에 견줄 만한 대중적 인기를 모았던 것이다. 셰익스피어는 하층 민중의 투박한 활력과 상층부의 세련되고 섬세한 취향, 고전적 지식 등을 절묘하게 아우른—말하자면 '대중성과 예술성'을 두루 갖춘—작품을 써냄으로써 다양한 관객의 요구에 성공적으로 부응한 작가였다. 그런 가운데서도 『햄릿』은 단연 인기작이었다.

『햄릿』은 이처럼 대중적인 작품이므로 특별한 사전 지식이나 설명 없이도 얼마든지 읽고, 보고, 즐길 수 있다. 하지만 『햄릿』은 400년도 더 전에 쓰인 작품인지라 집필과 출판의 조건이 지금과는 상당히 달랐으므로, 그에 관한 약간의 지식을 갖추면 작품을 즐기는 데 아무래도 득이 될 것이다. 아울러, 『햄릿』이 세상에 나오고 400년이 흐르는 사이 수많은 사람들이 『햄릿』을 읽고 보며 자신들의 느낌과 생각을 글로 남겨놓았으니, 이에 대해서도 약간이나마 알게 되면 『햄릿』 속으로 좀더 깊이 들어가는 데 요긴한 길잡이가 되지 않겠는가?

작품해설은 세 부분으로 되어 있다. 첫 부분은 『햄릿』의 저작 연도와 출전(出典), 판본, 언어 문제를 다룬다. 두번째는 작품에서 유심히 살펴보고 이모저모 따져볼 만한 사항들을 여러 시각에서, 그리고 때로는 좀 도발적인 관점에서 짚어보되, 작품에 관한 역자 나름의 해석을 일관되게 제시하기보다—그리하여 독자들을 그 해석에 동의하도록 유도하기보다—독자의 자유로운 작품 해석을 불러일으키는 데 초점을 맞추었다. 세번째는『햄릿』을 번역하는 과정에서 역자가 각별히 관심을 기울였던 점들을 햄릿의 대표적 독백을 실례로 들어 소개, 설명한다. 작품해설치고는 좀 장황하다고 느껴질 수도 있는 만큼, 관심 가는 항목부터 골라 읽어도 큰 무리가 없게끔 글을 구성했다.

I. 저작 연도·판본·출전·언어

1. 저작 연도

1589에서 1596년 사이의 문헌에 지금은 유실된『햄릿』이란 극작품—학자들이『원햄릿』(*Ur-Hamlet*)이라 부르는—이 몇 차례 언급된다. 1596년 문헌에는 이런 부분이 나온다. "그는 침울한 기색으로 대개 검은 옷을 걸치고 다니는데, 안색이 얼마나 창백한지 햄릿, 복수를! 하고 무척 고통스럽게 굴 장수 여자처럼 관객에게 부르짖던 그 유령의 가면 쓴 듯한 얼굴 같다." 이『원햄릿』은 셰익스피어 작품이라는 설도 있으나, 당시 큰 인기를 끈 복수극『스페인 비극』(*The Spanish Tragedy*, 1587년경)을 쓴 토머스 키드(Thomas Kyd)의 작품이라는 설이 유력하다. 설령『원햄릿』이 셰익스피어의 것이라

가정하더라도, 현재 세 초기 판본으로 전해지는 『햄릿』은 문체로 보아 1590년 이전에 집필됐을 가능성은 없으므로 『원햄릿』과 동일한 것으로 보기는 어렵다는 것이 중론이다.

세 초기 판본을 통해 독자나 관객이 만나게 되는 『햄릿』의 정확한 저작 연도는 객관적, 일차적 근거가 존재하지 않으므로 간접적 근거를 통해 추정할 수 있을 따름이다. 예컨대 『햄릿』 3막 2장에는 폴로니어스가 대학 시절 줄리어스 씨저 역할을 했다는 대사가 나오는데, 이것을 1599년에 나온 셰익스피어의 『줄리어스 씨저』(Julius Caesar)에 관한 언급으로 본다면 『햄릿』은 1599년보다 앞서 집필되었을 수 없다. 『햄릿』은 또한 1602년에 출판협회등록부(Stationer's Register)에 등재된 기록이 있으므로 1602년보다 뒤에 집필되었을 수도 없다. 추정 가능한 집필 시기를 이런 식으로 좁혀나간 결과, 1600년에서 1601년 사이에 집필되었다는 설이 유력하게 되었다. 이 시기는 『줄리어스 씨저』가 발표된 직후이자, 『십이야』(Twelfth Night, 1601), 『트로일러스와 크레시다』(Troilus and Cressida, 1602), 『자에는 자로』(Measure for Measure, 1604), 『오셀로』(Othello, 1604) 등 셰익스피어 원숙기의 걸작들이 나오기 시작하는 때다.

2. 판본

셰익스피어 작품의 자필 원고는 아직 발견되지 않았다. 『토머스 모어 경』(Sir Thomas More)이란 희곡 원고의 일부분이 셰익스피어의 자필로 되어 있다는 주장이 제기되지만 논란이 많다.

셰익스피어 작품의 판본 문제는 비단 전문적 셰익스피어 학자들의 연구 대상으로 중요할 뿐만 아니라, 일반 독자에게도 다소간의 기본적 지식이 있으면 셰익스피어를 깊이 이해하고 즐기는 데 도움이 되므로, 『햄릿』의 판본에 관해 좀 구체적으로 설명해본다.

1602년에 제임스 로버츠(James Roberts)라는 인쇄업자가 "로드 체임벌린 극단이 최근 공연한 '덴마크 왕자 햄릿의 복수'라는 이름의 책"이란 항목을 출판협회등록부에 등재했다. 하지만 현존하는 첫 판본은 로버츠가 아닌 니컬러스 링(Nicholas Ling)과 존 트런델(John Trundell)이 낸 1603년의 제1사절판(First Quarto, 이하 Q1)으로, 표지에 '윌리엄 셰익스피어가 지은 덴마크 왕자 햄릿의 비극적 이야기'라고 박혀 있다. 두번째는 1604년에서 1605년에 걸쳐 제임스 로버츠가 낸 제2사절판(Second Quarto, 이하 Q2)으로, 표지에 '윌리엄 셰익스피어가 지은 덴마크 왕자 햄릿의 비극적 이야기. 완전한 정본 원고에 의거, 분량이 거의 배로 늘어난 신간'이라고 박혀 있다. 세번째는 셰익스피어가 죽은 뒤 1623년, 극단 동료 존 헤밍(John Heminge)과 헨리 콘델(Henry Condell)이 편집하여 출간한 제1이절판(First Folio, 이하 F1) 전집 중 한 작품으로 나온 것이다.

이렇듯 현존하는 세 판본은 셰익스피어가 직접 출간한 것이 아니다. 실상, 셰익스피어뿐만 아니라 당시 극작가들은 일반적으로 직접 출간에 관심이 없었다. 셰익스피어에 필적하는 명성을 지녔던 벤 존슨(Ben Jonson)이 예외적으로 자신의 극작품을 세심하게 편집하여 출간했지만 오히려 조롱거리가 되는 실정이었다. 이런 사정은 당시에 극작품이 유통되던 방식에서 주로 비롯된다. 가령 셰익스피어는 새로 작품을 쓰면 주로 자신이 소속된 극단에 일정액—한편당 현재 화폐 기준으로 대략 1000에서 2000파운드 정도—을 받고 작품을 팔아넘겼다. 그때부터 소유권은 극단 것이 되는데, 극단 입장에서는 새 작품의 내용이 알려지면 관객 수가 줄어들 가능성이 크므로, 역병으로 극장 문을 닫는다거나 빚을 갚기 위해 목돈이 필요하다거나 장기간 공연으로 관객의 관심이 스러졌다거나 하는 특별한 경우가 아니면 작품 출간을 시도할 이유가 없었다. 셰익스피어 자신도 극단의 배우이면서 주주였기 때문에 자기 극작품을 출간하는 데 실리 면에서 매력을 느끼지 않았을 것이다. 『햄릿』 사절판과 같은 해적 출판물이 나오게 된 것도 바로 이런 조건 때문이었다.

Q1은 다른 두 판본과 대조해보면 훼손의 정도가 몹시 심해서 '나쁜 사절판'(Bad Quarto)이라고도 불리는데, 길이는 2200행 정도다. Q1은 『햄릿』 공연에 참여했던 단수 혹은 복수의 배우들이 기억에 의존해 재구성한 판본이라는 설이 유력하다. 마셀러스의 대사가 상대적으로 훼손이 적은 것으로 보아 마셀러스 역을 맡았던 배우가 주로 재구성에 참여했던 것으로 보인다. Q2는, 아마 Q1을 염두에 두고, "분량이 거의 배로 늘어난 신간"이라고 선전한 것에 걸맞게 3800행이나 되며, 작가 자신의 자필 초고를 바탕으로 인쇄된 것으로 보이는 권위 있는 판본으로, '좋은 사절판'(Good Quarto)이라고도 불린다. F1은 Q2와 대조해보면 230행 정도가 삭제되고 95행이 추가되는 한편 여러군데 소소한 차이가 있다. 이 판본은 Q2를 근간으로 하여 작가의 승인하에—또는 작가 자신에 의해—첨삭, 수정이 가해진 판본이라는 설이 학자들 간에 제기되기도 하는, 권위를 인정받는 판본이다. 길이로 보아 F1도 공연대본 자체가 아닌 공연대본 준비 과정의 중간단계에서 작성된 원고를 바탕으로 인쇄된 것으로 추정된다.

Q1이 '나쁜 사절판'이라고는 하지만, 활용 가능성은 적지 않다. 세 판본 중 Q1만이 분량 면에서 유일하게 공연 가능한 판본이기

때문이다. Q2는 빠른 속도로 읽는 데에도 네시간이 족히 걸릴 만큼 긴 분량이어서, 공연용 대본이 아닌 '읽는 연극'(closet drama)으로 보인다는 견해가 나올 정도이고, F1도 공연에는 적합하지 않은 분량이다. 따라서 공연을 준비하는 연출자 등의 처지에서는 설사 Q2나 F1을 대본의 바탕으로 삼는다 하더라도 각색 과정에서 Q1이 좋은 참고가 될 수 있다. 더구나 Q1은 장면 배치의 면에서도 다른 판본과 약간의 차이가 있는데, 이 또한 각색 과정에서 새로운 작품 해석의 계기를 제공하기도 한다. 특히, 2막 2장의 해당 대목 역주에 밝혀두었듯, "이대로냐, 아니냐"(To be, or not to be)로 시작하는 저 유명한 햄릿의 독백이 Q2와 F1에서는 배우들이 궁에 도착한 다음에 나오지만 Q1에서는 배우들이 도착하기 전에 나온다. 사실 Q2와 F1처럼 배치하면 "연극으로 덫을 놓아 왕의 양심을 포획하리"라고 이미 단호하게 작심했던 햄릿이 이 독백에서 무기력한 자살 충동까지 내비치는 것은 극의 흐름과 잘 맞지 않는다는 불만도 나올 만하다. 반면에 Q1처럼 배치하면 햄릿의 감정 변화가 좀더 자연스럽게 느껴질 수도 있다. 이런 이유로 이 독백을 Q1처럼 배치함으로써 성공적인 극적 효과를 이끌어 내는 연출 사례들도 나온다. (물론, 독백의 위치를 그렇게 바꾸면 햄릿의 자기성찰적인 측면이 약화돼서 옳지 않다는 불만이 생길 수도 있다.)

F1은 Q2에서 사건 전개에 불필요한 부분들——주로 햄릿의 대사들 중 사변적이거나 해설 조의 대사들——을 삭제하는 한편 약간의 대사를 추가함으로써 대체로 장면의 흐름을 좀더 자연스럽게 만들고 있다. 그런가 하면 5막 2장에는 햄릿의 변모를 보여주는 중요한 대사들이 F1에 추가되기도 하는데, 이 점은 이 해설의 II-10을 참고하기 바란다. 삭제된 대목 중 가장 두드러진 것은 4막 4장으로, 전

체 66행 중 앞부분 8행만 남고 다 잘려나갔다. 로즌크랜츠와 길든 스턴의 감시하에 영국으로 쫓겨 가는 햄릿이 폴란드를 치러 가는 포틴브라스 군대를 만나는 대목인데, 잘려나간 부분에는 "어찌 이리 온갖 일이 나를 고발하며,/둔한 복수심을 박차로 다그치는가"로 시작하는 햄릿의 마지막 독백도 포함된다. 사실 이 독백에 불만을 표하는 평자도 적지 않다. 요컨대, 연극 공연을 통해 클로디어스의 범행을 확인한 뒤 곧바로 폴로니어스를 클로디어스로 오인해 죽이기까지 한 햄릿이 새삼 자신을 "고작/자고 먹"기만 할 뿐인 존재로 자책하는 것도 납득되지 않거니와, 왕의 공세를 자초해 위기를 맞은 햄릿이 자신에게 "결행할 명분과 의지, 힘과 수단이" 있다고 내세우는 것도 상황에 걸맞지 않는다는 것이다. 이런 불만을 품은 평자들의 입장에 보면 F1의 삭제는 극의 전개를 촉진하는 한편 이 독백의 설득력 부족 문제도 동시에 해소하는 일석이조의 선택이다.

하지만 이 대목이 있음으로 해서 햄릿 성격의 주된 측면인 자책 경향이 재확인되는 한편, 햄릿의 명예에 관한 생각의 모순적 양상이 드러나기도 한다는 주장도 가능하다. "진정한 위대함은/큰 명분 없인 움직이지 않는 게 아니라,/지푸라기 한올도 명예가 걸리면/큰 싸움의 명분 삼는 것"이라는 대목은 명예의 가치를 높이 인정하는 태도를 드러내는 듯하다. 하지만, 포틴브라스의 군대가 "명성이란 환상과 속임수 좇아/침대로 가듯 무덤 가고, 온 군사가 자웅을/겨루기에도 비좁고, 전사자 묻어 숨길/묏자리도 못되는 땅뙈기를 얻고자" 싸운다는 대목은 명예란 것이 더없이 부질없고 위험한 가치일 수 있다는 인식을 인상적인 이미지로 담아낸다. 그렇다면 결국 명예는 복수의 확고한 이념적 근거가 될 수 없지 않겠는가? 그리하여 "오, 이제부터 내 생각은/피비린내 풍기지 않으면 무용지물이다"라는 햄릿의 결론은 표면적 의미와는 달리 단호하고 확고한 결단의 표현으로 들리지 않게 된다. 더구나 『햄릿』은 명예가 오히려 불명예스러운 행동을 합리화하는 구실이 될 수도 있다는 모순을 레어티즈의 선택을 통해서도 극화한다. 자식의 도리보다 명예 때문에 제 아버지의 복수에 나선다는 레어티즈는 비열하게도 독 묻은 칼로 햄릿을 찌르고, 그로 인해 제 목숨마저 잃게 되지 않는가? 이처럼 이 독백은 작품 해석에 중요한 작용을 할 수 있다. 그렇다면 F1의 삭제는 Q2에 담긴 중요한 의미를 내다버리는 셈이 된다.

　이렇듯 판본에 따라 작품의 의미와 해석에 상당한 차이가 발생할 수 있다. 그럼 어떻게 할 것인가? 18세기 이래 『햄릿』 편집자들은 현존하는 판본들은 한데 모아 편집함으로써 본디 셰익스피어가 쓴 원본에 되도록 근접하는 '이상적' 판본을 재구성하려고 애써왔다. 그 결과로 나오는 것이 소위 종합본(conflated text)이다. 이 번역에 저본으로 사용된 해럴드 젱킨스 편집의 아든판 『햄릿』이 현재 사용되는 대표적 종합본이다. 1980년대 이후로는 여러 판본의 독자성, 즉 여러 『햄릿』의 존재 가능성을 인정하는 편집 방향이 힘을 얻게 된다. 그 결과 가령 아든 셰익스피어는 종합본 외에 2000년대에 들어 Q1, Q2, F1을 따로 편집하여 내놓고 있다. 결국 네가지 『햄릿』이 존재하게 된 셈이다. 이 번역에서는 국내 출판계의 사정을 감안하여 종합본을 저본으로 하되 Q2에만 있고 F1에는 없는 부분 및 F1에만 있고 Q2에는 없는 부분 가운데 주요 대목을 역주에 밝혀두었다. 좋은 참고가 되길 바란다.

3. 출전(出典)

『햄릿』은 셰익스피어 시대 다른 극들과 마찬가지로 셰익스피어라는 특정 작가나 개인이 한꺼번에 통째 '창작'해낸 것이 아니다. 『햄릿』은 오랜 세월 동안 유통되어온 자료를 '창조적으로 재활용, 변용'한 결과물이다. 이 '창조적 변용'의 됨됨이를 파악함으로써 『햄릿』에 대한 좀더 깊이 있는 이해에 도달하려면 『햄릿』에 활용된 자료, 즉 출전에 대한 이해를 빠뜨릴 수 없다.

덴마크의 역사가이자 신학자 삭소 그라마티쿠스(Saxo Grammaticus, 1150?~1206)가 12세기 말에 라틴어로 짓고 1514년에 처음 인쇄된 『덴마크 역사』(*Chronica Jutensis*)에는 암레스(Amleth)의 전설적 이야기가 실려 있다. 아래 요약을 보면 이 이야기가 사건 전개, 등장인물 설정 등 많은 면에서 『햄릿』과 놀랍도록 흡사하다는 사실을 확인할 수 있다.

노르웨이 왕을 결투에서 꺾고 돌아온 호르벤딜〔선왕 햄릿에 상응함〕은 덴마크 왕의 딸 거루사〔거트루드에 상응함〕를 아내로 맞아 아들 암레스를 얻는다. 호르벤딜의 동생 펭〔클로디어스에 상응함〕은 질투에 사로잡혀 형을 살해한 다음, 형이 거루사를 증오하기 때문에 거루사를 위해 형을 죽였다고 설득해 거루사와 혼인한다. 암레스는 아버지처럼 살해될까 두려워 백치로 가장하지만, 그의 언사가 때로는 약삭빠르고 때로는 미친 듯하여 종잡을 수가 없자, 의심 많은 펭은 조카가 정말 백치가 된 것인지를 알려고 여러가지로 시험해본다. 그중 하나는 암레스에게 어여쁜 아가씨〔오필리아에 상응함〕를 붙여 반응을 살피는 것인데, 암레스는 기지를 발휘해 빠져나간다. 그러자 펭의 친구 하나[폴로니어스에 상응함]가 암레스 모자를 거루사 방에서 만나게 해주면 자신은 숨어서 모자의 대화를 엿듣겠노라고 펭에게 제안한다. 암레스는 염탐꾼을 발견해 죽이고 시신을 돼지에게 먹여 증거를 없앤 뒤 어머니에게 돌아와, 아버지를 잊어버리고 삼촌과 결혼한 것을 혹독하게 나무란다. 조카의 실성기가 가짜라고 믿게 된 펭은 암레스를 영국으로 보내면서 시종 둘[로즌크렌츠와 길든스턴에 상응함]을 붙이는데, 그들은 암레스를 죽이라는 요청을 담은 영국 왕에게 보내는 편지를 지참한다. 편지 내용을 알게 된 암레스는 시종들을 죽이고 영국 왕의 딸을 암레스와 혼인시키라는 것으로 편지 내용을 변조한다. 얼마 뒤 그는 마침 자신의 장례가 진행되고 있는 덴마크로 돌아온다. 그는 조신들을 술에 취해 잠들게 한 다음 궁에 불을 지르고 삼촌을 칼로 찔러 죽인다. 군중의 열렬한 환호 속에 덴마크의 왕이 된 암레스는 이런저런 모험 행각을 벌인 뒤 어느 전투에서 죽음을 맞는다.

삭소의 암레스 이야기는 1570년에 프랑수아 드 벨포레스뜨(François de Belleforest)에 의해 프랑스어로 개작되어 『비극적 이야기들』(Histoires Tragiques)에 실리게 된다. 벨포레스뜨의 개작은 길이가 삭소의 두배가량 될 정도로 장황하지만 내용 면에서는 두가지를 제외하고 삭소를 충실히 따른다. 개작에서는 첫째, 거루사와 펭이 왕이 살해되기 전부터 불륜을 저지르는 것으로, 둘째, 암레스가 거루사를 호되게 질책한 다음에는 거루사가 암레스의 복수를 지지해주는 것으로 돼 있다. 셰익스피어가 삭소를 직접 활용했을 가능성보다 벨포레스뜨의 개작을 활용했을 가능성이 크다는 것이 지배적 견해다.

삭소와 달리 셰익스피어의 『햄릿』에서는 선왕의 살해가 비밀리에 저질러지고, 유령이 출현해 햄릿에게 복수를 요구하고, 레어티즈와 포틴브라스가 등장하고, 오필리아의 비중이 커지고, 극중극이 도입되고, 햄릿이 왕을 죽이며 자신도 죽어가고, 배경이 르네상스 시기 덴마크로 설정되었다. 이런 차이는 전부 셰익스피어의 특정한 극작 의도에서 빚어진 것일 수도 있지만 셰익스피어가 참조했을 수도 있는 추가적 출전에 이미 존재하는 것일 수도 있다. 추가적 출전의 후보로는 앞의 판본 부분에서 거론한『원햄릿』이 유력시되며,『스페인 비극』도 셰익스피어가 참조했을 가능성이 크다.『원햄릿』은 유령이 등장해 햄릿에게 복수를 요구한다는 사실 말고는 내용을 알 수 없다. 하지만『스페인 비극』에는, 구체적인 사항은『햄릿』과 다르나, 극중극이 나오고 레어티즈처럼 복수를 추구하는 또 한명의 인물이 등장하고 배경도 르네상스 시기 궁정이므로,『스페인 비극』이『원햄릿』을 활용했다고 가정하면『원햄릿』에도『스페인 비극』의 이런 요소들이 포함됐을 가능성이 있다.

결국 유력한 가능성은 세가지다. 첫째, 다소 희박하지만, 벨포레스뜨만이 출전으로 사용됐을 가능성. 둘째, (『원햄릿』이 삭소──또는 벨포레스뜨, 또는 둘 다──를 출전으로 한 작품이라는 가정하에)『원햄릿』만이 출전으로 사용됐을 가능성. 셋째, 벨포레스뜨와『원햄릿』이 모두 사용됐을 가능성. 그리고『스페인 비극』은 어떤 경우건 참조 대상이 됐을 가능성이 짙다.

4. 언어

『햄릿』은 셰익스피어의 다른 극과 마찬가지로 시극(poetic

drama)으로 불린다. 대부분의 대사가 무운 시행(blank verse), 즉 강세 있는 음절과 없는 음절이 다섯번 반복되어 나타나는 압운 없는 시행(약강오보격 무압운 시행, unrhymed iambic pentameter)으로 되어 있지만, 산문으로 된 부분도 섞여 있다. 2막 2장의 순회극단 배우라든가 5막 1장의 무덤일꾼처럼 사회적 신분이 낮거나 우스꽝스러운 인물이 주된 역할을 하는 장면은 대개 산문으로 처리된다. 그런데 햄릿이 이들과 산문으로 대화하는 것은 신분 차이를 의식해서라기보다는 상대에 대한 친밀감의 표시로 보이기도 한다. 반면에 속물 조신(朝臣) 오즈릭과 대화할 때 햄릿이 산문을 쓰는 것은 경멸감의 표현으로 느껴진다. 햄릿은 왕이건 폴로니어스건 오필리아건 대화 상대의 신분에 상관없이 산문으로 말하는 경향이 있지만 호레이쇼나 거트루드에게는 주로 운문으로 말하는데, 이것은 햄릿의 두 사람에 대한 존중의 표시로 해석된다.

운문으로 된 부분은 크게 둘로 나뉜다. 첫째, 독특한 은유와 상징 등 압축적인 시적 언어 사용이 두드러진 부분으로, 극의 상황 및 인물의 생각과 정서를 강렬하고 함축적으로 표현한다. '적은 말로 많은 이야기를 전하는' 방법 중 하나인 시는 제한된 시간에 최대한의 극적 효과를 달성해야 하는 극의 언어로서 매우 효율적일 수 있다. 둘째, 운문으로 되어 있되 일상적인 대화와 다를 바 없는 부분이다. 하지만 언어 자체를 시적 언어와 일상적 언어로 엄밀하게 구분할 수는 없듯이, 시와 시 아닌 것으로 구분하기 어려운 경우도 적지 않다. 두 종류의 운문이 한 대사에서 동시에 나타나는 예를 하나 들어보자. 젊은 포틴브라스가 선대에 잃은 땅을 되찾으려고 군대를 일으킨 사정을 설명하는 1막 1장 호레이쇼의 대사다.

바로 그 협약 조건과

약정서에 명시된 내용에 의거해,

그의 땅이 선왕 손에 떨어졌지. 이번엔 글쎄

포틴브라스의 아들이, 방자한 혈기

뜨겁게 차올라, 노르웨이 변방 여기저기서

<u>뱃심 두둑한 무슨 거사 계획 먹잇감으로</u>

<u>무뢰배 한 떼를 상어가 포식하듯 마구잡이</u>

끌어모았는데, 다름이 아니라,

우리나라 쪽에서 훤히 알아채고 있다시피,

아까 이야기한 아비가 잃은 그 땅을

완력과 우격다짐으로 되돌려받자는 거지.

　운문으로 된 대사지만 밑줄 부분을 빼고는 대체로 언어적으로
평이한 상황 설명이다. 밑줄 부분은 언어의 밀도가 높은 시적인 대
목인데, 젊은 포틴브라스의 무모하면서도 대범하고 위협적인 거사
계획에 대한 호레이쇼의 다소 경멸 섞인 우려가 그 거사 계획이 먹
성 좋은——그리고 배짱 좋고 상어처럼 위험한——괴물에 비유됨으
로써 인상적으로 전달되고 있다.
　산문 대사에 시적 울림이 실리는 경우도 드물지 않다. 예를 들어
보자. 3막 2장, 거트루드의 명으로 햄릿을 부르러 온 로즌크랜츠가
다소 윽박지르는 투로 햄릿의 속마음을 캐려 들자 햄릿이 그에게
피리를 불어보라고 청한다. 불지 못한다고 사양하는 로즌크랜츠에
게 햄릿이 쏴붙인다.

　아니, 이것 봐, 사람을 아주 시답잖게 보시네. 날 악기처럼 다루시

겠다, 내 피리 구멍을 아시는 척해보시겠다, 심금을 울려 비밀을 빼내보시겠다, 내 속을 최저음에서 최고음까지 싹 다 짚어보시겠다, 그러시는 분께서, 음악이 넘치고 소리도 기막힌 이 작은 악기, 이 악기는 말문조차 열게 할 줄 모르신다? 염병, 그대 생각엔 내가 한낱 피리보다도 다루기 쉬울 것 같나? 날 무슨 악기로 보건, 어떤 운지법을 써도 짜증만 돋울 뿐, 날 다루진 못할걸.

사람 속 떠보는 것을 악기 다루는 것에 견주는 비유법을 시종일관 구사하는 것도 인상적이거니와, 그런 비유를 통해 차츰 강도를 높여 상대를 몰아붙이는 빈정대는 듯 차갑고 매서운 어법에 로즌크랜츠의 등골이 오싹하지 않았을까? 비유가 날선 무기가 된 셈이다.

『리처드 2세』(Richard II) 같은 셰익스피어의 비교적 초기 작품에는 서정성이나 은유의 절묘함은 돋보이지만 극적 효과를 높이는 데는 별 도움이 되지 않는 시적 대사들이 자주 나타나지만, 『햄릿』 같은 원숙기의 작품에서는 대사의 시적 효과가 인물 내면의 갈등을 포함한 극적 상황과 단단히 결합되는 양상을 보인다. 시가 극적 표현의 중요한 요소가 되는 셈이므로, 『햄릿』을 극으로서 감상하는 데 대사의 시적 효과를 유심히 살피는 것은 필수적이다. 뒤집어 말하면 셰익스피어 대사의 시적 효과와 성취는 극적 맥락과 떼려야 뗄 수 없으므로, 대사를 극의 전개 과정에서 분리해 따로 시로서 음미하려는 것은 대사의 시적, 극적 묘미를 온전히 감상하는 방법은 못된다.

셰익스피어는 명실상부한 '언어의 마술사'다. 동시대 어느 작가보다 더 많은 어휘를 구사할 뿐만 아니라, 수사법, 은유법, 다양한 말투 등을 자유자재로 부린다. 셰익스피어의 작중인물들 중 그 마술적 능력을 가장 잘 보여주는 인물이 바로 햄릿이다. 저열한 음담에서부터 고매한 철학적 사변에 이르기까지 언어의 전음역을 다양한 음색과 정조로 능수능란하게 다루는 햄릿의 말투는 햄릿의— 그리고 『햄릿』의—매력 중 매력이다. 바로 그 점에서 햄릿은 셰익스피어의 분신 같다. 첫 등장부터 선보이는 암울한 가운데 신랄하게 번득이는 기지, 유령을 만난 뒤의 독백에 실린 처절하면서도 결연한 다짐, 자신을 감시하러 온 길든스턴을 이죽대며 몰아붙이는 논리적이고도 서릿발 같은 냉소, 어머니의 부정함을 질타하며 비수처럼 뱉어대는 광기 어린 독설, 호레이쇼를 대하는 신뢰에 찬 어조, 배우들을 대하는 진지하고 열정 어린 어조, 내면 깊숙한 데서 나오는 묵직한 사색 등등, 가히 언어의 카멜레온이라고 해도 좋을 만큼 햄릿의 말투는 천변만화한다. 클로디어스는 또 어떤가? 첫 대사에서 거트루드를 아내로 취하게 된 쑥스러운 사정을 현란한 수사로 감추면서 밝히고 나서, 곧 이은 공무 처리에서는 간결하고 사무적이며 단호한 어투를 구사하는가 하면, 기도 장면에서는 또 지극히 진솔하고 절절한 어조로 내면의 갈등을 토로한다. 이들뿐만 아니라 폴로니어스, 심지어는 로즌크랜츠와 길든스턴 같은 다른 인물들도 제각각의 말투를 지녔을뿐더러 상황에 따라 그 말투를 달리 구사한다. 역자로서는 이 갖가지 말투들을 되도록 그럴싸하게 옮겨보려고 깜냥껏 공을 들였다.

II. 눈여겨볼 만한 이모저모

1. 햄릿의 사람됨

햄릿은 셰익스피어의 작품에 등장하는 그 어떤 인물보다 더 많은 대사를 말한다. 더구나 햄릿은 자기 마음속 생각을 관객/독자에게 직접 열어 보일 수 있는 독백의 기회도 거의 독점한다. 그는 등장할 때마다 막힘없고 강렬한 언어의 힘으로 장면을 휘어잡기 때문에 그가 무대에 서면 다른 인물들은 언어적으로는 배경의 위치로 밀려난다. 말재간이라면 내로라하는 폴로니어스조차도 햄릿 앞에선 놀림감일 뿐이다. 그런 까닭에 관객/독자는, 마치 소설의 일인칭 화자의 눈으로 소설의 전개를 따라가듯, 극중 인물과 사건을 햄릿의 시각에서 바라보고 햄릿의 입장에서 판단하게 된다.

달리 말하면 이것은 햄릿의 사람됨이나 생각과 입장을 객관화해서 이해하고 평가할 수 있는 시각이 존재하지 않는다는 뜻이기도 하다. 그나마 선왕 햄릿이 죽기 전 햄릿 왕자의 모습은 3막 1장 오필리아의 탄식 속에 엿보인다. "오, 그리 훌륭하던 분이 이리 허물어졌구나!/조신, 군인, 학자의, 눈, 혀, 칼이요,/아름다운 이 나라의 희망이자 꽃이며,/수신의 거울이자 행실의 모범으로/만인이 우러르던 분이 아주, 폭삭 무너졌구나!" 하지만 따지고 보면 이마저도 햄릿의 매력에 빠진 처녀의 주관적 평가인지 일반적으로 타당한 평가인지 딱히 알 길이 없다. 더구나 선왕이 죽고 거트루드가 새 왕과 재혼한 뒤 "딴사람"처럼 변해버린 듯한 햄릿에 관해 다소나마 객관적으로 일러주는 시각은 어디에도 존재하지 않는다. 클로디어스를 비롯한 궁정의 주요 인물들이야 어차피 햄릿의 '광증'

에 대해 갖은 의문만 품을 뿐 그의 속마음을 제대로 짚어낼 처지가 아니지만, 햄릿의 심중을 가장 잘 알 만한 호레이쇼마저도 햄릿의 행동과 상태에 관해서는 아쉽게도 거의 언급하지 않는다.

이런 사정은, 햄릿 자신의 그 많고 많은 말이 정작 결정적인 대목에서는 그의 행동을 이해하고 평가하는 데 크게 도움 되지 않는다는 사실과 맞물리면서, 관객/독자의 마음속에 햄릿의 행동과 그 동기에 대한 의혹이 끊임없이 피어오르게 만든다. 햄릿은 왜 첫 독백에서부터 자살 충동을 강하게 내비칠 정도로 염세적인 모습을 보이는가? 햄릿은 왜 오필리아를 그렇게 매몰차게 대하는가? 기도하는 클로디어스를 살려두며 햄릿이 뱉어내는 독백은 어디까지 햄릿의 진심인가? 왕을 죽이지 않는—또는 죽이지 못하는—무슨 숨은 까닭이 있는 건가? 3막 2장에서 폴로니어스를 클로디어스로 오인해 죽이고 난 뒤 햄릿은 폴로니어스의 시신을 왜 그리 야멸차게 대하는가? 장인이 될 뻔했던 사람 아닌가? 또, 실패로 끝나긴 했지만 어쨌든 왕을 죽이려는 적극적인 시도를 하고 난 뒤에도 햄릿은 왜 기회 있을 때마다 자신의 미적거림을 자책하는가? 이런 물음은 햄릿의 성격에 대한 다양한 해석을 낳고, 이런 물음에 어떻게 답하는가에 따라 『햄릿』을 읽는 방식이 크게 달라질 수밖에 없다.

"아름다운 꽃을 품어야 할 값진 화분에 한그루 참나무가 심어졌고, 뿌리가 뻗어나가자 화분은 산산조각이 난다." 독일 시인 괴테는 햄릿의 비극을 이렇게 멋들어지게 표현했거니와, 그를 위시한 19세기 낭만주의 시기 평자들은, 대체로, 거칠고 험한 현실세계의 요구에 부응하기에는 너무도 섬세하고 여린 시인의 영혼이 햄릿의 내면에 깃들어 있다는 주장을 폈다. 20세기 평자들 중에는 프로이트의 가설을 받아들여 햄릿이 오이디푸스 콤플렉스의 덫에 빠져 결정적 행동을 취하지 못한다고 주장하는 이들도 적지 않았다. 아버지를 제거하고 어머니를 성적으로 차지하려는 욕구를 무의식에 품은 햄릿으로서는 햄릿 자신이 원하는 것을 쟁취한 클로디어스를 적대시하기 어렵고, 그 결과 자신의 행동 여하에 관계없이 수시로 자책감에 빠진다는 것이다. 다른 한편, 폴로니어스, 로즌크랜츠, 길든스턴에 대한 햄릿의 처사를 들어 그가 잔인하고 자기중심적 인물이라는 입장을 내세우는 경우도 쉽게 찾아볼 수 있는가 하면, 극중 인물의 성격을 현실세계에 실재하는 인물처럼 세세히 따지는 것은 극작품을 대하는 올바른 태도가 아니라는 경고음을 울리는 평자도 나온다. 그런가 하면 햄릿의 성격을 셰익스피어의 전기적 사실과 연결 짓기도 한다. 1585년에 태어난 셰익스피어의 쌍둥이 아들딸의 이름 햄닛(Hamnet)과 주디스(Judith)는 이웃 빵가게 주인 햄닛 쌔들러(Hamnet Sadler)와 그의 아내 주디스에게서 따온 듯한데, '햄닛'이란 이름은 발음이 햄릿과 잘 구별되지 않을뿐더러 셰익스피어는 유서에서 햄닛 쌔들러를 'Hamlett Sadler'로 표기하기도 했다. 이 햄닛이 1596년 열한살로 세상을 떠난다. 죽은 아들과 우연히도 거의 같은 이름을 가진 인물이 주인공인 작품—이른바 『원햄릿』—을 바탕으로, 아마도 소속 극단의 흥행상 판단에 따라, 『햄릿』을 써나가면서, 셰익스피어는 불과 사오년 전에 죽은 아들에 대한 기억을 수시로 되살리며 괴로워했을 터이고, 작가가 집필 과정에서 겪은 이와 같은 고통이 햄릿의 염세적 경향과 자살 충동에 반영되었을 법하다는 것이다.

햄릿의 성격에 관한 고전적 견해들은 부록 I에 짤막짤막하게나마 비교적 두루 소개해두었으니 참고하기 바란다.

놓치지 말아야 할 것 한가지. 왕을 포함하여 궁정의 인물들을 대할 때 햄릿은 광증을 빙자하여 냉소와 경멸을 보이기 일쑤지만, 호레이쇼와 궁 바깥사람들을 대할 때는 전혀 다른 태도를 보인다. 호레이쇼를 존중하는 태도와 진솔한 말투로 대하는 것은 물론이고, 최하층민인 배우들도 마치 오랜 친구를 대하듯 진정 어린 모습으로 응대한다. 말재간이라면 타의 주종을 불허하는 햄릿이 5막 1장에서 무덤일꾼과 말장난을 주고받을 때는 상대를 낮추어 보기는커녕 오히려 그의 말솜씨에 탄복하는 듯한 기색마저 보인다. 햄릿의 소탈한 면을 돋보이게 함과 동시에, 햄릿의 냉소가 그의 본성이라기보다는 타락한 궁정사회에 대한 그 나름의 대응 방식임을 보여주는 대목이다.

2. 햄릿의 복수 미루기?

복수 지연 문제는 햄릿의 성격과 직결되면서도 작품을 이해하는 데 핵심적인 사안이다. 햄릿은 왜 복수를 미루는가? 이 물음에 제대로 답하려면 먼저 물음을 둘로 나눠볼 필요가 있다. 첫째, 햄릿이 복수의 필요충분조건이 갖추어졌음에도 결행하지 않고 미적거리는가? 둘째, 햄릿은 복수의 조건이 무르익을 때까지 결행을 미룰 뿐인가? 둘 가운데 어느 경우가 되었건 문제는 '복수 조건'의 구체적 내용이다. 그런데 복수의 필요충분조건은 사람마다 다를 수 있다. 가령 레어티즈가 햄릿의 처지라고 하면 유령의 말을 듣자마자 복수에 나섰을지도 모른다. 하지만 햄릿은 다르다. 복수에 필요한 수단이나 능력과 같은 여건의 충족 여부와는 별도로, 유령의 말을 신뢰할 수 있는지, 유령이 혹 악귀는 아닌지 확인하지 않고 섣불리 행동에 나설 수는 없다. 실제로, 2막 2장 마지막 독백에서 보듯, 햄릿은 자신이 본 혼령이 "악귀일 수도" 있으며, 그 악귀가 자신을 홀려 지옥에 빠뜨리려는 건지도 모를 일이라고 생각한다. 해서 그는 "연극으로 덫을 놓아 왕의 양심을 포획"하기 위해 연극 공연을 준비한다. 여기까지는 햄릿의 기준으로 보면 미적거리면서 복수를 미뤘다기보다 복수의 조건을 확보해가는 과정이라고 볼 수 있다.

　문제는 다음에 발생한다. 연극 공연을 통해 왕의 범행에 대한 확신을 갖게 된 햄릿은 3막 3장에서 클로디어스를 죽일 기회를 곧 잡게 되지만, 양심의 가책에 사로잡혀 기도의 자세를 취하고 있는 왕을 보자 주저하게 된다. 기도 중인 왕을 죽이면 왕은 하늘로 갈 테니, "악당이 내 아버질 죽이고, 그 댓가로/내가, 아버지 외아들이, 바로 이 악당을/하늘로" 보낸다면 그건 "품삯 받을 짓"이지 복수가 아니다. 해서 햄릿은 "더 독한 기회", 즉 왕이 "침대에서 상피 붙는 쾌락에 빠졌거나,/욕질해대며 노름을 하거나, 구원의/가망이 없는 어떤 짓을 벌이고 있을 때"를 기약하며 칼을 거둔다. 이 독백을 곧이곧대로 받아들이면 조건이 아직 충족되지 않았다고 판단해 햄릿이 복수를 미루는 것이 될 테고, 복수를 결행하지 못하는 자신을 햄릿이 합리화하고 있다고 보면 '우유부단하게' 미적거리는 셈이 될 것이다. 어느 쪽이 더 타당할까? 아니면 뭔가 다른 해석이 가능할까? (이 문제는 뒤이어지는 8항에서 구체적으로 살펴본다.)

　햄릿이 폴로니어스를 살해하는 것을 기화로 클로디어스는 영국 왕의 칼을 빌려 햄릿을 죽이려는 역공세에 박차를 가한다. 이때부터 실상 햄릿은 복수의 기회 자체를 잡기가 힘들게 되므로 '적극적'으로 복수를 미루거나 미적거리기는커녕 살아남는 것이 급선무가 된다. 그런데도 햄릿은 4막 4장에서 영국으로 가던 중 폴란드 정벌에 나선 포틴브라스의 군대를 만나자 또다시 심한 자책을 담은 독백을 발한다.

> 어찌 이리 온갖 일이 나를 고발하며,
> 둔한 복수심을 박차로 다그치는가. 인간이 뭔가,
> 시간을 처분해서 얻는 주된 이득이 고작
> 자고 먹는 일이라면? 그저 짐승일 뿐.
> (…) 난 왜 내가 여태 살아
> 이걸 해야 돼, 하고 말하고 있는지 알 수 없어.
> 내겐 결행할 명분과 의지, 힘과 수단이 있지 않은가.

사실 햄릿이 자책할 처지는 아니지 않은가? 나아가 햄릿은 "힘과 수단"을 이미 잃어버리지 않았는가? 햄릿의 태도를 어떻게 이해해야 할까? 이 문제에 대해서는 대체로 두가지 입장이 가능하다. 첫째는 이것을 판본상의 문제로 돌리는 것이다. 앞의 판본 관련 부분에서 거론했듯, 이 대목은 제2사절판에만 나오고 제1이절판과 제1사절판에는 나오지 않는다. 제2사절판이 공연 대본으로는 너무 길어서 공연을 위해서는 추가적인 수정이 필요한 판본이라는 점을 감안하면, 제1사절판이나 제1이절판에서 이 대목이 삭제된 것은 작가의 극작 의도를 반영한 것이라는 입장이 가능해진다. 요령부득으로 보이는 햄릿의 자책 성향도 이 대목을 잘라내버리면 어느정도 사라진다. 손쉽고도 그럴싸한 해결책 같지 않은가? 실제로 공연이나 영화화 과정에서 이 대목을 빼버리는 연출자도 적지 않다.

두번째는 이 독백이야말로 2막 2장 말미의 독백—"아, 나 같은 날건달, 천것이 또 있을까!"로 시작하는—과 짝을 이루면서 햄릿의 뿌리 깊은 자책 경향을 결정적으로 잘 보여주는 관건이 되는 대목이므로 삭제는 천부당만부당하다는 입장이다. 이 입장을 취하면, 구체적 상황과 다소 무관하게 표출되는 햄릿의 자책 경향이 어디에서 오는가를 따로 설명해야 할 필요가 생긴다. 그런데 그에 대한 직접적인 답은 작품 자체에는 찾아보기 힘드므로, 앞에서 약간 언급했듯, 유약한 지식인의 자의식 과잉설, 오이디푸스 콤플렉스설, 멜랑콜리설 등 갖가지 추론과 설이 작동하게 된다.

실상, 햄릿의 처지에서 가장 이상적인 해결책은 왕의 자백을 받음으로써 그것을 기초로 공적 정의를 실현하는 것이지만 그것은 현실적으로 불가능하다. 그런데 이런 막다른 골목 같은 현실에 대한 인식과 고민은 햄릿의 대사 어디에도 담겨 있지 않다. 독백에 드러난 것만으로 본다면 햄릿의 주된 관심사는 사적 복수를 실현하는 것, 그것도 대충 실현하는 것이 아니라 완벽하게 실현하는 것이다. 햄릿 정도의 지적 능력이면 이런 현실 판단을 못했을 리 없고, 이런 곤경을 독백으로 처리하는 데에도 무슨 큰 무리가 있을 법하지도 않다. 가령 '이상적 복수는 이러이러한데 현실은 저러저러하니 그것이 문제다' 정도면 되지 않았을까? 요컨대 극의 됨됨이와 햄릿의 대사가 적어도 가끔은 따로 노는 것 같지 않은가?

3. 유령

유령은 비단 『햄릿』뿐만 아니라 『줄리어스 씨저』, 『맥베스』(Macbeth) 등 셰익스피어의 다른 작품에도 등장한다. 하지만 다른 작품 속 유령이 대체로 스쳐지나가는 역할로서 극중 비중이 그다지 크지 않은 데 비해, 『햄릿』의 유령은, "그것을 제거하면 극 자체가 산산이 부서져버린다"(J. D. 윌슨)는 말이 나올 정도로, 극을 작동하고 추동해나가는 동력으로서 핵심적 기능을 맡는다.

『햄릿』에서 유령이 이처럼 중요한 구실을 하게 되는 것은, 역설적으로, 선왕 햄릿의 죽음과 관련된 유령의 '증언'을 햄릿이 곧이곧대로 받아들이지 않기 때문이다. 만약 햄릿이 유령의 말에 따라 바로 복수에 필요한 행동에 돌입했다면,『햄릿』은 복수 실행 과정의 흥미와 유혈낭자한 선정성에 초점을 맞추던 전형적 복수극의 패턴을 좇는 데 그쳤을 것이고, 유령의 역할도 선왕 시해 사건에 대한 정보를 제공하는 데서 대체로 끝났을 것이다. 하지만 햄릿은 유령이 "악귀"일 수도 있다고 의심해 연극 공연을 통해 유령의 말을 확인하려 든다. 요컨대 유령이 극중극이라는 작품의 중심적 장면을 배후에서 연출한 격이다.

유령을 대하는 햄릿의 태도를 이해하는 데 유령에 대한 당시 가톨릭과 프로테스탄티즘의 입장을 참고하는 것이 도움이 된다. 더구나 그러다보면 '논쟁의 미로'에 빠져드는 '재미'를 만끽할 수도 있다. 가톨릭에서는 연옥의 존재를 인정하므로 연옥에서 속죄의 기간을 보내고 있는 영혼이 신의 허락을 받아 이승을 찾는 것이 논리적으로는 가능하다. 그러나 연옥을 인정하지 않는 프로테스탄티즘의 입장에서 보면 유령은 햄릿의 의심대로 그를 홀리려는 악귀가 될 것이다. 그런데 유령을 반드시 악귀라고 전제하지 않는 경우에도, 공적 정의에 대비되는 사적, 개인적 복수에 대한 유령의 요구는 기독교 일반의 핵심 교리라 할 용서의 정신에 정면으로 위배된다. 이렇게 보면 유령은 악귀일 가능성이 크다. 이에 대한 반론도 가능하다. 유령이 신의 허락을 받아 연옥을 벗어난 것이므로 복수 요구 역시 신의 뜻을 대변하는 것이라는 주장이 성립될 수 있기 때문이다. 이런 주장은 다시 반박에 직면한다. 유령은 새벽닭 울음소리에 흠칫 놀라며 사라지는데, 이것은 신의 재가를 얻은 혼령이 보일 법한 반응이라기보다는 민간에서 전하는 '귀신'의 전통적인 반응이라는 것이다. 또 한쪽에서는, 유령이 당시 인기를 끌던 복수극의 연극적 관습을 차용한 것일 따름이므로 가톨릭과 프로테스탄티즘의 교리를 곧이곧대로 적용해서 유령의 성격을 판가름하려 드는 것은 부질없고 비생산적인 논쟁이라는 주장도 나온다. 이런 주장은 대뜸 셰익스피어 같은 "위대한 작가"는 "결코 연극적 관습이 작품의 본질적 문제를 좌우하게 만드는 법"이 없다는(L. C. 나이츠) 반박에 직면한다. 나아가, 유령의 성격을 확정할 수 없다는 사실이야말로 햄릿—그리하여 『햄릿』—을 움직여나가는 동력이므로, 셰익스피어가 의도적으로 유령의 성격을 아리송하게 설정했다는 주장도 당연히 나온다.

다른 한편, 햄릿이 선왕 살해의 내막과 관련해 유령에게 들은 것이 햄릿 자신의 환영·환청(hallucination)의 결과라는 좀 '과격한' 소수의견도 있다. 학술적 타당성을 떠나 상당히 흥미로운 견해이므로 이 소수의견을 좀더 밀고 나가보자. 사실 1막에서 유령을 본 사람은 여럿이지만, 유령이 햄릿에게 제 죽음의 내막을 말하는 것을 듣는 사람은 오직 햄릿뿐이다. 그런데 3막 4장에서도 햄릿은 거트루드에게는 들리지도 보이지도 않는 유령과 말을 주고받는데, 이 유령은 햄릿의 내면이 투사된 환영·환청으로 해석해도 큰 무리가 없다. 그렇다면 1막 5장에서 햄릿이 아무도 없는 데서 유령으로부터 선왕 살해의 전말을 듣는 것 역시 환청이라고 해석할 여지가 없지 않다. 클로디어스는 극중극을 전후해 방백과 독백을 통해 자신이 형을 죽인 사실은 인정하지만 살해 방법에 관해서는 일언반구 언급하지 않는다. 죽을 때까지도 마찬가지다. 더구나, 이 소수의

견의 입장에서 보면, 순회극단 배우들 레퍼토리에 햄릿 왕 시해 방식과 꼭 같은 방식으로 왕이 시해되는 내용을 담은 「곤자고 살해」가 마침맞게 들어 있고, 그 극에 관해 햄릿이 훤히 꿰고 있다는 것은 우연치고는 제법 희한한 우연이다.

이렇게 보면 어떨까? 햄릿은 아버지의 유령을 보자 아버지의 죽음에 기왕 알려진 것과는 다른 내막이 있음을 직감한다. 그 순간 가뜩이나 삼촌에 대한 불길한 예감을 갖고 있던 햄릿의 의식 속에 삼촌에 대한 의심이 솟구치고, 불현듯 오래전부터 알고 있던 「곤자고 살해」가 떠오른다. 혼자 유령 뒤를 쫓던 햄릿에게 유령이 「곤자고 살해」와 꼭 같은 방식으로 자신이 살해된 사연을 전한다. 삼촌이 살인자라는 말을 들은 햄릿이 내뱉는다. "오, 내 예감이 맞았어! 숙부!" 유령은 햄릿이 듣고 싶은 이야기를 햄릿에게 해주는, 햄릿의 무의식이 빚어낸 환영·환청이고, 「곤자고 살해」가 유령의 '증언'이라는 햄릿의 환청의 '출전'인 셈이다. 이렇게 되면 햄릿은 수시로 환영·환청에 시달리는 일종의 정신질환자가 될 테지만, 햄릿이 오이디푸스 콤플렉스에 시달린다고 주장하는 평자들도 적지 않으니 한가지 정신질환을 더한들 뭐 대수겠는가?

유령의 성격 하나를 두고 이처럼 갖가지 주장이 꼬리에 꼬리를 무는 기본적인 이유는 그것이 햄릿의 복수 행위가 갖는 윤리적, 종교적 정당성과 직결되기 때문이다. 하지만 어떤 입장에 서건, 유령이 클로디어스의 완전범죄에 대한 '초자연적' 또는 '초현실적' 정보 제공자라고 할 만하다는 점에는 변함이 없다. 유령의 '정보' 또는 '증언'은 이런 '초자연, 초현실적' 성격 때문에 범죄자의 자백 없이는 그 진실성을 객관적으로 확증할 수 없고, 종교적 신비체험과 마찬가지로, 언어와 같은 소통 수단을 통해 타인과 공유하는 것이 원칙적으로 불가능하다. 더구나 유령의 정보는 왕권의 정당성을 전면적으로 부정하는 것이기 때문에 그것의 진실성을 확인하거나 그 정보를 전파하려고 시도하는 것은 왕의 역공을 초래할 위험이 크다. 그런 의미에서 햄릿은 철저히 고립된 존재가 될 수밖에 없다.

4. 햄릿 vs. 레어티즈 vs. 포틴브라스

셰익스피어가 인물이나 상황의 의미를 전달하는 방식은 매우 다양하지만, 그 가운데 특히 즐겨 쓰는 방법은 여러 인물이나 상황을 유추적인(analogical) 관계에 놓는 것이다. A와 B 두 사람이 유추적 관계에 있으면 A의 됨됨이는 B에 비춰서, B의 됨됨이는 A에 비춰서 좀더 잘 드러나게 된다. 대표적인 예가 『리어 왕』(King Lear)인데, 리어 왕과 세 딸을 중심으로 한 주 플롯은 글로스터 백작과 두 아들을 중심으로 한 보조 플롯과 유추적 관계에 놓이고, 보조 플롯은 주 플롯의 의미를 직접적이고 선명하게 드러내 보이는 극적 기능을 수행한다.

햄릿, 레어티즈, 포틴브라스는 저마다 아버지를 비명에 잃은 젊은이들로서 유추적 관계에 있는 인물들(foils)이다. 특히 햄릿과 레어티즈의 유추적 관계는 흔히 지적된다. 햄릿이 아버지의 복수를 결행하지 못하고 영국으로 내쫓긴 사이, 폴로니어스의 의문투성이 죽음을 알게 된 레어티즈는 대뜸 일당을 규합해 "방파제 위로 솟구쳐 평지 삼키는 해일"(4막 5장)보다 더 세차게 궁으로 쳐들어와 아버지를 내놓으라고 왕에게 을러댄다. 레어티즈가 취하는 이런 신속하고 단호한 행동이 햄릿의 우유부단함과 결단력 없음을 선명히 부각시킨다는 주장은 일찍부터 나왔다. 분명 타당한 주장이지만 곰곰이 짚어보면 좀 다른 측면이 보인다.

우선 햄릿에게 레어티즈처럼 행동할 수 있는 기반이 있는가? 클로디어스가 인정하듯, 폴로니어스의 죽음에 대해서는 "백성들의 억측과 소문이 흙탕처럼/혼탁하고 불건전"할뿐더러, 왕은 왕대로 "쉬쉬, 허급지급 시신 묻은" 미숙한 조처를 취했으니, 레어티즈의 '거사'는 어느정도 객관적 정당성을 확보하고 있다고 볼 수 있다. 하지만 햄릿은? 유령의 '증언'을 제외하면 왕의 범행을 입증할 근거가 전혀 없으니, 날조하지 않는다면 대중을 규합할 객관적 논리도 없고, 섣불리 거사에 나섰다간 왕위를 빼앗으려는 음모 또는 반역이라고 지탄받기 십상 아닌가? 대중이 햄릿을 사랑하고 지지한다고는 하지만 반역에 동조하는 것은 전혀 별개 문제다. 결국 레어티즈의 선택은 햄릿의 대안이 될 수 없다. 그럼 포틴브라스는 어떤가? 선왕 햄릿과의 결투에서 패배해 영토와 목숨을 동시에 잃은 선대의 한을 풀고 실지를 회복하려던 애초의 결심을 포틴브라스는 노르웨이 노왕의 충고에 따라 포기한다. 그 현명한 선택의 결과로 그는 결국 덴마크의 왕이 되는가 하면 애초의 목표까지 평화적으로 달성하게 된다. 이 또한 여러모로 보아 햄릿에게는 애초부터 허여되지 않는 가능성이다.

결국 셰익스피어가 햄릿, 레어티즈, 포틴브라스를 유추적 관계에 놓음으로써 궁극적으로 부각하려 했던 것은 유령의 말을 복수의 근거로 삼아야 하는—따라서 거의 절대적 고립 상태에 있는—햄릿에게는 나머지 두 젊은이에게 주어진 선택의 가능성이 닫혀 있다는 사실 아닐까?

5. 선왕 햄릿 vs. 현왕 클로디어스

관객/독자는 선왕 햄릿과 현왕 클로디어스의 됨됨이에 관한 정보를 주로 유령과 햄릿의 말에서 얻는다. 우선 유령은 현왕을 "천품이래야/나에 비하면 하잘것없는 잡놈"으로 못 박아 평가한다. 하지만 이것이 얼마나 객관적 평가인지는 의문이다. 유령이 진정 선왕의 혼령인지도 불확실하거니와, 설령 그렇다 하더라도 현왕에게 참혹한 죽임을 당한 자의 혼령이 현왕에 대한 객관적 평가를 내리기는 쉽지 않을 것이다. 햄릿은 1막 2장의 첫번째 독백에서 선왕이 "태양 신"이라면 현왕은 "짐승"이며, "헤라클레스와" 햄릿 자신이 딴판이듯 아버지와 숙부가 딴판이라고 단언한다. 그런가 하면 3막 4장에서 햄릿은 현왕이 선왕에 비해 모든 면에서 현격하게 열등함을 내세워 현왕과 재혼한 어머니의 선택을 신랄하고 격한 어조로 비난한다. 선왕은 "태양 신의 곱슬머리와 유피테르의 이마,/군신 마르스처럼 위압하고 호령하는 눈,/하늘과 입 맞추는 산 위에 막 내려선/메르쿠리우스 같은 자세"를 가진, 모든 면에서 올림포스의 신 같은 존재인 반면 지금 왕 클로디어스는 "곰팡이 슨 밀 이삭", 불모한 "황무지" 같은 인간이라는 것이다. 햄릿의 묘사에 담긴 두 왕의 우열이 매우 뚜렷할뿐더러, 삼촌과 재혼한 어머니의 선택을 꾸짖는 햄릿의 어조가 더없이 단호하고 그가 사용하는 표현이 너무도 강렬하기 때문에, 관객/독자는 그의 말이 객관적으로 얼마나 타당한지 의문을 품을 겨를이 없다. 하지만 현왕에 대한 증오와 적개심에 사로잡힌 햄릿이 현왕에 대한 객관적 평가를 내리고 있는 걸까? 따지고 보면 거트루드가 현왕을 받아들였다는 사실은 햄릿의 말처럼 거트루드가 '눈뜬장님'이라는 증거일 수도 있지만,

역으로 두 왕에 대한 햄릿의 판단이 편향됐다는 증좌, 다시 말해 거트루드를 끌어당길 만한 무엇—선왕에게는 없는 무엇—이 현왕에게 있다는 증좌로 해석될 수도 있겠다. 그렇다면, 유령이나 햄릿의 말과 달리 선왕과 현왕의 됨됨이를 좀더 객관적으로 일러주는 대목은 없을까?

먼저 극의 도입부 호레이쇼의 말에 따르면, 포틴브라스의 아버지인 노르웨이 전왕의 도전을 받은 햄릿 왕은 노르웨이 왕과 영토 일부를 내기로 걸고 결투를 벌여 상대를 죽이고 그의 영토를 차지한다. 이 일화에서 드러나는 선왕의 모습은 탁월한 무용을 자랑하는 전형적 중세 무사다. 그런데 만약 선왕 햄릿이 졌다면 그는 자신의 목숨과 아울러 덴마크 영토를 잃었을 터이고, 그에 따라 아마도 그 영토에 딸린 백성들이 고초를 겪게 되었을지도 모르므로, 그의 무사 행각은 무조건적 찬양의 대상일 수는 없다. 선왕의 이런 모습은 현왕 클로디어스가 덴마크에 닥친 전쟁 위기에 대처하는 방식과 대조된다. 아버지 대에 잃은 영토를 회복하기 위해 젊은 포틴브라스가 전쟁을 준비하고 있다는 사실을 알게 된 클로디어스는 군사적 대비와 외교적 대응을 병행함으로 평화적으로 위기를 극복한다. 무력 충돌을 되도록 피하면서 실리를 추구하는 현왕의 대응 방식이 선왕의 방식에 비해 좀더 근대적이고 백성들의 고통을 덜어주는 방식이라 할 수 있지 않겠는가?

1막 2장에서 클로디어스가 처음 등장하며 보여주는 왕으로서의 면모도 제법 그럴싸하다. 그는 비난의 여지가 없지 않은 거트루드와의 혼인 사실을 현란하면서도 묵직한 수사법에 실어 공식화한 다음, 주요 현안인 포틴브라스의 전쟁 준비 문제를 단호하고 위엄 있게, 그러면서도 실무적이고 효율적으로 처리한다. 이어서, 레어티즈가 프랑스로 돌아가도록 윤허해달라고 청하자 왕은 바로 응하는 대신 아버지 폴로니어스의 허락을 받았는지 묻는다. 폴로니어스의 입장을 살려주려는 세심한 배려인 것이다. 마지막으로 햄릿이 비텐베르크로 가는 대신 궁에 남는 것으로 정해지자, 클로디어스는 왕이 건배할 때마다 대포를 터뜨려 널리 알리라고 명하는 호방함마저 보인다. 왕이 보이는 이런 적극적 면모들이 그가 '카인의 죄'를 범한 패륜적 인물이란 사실을 덮을 수는 물론 없다. 하지만 이런 면모들은 유령이나 햄릿의 말과는 다른 각도에서 그를——그리고 거트루드의 선택을——바라볼 여지를 열어준다. 더구나 「곤자고 살해」가 끝나고 양심의 가책에 사로잡혀 기도하는 그의 모습에서는 맥베스의 원형이라 해도 좋을 만한 비극적 주인공으로서의 면모마저 엿보이지 않는가?

끝으로 재미있는 사실 하나. 연출자에 따라서는 유령과 클로디어스 역할을 같은 배우에게 맡기기도 하는데, 그럴 경우 관객은 유령과 햄릿의 클로디어스에 대한 평가를 어떻게 받아들이게 될까?

6. 덴마크라는 감옥, 그리고 폴로니어스

2막 2장, 햄릿이 왕의 명을 받고 엘시노 궁을 찾아온 로즌크랜츠, 길든스턴에게 궁으로 온 까닭을 묻자 대화가 이어진다.

햄릿　덴마크는 감옥이야.

로즌크랜츠　그렇다면 이 세상이 감옥이죠.

햄릿　멋들어진 감옥이지. 세상엔 감호소, 감방, 지하감옥도 많은데, 그중 덴마크는 최악일세.

로즌크랜츠   저희 생각은 다릅니다, 저하.

햄릿   그래, 그렇다면 자네들에겐 감옥이 아니겠지. 좋고 나쁜 것
이 따로 있나, 생각에 달렸지. 내겐 덴마크가 감옥일세.

햄릿이 자신을 떠보는 두 사람에게 속을 내보이지 않으려고 딴
청을 부리는 면이 없진 않지만, 덴마크가 감옥이라는 햄릿의 말은
실상 그의 심리 상태를 적절히 은유한다. 비텐베르크 대학에서 수
학 중인 햄릿이 품었던 세계와 인간에 대한 낙관과 기대는 아버지
의 죽음과 어머니의 재혼 앞에 맥없이 무너진다. 그토록 근사해 보
이던 지구는 "불모의 땅덩이로만 보이고" "멋들어진 창공"도 "더
럽고 해로운 독기덩어리"로만 느껴지며, 고결한 이성과 무한한 능
력, 천사 같은 행동과 신 같은 이해력을 지닌 인간도 한낱 티끌로
생각될 뿐이다. 인간성의 어두운 심연을 들여다본 나머지 햄릿의
인본주의적 이상은 산산이 깨져버리고, 그는 헤어날 길 없는 절망
감, 무기력감에 빠진다. 그런 그에게 덴마크는 적어도 주관적, 심리
적 차원에서 분명 감옥이다.

따지고 보면 햄릿에게 덴마크는 주관적, 심리적 차원에서만 감
옥인 것이 아니라, 객관적 현실의 주요한 인간관계가 거의 모두 감
시에 동원되는 그야말로 '창살 없는 감옥'이다. 얼핏 보기에도 덴
마크 궁정사회를 특징짓는 것은 겹겹의 감시체계다. 폴로니어스는
프랑스로 간 아들 레어티즈의 행실을 탐문하기 위해 염탐꾼을 파
견하는 한편, 햄릿의 광태의 근원을 살피려고 자신의 딸이자 햄릿
의 연인 오필리아를 '풀어놓는다'(2막 2장). 햄릿의 소싯적부터 친
구 로즌크랜츠와 길든스턴이 햄릿의 동태를 살피는 데 동원되는가
하면, 왕비 거트루드는 아들의 의중을 떠보겠다고 자청하고 나서

고, 폴로니어스는 왕비의 묵인하에 휘장 뒤에 숨어 모자의 대화를 엿듣는다. 실로 기본적인 인간관계의 거의 모든 국면들이 감시체계에 편입되어 있는 셈이다.

이 감시체계의 주목적은 물론 왕권을 방어하는 것이다. 그런데 감시체계에 내재된 정치적 성격은, 그 체계가 정보수집과 감시를 전담하는 특별한 국가기구가 아닌 일상적 인간관계를 통해 작동하고 있기 때문에, 다분히 은폐되고 있다. 덴마크 궁정사회에 작동하고 있는 감시체계의 일상성을 실감나게 형상화하는 인물은 단연 폴로니어스다. 엘리엇(T. S. Eliot)은 「프루프록의 연가」(The Love Song of J. Alfred Prufrock)라는 시에서 폴로니어스를 무기력하게 늙어가는 현대인의 표상으로 그렸지만, 한 개인으로서 폴로니어스는 공허한 수사에 빠져 자신이 하려는 말의 핵심을 놓치기 일쑤인 일상에서 흔히 볼 법한 노인이다. 하지만 그는 "국정 노선을 사냥개처럼 확실히/냄새 맡"을 줄 알고, "단서만 있다면" "설령 지구 한복판에/숨겼어도, 진실을" 밝힐 수 있다고 자부하는 한 나라의 재상이자 첩보 전문가로, 왕의 최측근에서 내밀한 문제에 관해 조언하는 한편, 햄릿에 대한 감시망을 조직하기도 하고, 일이 잘 풀렸으면 왕비의 친정아버지가 되었을 '실세' 권력자다. 아들을 감시하러 보내는 리날도에게 염탐 요령을 일러주는 그의 모습에는 자식의 앞길을 걱정하는 평범한 가부장의 면모와, 세상 돌아가는 사정을 날카롭게 꿰고 있는 노회한 정치가이자 첩보 전문가의 면모가 희극적으로 겹쳐 있다. 폴로니어스의 죽음은 또 어떤가? 3막 4장에서 그는 햄릿 모자의 대화를 숨어서 엿듣다 왕으로 오인돼 햄릿의 칼에 찔려 죽음을 맞는데, 햄릿의 말대로라면 "못나고 경솔한 주제넘은 어릿광대" 노인이 일상적인 습관대로 상전의 일에 껴들다 죽은 것이지만, 달리 보면 그의 죽음은 직분에 충실한 경험 많은 전문가가 정보 수집의 직무를 수행하다 '순직'한 것이다. 덴마크 궁정사회에서 작동하는 감시체계가 이렇듯 폴로니어스의 행태를 통해 아무렇지도 않은 듯 일상적이고 친숙한 모습으로 극화됨으로써, 그 일상성 너머에 도사린 냉혹하고 음험한 정치적 논리가 한편으로는 가려지고 또다른 한편으로는 불현듯 드러나고 있지 않는가?

흥미로운 사실은 1573부터 1590년까지 엘리자베스 여왕의 측근에서 수석 비서(principal secretary)로 일했던 프랜시스 월싱엄(Francis Walshingham)이 '스파이 대장'(spymaster)이란 별명을 얻을 정도로 왕권 방어를 위한 다방면의 첩보 활동에 능했다는 것이다. 그런가 하면 셰익스피어의 극작 선배 격인 크리스토퍼 말로(Christopher Marlowe)도 스파이 활동에 연루됐다는 설이 유력하다. 그렇다면 당시 영국의 관객들이 폴로니어스의 행태에서 덴마크가 아닌 영국의 정치현실을 읽어냈을 가능성은 충분하다.

그러고 보니 덴마크 궁정사회는 정보권력이 세를 키워가는 우리 사회의 원형 같기도 하다. 만약 그렇다면 우리 시대의 폴로니어스는 어떤 모습일까?

7. 극중극: 무언극과 「곤자고 살해」

2막 2장, 지방을 순회하는 배우들이 궁정을 찾아오자 햄릿은 클로디어스가 귀에 독을 부어 선왕을 살해했다는 유령의 말이 진실인지 확인하기 위해 연극 공연을 기획한다. 유령이 말한 살해 방식을 연극으로 재현해서 클로디어스의 반응을 떠보려는 것이다. 이 극중극은 작품 전체에서 거의 절반쯤에 위치한 대목이면서도 동시에 극 전개의 분수령이기도 한, 극적 효과가 매우 큰 장면이다. 이 대목을 기점으로 햄릿은 복수의 행동에 나서고 왕은 또 왕대로 반격을 개시한다. 3막 2장, 그 어느 장면보다 많은 인물들이 등장해서 연극을 지켜보는 가운데, 연출자 햄릿은 긴장감을 감춘 채 한편으로는 음담 섞인 날렵한 말장난과 어릿광대짓으로 오필리아를 놀리고, 다른 한편으로는 극 진행에 토를 달아가며 왕의 반응을 세세한 표정 변화까지 낱낱이 살핀다. 한 곁에서 햄릿의 지원군 호레이쇼도 왕을 면밀히 살피고 있다.

공연은 무언극으로 시작되고, 유령의 말처럼 어느 사내가 왕의 귀에 독을 부어 죽이는 장면이 연출된다. 그런데, 아뿔싸, 햄릿의 의도와 달리 클로디어스가 아무런 반응을 보이지 않는다. 어떻게 된 걸까? 이 점에 관한 평자들의 설명은 대체로 세 갈래로 나뉜다. 첫째, 왕은 제가 한 짓이 그대로 무대에서 재현되는 동안 딴짓을 하느라 그 장면을 보지 못했다. 둘째, 제가 한 짓이 그대로 재현되는 걸 보고 내심 몹시 놀라면서도 속을 들키지 않으려고 표정 관리를 하고 있다. 셋째, 왕은 클로디어스를 죽이긴 했어도 유령의 말처럼 귀에 독을 부어 죽이지는 않았기 때문에 이 대목에서 그다지 놀랄 일이 없다. (셋째 설명은 유령을 악귀로 보거나, '유령' 항목에서 이미 소개한, 유령의 말을 햄릿의 무의식이 빚어낸 환영·환청의 소산으로 보는 입장과 연관된다.) 그런데 뒤이어지는 「곤자고 살해」에서 왕이 자리를 박차고 일어나는 것은 셋째 견해가 오류라는—즉, 클로디어스가 유령 말한 방식대로 형왕을 살해했다는—방증 아닌가? 과연 그런지는 좀더 두고 보기로 하자.

무언극이 끝나고 「곤자고 살해」가 본격적으로 시작된다. 그런데

이 극중극에서는 아우가 형을 죽이는 것이 아니라 조카가 숙부를 죽이는 것으로 되어 있다. 귀에 독을 붓는 건 유령의 말과 같다. 설정이 이렇게 됨으로써 극중극은 과거에 일어난 클로디어스의 범행을 재연하는 한편, 장차 햄릿이 수행할 숙부에 대한 복수를 동시에 극화하게 된다고 보는 견해가 일반적이다. 그런데 문제는 이런 설정이 불확실성을 낳는다는 것이다. 그린블랫의 말처럼 "클로디어스가 진노하는 것은 배우-조카가 배우-숙부를 죽이는 광경을 보았기 때문이지 자신의 은밀한 범행 광경을 보았기 때문이 아닐 수도"[1] 있기 때문이다. 이 한 문장에 함축된 의미를 풀어보자.

「곤자고 살해」 공연은 유령의 말이 사실인지 확인하는 동시에 왕의 범행에 대한 확고한 심증을 얻으려고 기획된 것인데, 설정이 이렇게 되는 바람에 극의 '증거 효과'가 적잖이 손상되고 말았다. 클로디어스가 자리를 박찬 이유에 대한 해석이 두가지가 될 수 있기 때문이다. 첫째, 피해자, 가해자의 설정은 바뀌었어도 살해 방식만큼은 왕 자신의 형왕 살해 방식과 같으므로 자신의 범행이 탄로됐다고 여겨서 그랬을 가능성. 둘째, 조카가 숙부를 살해하는 장면을 보여줌으로써 햄릿이 왕에 대한 살의를 방자하게 표출했다고 받아들여서 그랬을 가능성. 물론 첫째와 둘째 가능성은 결합될 수도 있다. 하지만 클로디어스가 형을 죽이지 않은 (가상적) 경우에도, 오직 둘째 이유 때문에 왕이 자리를 박찼을 수 있으므로, 햄릿이 극중극을 통해 숙부의 범행을 확증하는 데 완전히 성공했다고 보기는 어렵지 않겠는가? 아울러, 선왕 살해의 내막을 모르는 궁정의 일반 관객 처지에서는 클로디어스의 태도가 조카에 의한 숙부

---

1 『노턴 셰익스피어 전집』(1997), 1663면.

살해라는 극의 설정에서 비롯된 자연스러운 반응이라고 여겨 햄릿의 무도한 행태—또는 광태—를 개탄할 가능성도 크지 않은가? 이런 문제성을 햄릿은—그리고 셰익스피어는—의식했을까? 의식했다면 왜 이렇게 처리했을까?

연극 공연의 결과는 크게 보아 두가지다. 첫째, 햄릿은 '광증'을 보이는 그를 진작부터 경원시하는 궁중 사람들로부터 더욱 고립될 가능성이 크다. 둘째, 가뜩이나 햄릿을 불안히 여겨 "속히 영국에 보내/밀린 조공을 바치라 독촉케 하겠"다는 결심—그렇게 해서 햄릿을 죽이려는 결심?—을 공연 이전부터 내비친 왕에게, 햄릿 자신이 왕의 범행을 알고 있다는 것을 확인해주는 동시에 복수의 뜻을 노골적으로 통보한 셈이 되었다. 전면전을 선포한 꼴인데, 이것이 과연 거의 혈혈단신으로 왕에 맞서 복수를 감행해야 사람이 취할 영리한 방도인지는 심히 의심스럽다.

따지고 보면, 햄릿이 「곤자고 살해」를 공연하기로 마음먹는 순간, 햄릿이 왕의 범행을 눈치채고 있음을 감출 길은 닫히고 만다. 이 대목에서도 햄릿에게는 선택의 여지가 없다. 선택의 여지가 없는 햄릿이 선택한 길이 자신의 살의까지 드러내는 전면전 선포였던 것일까? 어쨌든 그 결과 극적 긴장감이 더할 나위 없이 고조되는 것만은 분명하다.

마지막으로 궁금한 것 하나. 왕비는 연극을 어떤 심경으로 지켜보는 걸까? 실상 「곤자고 살해」는 배우 왕비의 '변심'을 뚜렷이 강조한다. 햄릿은 연극 공연을 통해, 유령의 말대로, "가슴속 박혀 찌르고 쏘는/가시 바늘"의 고통을 어머니가 맛보게 하려고 작심한 듯하다. 자기가 죽고 나면 "나처럼/다정한 사람을 남편으로" 맞으라는 배우 왕의 권유에 배우 왕비는 더없이 강한 표현으로 반발한다.

배우 왕비   오 제발 그만.

　　　가슴에 반역을 품지 않고 어찌 그런 사랑을.

　　　둘째 남편을 맞는다면 제게 천벌 내리소서.

　　　첫 남편을 죽이지 않고서야 어찌 재혼을.

햄릿 〔방백〕 쑥을 씹은들 이리 쓰랴.

배우 왕비 　재혼의 동기는 이득을 보겠다는

　　　천박한 욕심일 뿐, 사랑은 아닙니다.

　　　둘째 남편이 침대에서 제게 입 맞추는 순간,

　　　죽은 남편을 제가 또 죽이는 셈이지요.

　재혼은 곧 첫 남편을 죽이는 것이라는 등식이 배우 왕비의 입을
통해 반복해서 강조되고 있다. 그사이에 끼어드는 햄릿의 방백은
배우 왕비의 대사가 거트루드의 양심을 겨냥한 것임을 일러준다.
햄릿은 어머니의 양심을 가책의 가시로 찌르려는 뜻을 과연 이루
었을까? 답은 배우 왕비가 퇴장하고 배우 왕이 잠든 다음 이어지는
모자간의 대화에 담겨 있는 듯하다.

　햄릿 　마마, 이 연극 어떤가요?

　왕비 　여자의 애정 표시가 지나쳐 보이네.

8. 클로디어스의 '기도'와 햄릿의 선택

　3막 3장, 「곤자고 살해」가 끝나고 왕에 대한 살의를 누르며 어머
니를 만나러 가던 햄릿은 죄책감에 사로잡혀 무릎을 꿇고 기도해
보려 애쓰고 있는 클로디어스를 목격한다. 칼을 뽑아 왕을 찌르려

던 햄릿은 마음을 돌린다. 기도하며 영혼을 정화 중인 왕을 죽이는 것은 그가 지은 죄에 비해 딱히 복수랄 것도 없이 너무 관대한 처사인즉, 육신과 영혼이 부정한 탐욕과 쾌락에 젖었을 때 죽여 그의 영혼이 "저주받아 시커멓게" 될 때를 기약하겠다는 것이다. 이 대목을 어떻게 보는가에 따라 햄릿의 성격, 복수 지연 등에 대한 해석이 갈라진다는 것은 앞의 '복수 지연' 항목에서 이미 언급했다. 여기서는 이 장면과 관련해 흔히 거론되는 햄릿의 잔인성, 악의성 문제를 간략히 짚어본다.

일찍이 쌔뮤얼 존슨(Samuel Johnson)은 "덕성스러운 인물로 묘사된 햄릿이 피를 피로 갚는 데 만족하지 못하고 징벌 대상을 지옥으로 보내겠다고 다짐하는 이 대사는 읽고 말하기에 너무도 끔찍하다"라고 말한 바 있다. 물론 존슨의 생각은 기독교적 입장에서 나온 것이다. 아무리 흉악무도한 범죄자일지라도 참회를 통한 속죄와 구원의 여지는 열어주는 것이 기독교도의 도리일 텐데, 햄릿은 왕에게서 그럴 여지마저 앗아가겠다는 것이니 더이상 잔인할 수 없다는 것이다. 하지만 왕의 영혼이 선왕이 죽을 당시와 마찬가지로 부정한 상태에 있을 때 죽이겠다는 햄릿의 결심은 '되로 받았으니 되로 주겠다'는 정도이므로, '되로 받았지만 말로 주고 싶은' 사적 복수의 일반적 경향에 비추면 딱히 잔인하달 것도 없지 않은가? 햄릿은 사적 복수의 원리에 충실하고 있을 뿐 아닌가? 하지만 잘 따져보면 이 대목에서 햄릿은 자기모순을 드러낸다. 기도가 영혼을 정화한다는 생각뿐만 아니라 속죄 없이는 구원도 없다는 생각 역시 기독교적 발상이고, 기독교의 기본 정신은 원수도 사랑하고 용서하라는 것이다. 결국 햄릿은, 최소한 받은 만큼 돌려주겠다는 사적 복수의 논리에 충실하다보니, 간절한 기도가 속죄 및 구원의 가능성을 열어줄 수도 있다는 기독교적 발상은 받아들이면서도, 사랑과 용서라는 기독교의 기본 정신에는 등을 돌리고 말았다. 햄릿이 기독교도가 아닌 무신론자라면, 기도 자체가 구원과는 무관한 행동이라고 여길 터이므로 왕이 기도하고 있다고 해서 그를 죽이지 않을 까닭이 없다. 햄릿은 이 자기모순을 의식하고 있을까? 아니면 햄릿의 명석한 이성이 처절한 복수욕으로 흐려진 것일까?

잔인함으로 치자면 로즌크랜츠와 길든스턴을 처리하는 햄릿의 방식이 정말 잔인하다. 클로디어스가 영국 왕에게 보내는 친서 속에 영국 도착 즉시 햄릿을 죽이라는 요구가 담겨 있다는 것을 알아낸 햄릿은 자신이 아닌 로즌크랜츠와 길든스턴을 죽이라고 편지를 위조한다. 그것도 "참회할 시간도 허락치" 말고 죽이라고. 두 사람을 죽일 필요가 무엇이며, 두 사람이 과연 무슨 큰 죄를 지었기에 그런 저주를 받아야 하는가? 5막 2장에서 그들이 죽게 된 이유를 호레이쇼에게 전하는 햄릿의 태도는 섬뜩하도록 간단명료하다.

> (…) 그자들이 자청한 걸세.
> 난 양심에 거리낌이 없어. 그자들 파멸은
> 이 일에 끼어들어 자업자득한 거라네.
> 막강 적수들의 분기탱천 살벌한 칼부림에
> 천박한 종자가 끼어들면 위험하지.

이 말을 하는 햄릿의 표정이 어땠을까? 확신에 찬 당당하고 결연한 눈빛? 입가엔 혹시 차가운 가학적 미소? 그렇다면 햄릿의 이런 '잔인성'은 어디서 비롯되는 걸까? 크게 보아 두가지 답이 가능하다. 첫째, 햄릿이 본디 잔인한 면이 있는 사람인데, 그런 면이 복수 과정에서 표출된 것이다. 둘째, 복수를 추구하는 사람은 복수의 과정에서 복수 행위 자체의 비인간성 때문에 복수의 대상을 닮아가는 경향이 있고 햄릿의 잔인성도 거기에서 비롯된다. 평자들 사이에서는 두번째 견해가 다소 우세하다.

햄릿이 칼을 거두고 퇴장한 뒤 왕은 기도의 뜻을 끝내 이루지 못하고 탄식한다.

내 말은 날아오르나, 내 마음은 아래에 남누나.
마음 없는 말이 어찌 하늘에 이르랴.

잠시만 더 머물렀더라면 햄릿은 참회도 속죄도 하지 못한, 따라서 구원의 가능성이 없는—햄릿 자신이 원한다고 했던 바로 그 상태에 있는—왕을 죽일 수 있었을지도 모른다. 관객들이 이런! 하고 (속으로) 탄성을 지를 법하지 않은가? 이렇듯 이 장면은 극적 효과가 빼어난 대목인데, 이에 대해서는 부록 V-4에 소개된 그랜빌바커의 간결하지만 적절한 논의를 참고하기 바란다.

말 나온 김에 햄릿이 기도하려 애쓰는 왕을 죽인다면 어떤 일이 일어날지 가정해보자. 우선 관객으로서는 클로디어스의 고뇌에 차고 진정 어린 독백을 들으며 그에게 어느정도의 동정심을 품게 됐을 수도 있으니, 양심의 가책에 휩싸여 무방비 상태로 기도하고 있는 사람을 죽이는 것을 떳떳하지 못하고 비겁한 짓이라고 느낄 가능성이 크다. 그런가 하면 조카가 숙부를 죽이는 「곤자고 살해」를 마뜩잖은 심정으로 관람한 궁정 사람들은 햄릿이 왕을 죽이는 행위를 이를테면 엽기적 '예고 살인'으로 받아들이며 그를 후안무치하고 잔인한 패륜아, 반역자로 못 박지 않을까? 햄릿 자신이 클로디어스 꼴이 되는 것 아닌가? 햄릿이 그런 불명예를 감수할 수 있을까? 마지막 장면에서 죽어가는 햄릿은 호레이쇼에게 부디 살아남아 자신의 이름이 더럽혀지지 않게 해달라고 간청하지 않는가?

> 오 하느님, 호레이쇼, 얼마나 상처투성일까,
> 이리들 내막 모른다면, 내 떠난 뒤 남는 이름이?
> 자네가 날 마음에 품은 적이 있다면,
> 천상의 지복을 잠시 멀리하고,
> 이 모진 세상, 힘겹게 숨을 이으며
> 내 사연을 전해주시게.

결국 이 대목에서도 햄릿은 칼을 거두는 것 말고 선택의 여지가 없다. 물론, 폴로니어스를 죽인 뒤 그랬듯, 왕을 죽이더라도 광증을 가장하여 '심신미약'을 인정받아 '정상참작'을 받는 방법은 있을 테지만, 그리되면 햄릿은 자신의 정당성을 인정받는 것은 고사하고 가장된 광기 속에 자신을 가두게 되지 않을까? 그러고 보면 「곤자고 살해」 공연은 결과적으로 복수 실행에 박차를 가하기는커녕 오히려 족쇄를 채우고 만 셈이다.

마지막으로, 앞에서도 거론했지만, 이 장면에서 고뇌와 갈등에 휩싸인 클로디어스가 맥베스를 떠올리게 할 정도로 인상 깊게 드러내 보이는 비극적 주인공의 면모도 유심히 보아둘 만하다.

9. 햄릿, 거트루드를 맞대면하다

3막 4장, 왕을 죽이려던 칼을 거둔 뒤 햄릿은 드디어 어머니와 단둘이 만난다. 아들의 힐난에 자리를 박차고 일어나려는 왕비를 햄릿이 완력으로 저지하자 왕비는 아들에게서 살의를 느끼고 살려달라고 소리친다. 휘장 뒤에 숨었던 폴로니어스도 따라서 비명을 지른다. 순간 왕이라고 여긴 햄릿의 칼끝이 그를 찌른다. 휘장을 젖히자 폴로니어스가 피를 흘리며 쓰러져 죽어 있다. 채 식지 않은 피가 비린내를 풍기는 살인 현장에서 모자간 대화, 아니 햄릿의 일방적인 비난과 질타가 이어진다. 「곤자고 살해」가 끝나고 햄릿은 어머니에게 "말 비수를 쏴붙여도, 비수를 정작 쓰진 않으리"(I will speak daggers to her but use none)라고 다짐한 바 있는데, 이 장면에서 햄릿은 바로 이 "말 비수"를 어머니 가슴에 마구 들이댄다. 그의 "말 비수"가 얼마나 지독한지 한 대목만 예를 들어보자. 어머니와 삼촌의 육체적 접촉에 대한 혐오가 햄릿의 의식을 병적으로 사로잡고 있음을 다섯가지 감각이 총결집된 강렬한 이미지로 보여주는 대사다.

아니, 도대체,
살기름 찌든 침대에서 악취 나는 땀에 젖어 살다니,
지글지글 타락에 절어, 역한 돼지우리에 엎어져
아양 떨고, 시시덕대다니!

그런데 햄릿의 힐난과 질타는 과연 왕비의 마음에 자책과 회오를 불러일으키는 데 성공했을까? 햄릿의 서릿발처럼 차가우면서

도 불같이 이글거리는 질책 사이사이 왕비가 보이는 반응을 뽑아
보자.

(1) 내 무슨 짓을 했기에 혀를 함부로 놀리며/이리 무엄하게 대드
느냐?

(2) 에구머니나, 도대체 무슨 짓이기에/서막부터 그리 울부짖고 천
둥을 쳐대느냐?

(3) 오, 햄릿, 그만해라./네 말 듣고 눈을 돌려 내 마음 들여다보니,/
검고 깊게 물들어 지울 수 없는/얼룩들이 보이는구나.

(4) 오, 그만, 그만해라./네 말이 비수처럼 내 귀에 꽂힌다./제발 그
만, 햄릿.

(5) 오, 햄릿, 네가 내 가슴을 둘로 쪼개놓는구나.

2막 2장, 왕과 대화하면서 아들 "마음병"의 원인이 아버지 죽음
과 자기들의 "조급한 결혼"일 거라고 이미 시인한 적이 있으면서
도, (1)과 (2)에서 왕비는 자신의 잘못을 당당히 부인한다. (3)에
이르면 과오를 인정하는 것 같지만, 아들의 처지와 감정을 아랑곳
않고 시동생과 '근친상간적' 재혼을 한 사람치고는 표현이 어째
추상적이고 막연하다. 아들이 정색하고 꾸짖기 전에는 왕비의 마
음속에 갈등도 고뇌도 없었단 말인가? (4)와 (5)에 가서야 햄릿의
"말 비수"가 정통으로 왕비의 가슴을 꿰뚫은 듯하다. 그리하여 마
침내 거트루드는, "이 몸이 본질상 미친 게 아니고,/작전상 미쳤노
라고" 왕에게 일러바치는 게 어떠냐는 햄릿의 냉소 섞인 다그침에,
영혼 깊숙한 데서 우러나오는 듯 진정 어린 다짐으로 답한다.

염려 마라. 말이 숨에서 나오고
숨이 목숨에서 나온다면, 네가 한 말을
숨으로 내쉴 목숨은 내게 없다.

그제야 햄릿도 질타와 힐난과 냉소를 거두고 작별을 고한다.

그러면 아들과의 맞대면이 왕비에게 과연 어떤 변화를 불러왔을까? 왕비의 내면에 상당한 변화가 일어났다는 것은 쉽게 확인된다. 4막 5장, 실성한 오필리아가 찾아왔다는 보고를 듣고 왕비는 불행에 대한 예감에 휩싸인다.

〔방백〕 내 병든 영혼엔, 죄의 본성이 그렇듯,
사소한 일이 하나같이 큰 불행의 서곡 같다.
죄는 어리석은 두려움으로 가득 차서,
파멸할까 무서워하며 파멸의 고통을 사서 겪누나.

왕비가 자신의 속마음을 열어 보이는 드문 대사로, 3막 3장 기도 장면 왕의 독백에 견주면 좀 추상적이고 너무 단출하지만, 죄책감에 시달리며 조바심치는 왕비의 나날이 엿보이긴 한다.

하지만 왕비가 정작 왕을 대하는 태도에 그 무슨 변화가 일어났을까? 그에 대한 답을 직접 얻을 수 있는 대사나 독백은 없다. 그러나 약간의 간접적인 증좌는 보인다. 4막 5장, 폴로니어스의 죽음에 대한 책임을 묻고자 레어티즈가 궁에 짓쳐들어오는 과정에서, 레어티즈의 패거리가 그를 왕으로 추대하자며 갈채를 보낸다는 보고를 들은 거트루드는 거칠게 내뱉는다.

잘못된 길을 냄새 맡고도 짖는 소린 참 카랑하네.
오, 방향이 틀렸다, 못된 덴마크 개들아.

문제의 근원이 왕이 아닌 딴 데에——즉 햄릿에게——있음을 지적
하는 데서 보듯, 적극적으로 왕을 방어하려는 태도가 엿보이지 않
는가? 같은 장면에서 한군데 더 보자.

레어티스   아버진 어딨어?
왕   돌아가셨다.
왕비   전하 탓은 아니다.
왕   묻고 싶은 것 한껏 묻게 하오.

레어티즈와 왕 사이에 굳이 끼어드는 왕비의 태도에서 왕을 방
어하려는——시쳇말로 '쉴드치려는'——의지가 앞 대목보다 좀더 뚜
렷이 나타나는 듯하다.
결국, 아들과 맞대면한 뒤 왕비는 가책에 시달리면서도 왕과의
관계는 적극적으로 바꾸지 못하는 양면적 모습을 보이는 셈이다.
햄릿의 "말 비수"가 어머니 가슴을 찌르긴 했는데 그리 깊이 박히
진 않았던 것일까? 아니면 왕과 왕비를 묶는 끈이 그만큼 질기다는
뜻일까?
이 장면에서 선왕 시해 문제가 처리되는 방식도 눈여겨볼 만하
다. 햄릿이 폴로니어스를 죽인 뒤 모자간의 대화가 바로 이어진다.

왕비   오, 이 무슨 경솔하고 피비린 짓이냐!
햄릿   피비린 짓. 자애로우신 어머님, 왕 죽이고

왕 동생과 결혼하는 짓 거의 맞먹게 나쁜 짓.

왕비 왕을 죽여?

햄릿   네 마마, 신이 그리 아뢨나이다.——

선왕 햄릿의 죽음과 관련해 왕비는 더이상 캐묻지 않고 왕자도 더 구체적으로 설명하지 않는다. 폴로니어스의 죽음이라는 돌발 사태 앞에 두 사람 모두 앞뒤를 따져 말할 경황이 없다는 것은 이해가 되지만, 사안이 어디 예사 사안인가? 이것을 어떻게 이해해야 할까? 여러 해석이 가능하겠지만, 햄릿으로서는 선왕 살해 사실을 불쑥 언급하긴 했지만, 유령 이야기를 어머니가 믿게끔 구체적으로 설명하는 것이 쉽지 않다고 직감한 나머지 그 문제를 재론하지 않았을 수 있고, 왕비는 왕비대로 햄릿의 말을 광증 탓으로 돌리고 더이상 캐묻지 않았을 법하다.

이 뒤로도 햄릿은 왕의 죄행을 두 차례 더 언급한다. 현왕을 "곰팡이 슨 이삭처럼,/건장하던 형님을 시들게 한 자"라고 언급하는가 하면, "살인자, 악당"이라고 대놓고 부르기도 한다. 자신이 방금 죽인 폴로니어스의 시신을 곁에 둔 채 아무 설명도 없이 삼촌을 살인자라고 부르는 아들을 지켜보는 거트루드 표정이 선히 그려지지 않는가? 그런데 바로 그 순간 유령이 등장하고, 왕비는 "허공에다 유심히 눈길을 두고/형체 없는 공기와 담화"하는 아들이 광기에 사로잡혔다고 생각해서 "마음병의 뜨거운 불길 위로/차가운 인내심"을 뿌리라고 애원한다. 햄릿은 "어머니 죄가 아니라 제 광증이 나무란다며,/아첨용 연고 따윈 영혼에 바르지" 말라고 반박하지만 왕비가 그 말을 듣고 아들의 정신이 말짱하다고 믿게 될 것 같지는 않다. 요컨대 유령 등장 이후 왕이 어째서 살인자인지 왕비가 따져

물을 수 없는 상황이 되어버린 듯하다.

사실 클로디어스의 죄행을 왕비에게 알리고 왕비가 그것을 사실로 받아들이게 된다면 햄릿이 굳이 왕비에게 왕을 가까이 하지 말라고, 금욕하라고 강권할 필요도 없을 것이다. 그런데 유령의 출현으로 인해, 유령의 말을 '증언' 삼아 클로디어스의 죄행을 왕비에게 알리는 가뜩이나 어려운 과제가 불가능이 되어버린 것 아닌가? 그래봐야 왕비는 유령의 '증언' 자체를 아들의 광증이 빚어낸 망상으로 돌릴 테니까. 작가의 입장에서는 유령의 말을 구체적으로 전하려다보면 이 장면이 (관객에게는 이미 알려진 사실에 대한) 장황한 설명과 그에 따른 설왕설래로 늘어지고 어수선해질 터인즉, 애당초부터 햄릿으로 하여금 선왕의 유령 이야기를 꺼내게 할 생각이 없었을 수도 있다. 어찌 되었든, 모자가 처음이자 마지막으로 맞대면하는 이 결정적 장면에서도 햄릿은 어머니와 온전히 소통하지 못한 셈이니, 유령이 햄릿을 또다시 고립시켰다고나 할까?

극이 끝났을 때, 관객/독자는 거트루드라는 인물에 관해 얼마나 알게 되는가? 거트루드에게는 자신의 내면을 드러낼 기회가 거의 주어지지 않을뿐더러, 재혼한 어머니에 대한 햄릿의 일방적인 질책 말고는 다른 인물들의 대사에도 왕비의 사람됨을 보여줄 만한 언급이 전혀 없다. 그러니 클로디어스가 형을 죽이면서까지 차지하고 싶었던 여자 거트루드가 어떤 사람인지 알 길이 없다. 왕비는 왜 그리 서둘러 시동생과 재혼을 했을까? 왕비에게 전남편은 어떤 존재였고, 새 남편은 또 어떤 존재일까? 이런저런 의문은 일어나되 답할 길을 없으니, 신비스럽기도 하고 극에서 차지하는 비중에 비해 형상화가 덜 된 것 같기도 하다.

10. 돌아온 햄릿, 떠나는 햄릿

폴로니어스를 죽이고 영국행에 내몰렸던 햄릿은 천신만고 끝에 "맨몸으로" 덴마크로 되돌아온다. 돌아온 햄릿은 예전에 없던 모습을 보이는 듯하다. 알렉산더 대왕이나 씨저 같은 지고한 권력자도 죽으면 티끌 되어 술통 마개가 되거나 바람 구멍 때우는 신세가 된다는 무상론(無常論)을 펴는가 하면, 복수를 결행하지 못한다고 수시로 자책하던 태도 역시 자취를 감추었다. 이런 변화는 '초월적 섭리'에 대한 '깨달음'에서 비롯되는 듯한데, 5막 2장에는 이 '깨달음'에 대한 언급이 여러번 나온다. 먼저, 클로디어스가 영국 왕에게 보내는 편지의 내용을 알게 되는 과정을 호레이쇼에게 설명하면서 햄릿이 하는 말.

(…) 심사숙고한
계책이 맥 못 출 때, 무대책이 상책인 걸
알아두세. 그러니, 우리의 초벌 손질이
암만 거칠어도, 우리 목적 매끈히 마무리하는
섭리가 있음을 배워야겠지─

이어서, 왕의 편지를 위조한 다음 봉인은 어떻게 했느냐는 호레이쇼의 질문에 대한 햄릿의 답.

글쎄, 그 문제도 하늘이 인도해주셨네.
선왕의 옥쇄가 내 지갑에 있었거든.

그런가 하면, 레어티즈와의 시합이 꺼림칙하면 시합을 취소하는 것이 어떠냐는 호레이쇼의 제안을 단호히 거부하는 햄릿의 말.

천만에. 전조 따위 우린 안 믿어. 참새 한마리 떨어지는 데도 특별한 섭리가 있는 법. 때가 지금이면 장차 오지 않을 테고, 장차 오지 않는다면 지금이 때겠지. 때가 지금이 아닐지라도 장차는 오고 말겠지. 마음 준비가 제일일세.

이 정도면 햄릿이 자신의 '깨달음'에 대한 확신을 갖고 있다고 봐도 될 법하다. 그런데 이런 '깨달음'은 어떻게 얻어진 걸까? 물론 실제 삶에서는 이런 종류의 '깨달음'이 특별한 계기 없이도 어느 한순간 문득 일어날 수도 있지만, 극작품에서는 설득력 있는 어떤 계기가 어디까지나 극의 논리에 의해 마련되지 않으면 느닷없다거나 작위적이라는 느낌을 주게 되기 쉽다. 햄릿의 경우에는 어떤가? 폴로니어스를 뜻하지 않게 죽이고 유배 가듯 영국으로 향하는 과정에서 겪게 된 우여곡절 정도면 그런 변화를 불러올 만하다고 보면 될까? 뭐라 설명하든 논란이 많은 문제다. 참고로, 『햄릿』보다 4, 5년 뒤에 쓰인 『리어 왕』의 경우 주인공 리어가 모든 것을 잃는 처절한 고통을 거치며 뼈저린 자기인식에 도달하는 과정이 실감 나게 극화되는데, 이에 비하면 햄릿의 '깨달음'은 극화의 과정이 아무래도 소략해 보인다.

그러면 이 '깨달음'의 깊이 또는 수준은 어느 정도인가? 실상 햄릿의 '깨달음'은 기독교 교의의 기본 명제이자 기독교도라면 누구나 입에 올릴 법한 내용이다. 문제는 그것이 얼마나 체화되었는가, 머리로만 정리된 지식이 아니라 온 존재로 받아들여 체득된 것인가 하는 점이겠다. 이 문제에 대한 단서는 위조된 국서 내용을 호레이쇼에게 전하는 대사에서 찾을 수 있다.

> 영국은 덴마크의 충성스러운 조공국인 고로,
> 두 나라 우애가 야자수처럼 번성하길 원하는 고로,
>
> (·········)
>
> 그밖에도 그 비슷하게 빽적지근한 '고로'를
> 당나귀 짐 지우듯 바리바리 달아놓은 뒤—
> 읽고서 내용을 파악하는 즉시,
> 왈가왈부 더이상 논란할 것도 없이,
> 국서 지참자 두 사람을 불시에 죽이되,
> 참회할 시간도 허락치 말랬지.

햄릿이 무슨 무용담처럼 영국 왕에게 갈 위조 편지 문안을 호레이쇼에게 읊는데, 결코 죽을죄를 지었다고는 할 수 없는 소싯적 친구 둘을 남의 칼을 빌려 죽인다는 잔인한 내용을 전하면서, 그 어조는 충격적일 정도로 경쾌, 발랄하다. 섭리와 "하늘의 인도"하심을 진실로 깨달은 사람이라면 결코 보일 수 없는 태도 아닌가? 섭리에 대한 참된 깨달음은 겸허함을 낳고, 겸허함은 스스로를 낮추는 것이고, 스스로를 낮추는 것은 타인에 대한 이해와 존중과 배려로 이어지기 마련이니, 그런 깨달음을 체득한 사람이 마치 스스로 신이라도 된 듯 남들의 목숨을 제 뜻대로 앗아버리고, 그들 영혼이 구원받을 기회마저 박탈하려 들 수는 없다. 아울러 이것은 '용서와 사랑의 하느님'의 뜻과 정면으로 배치되지 않는가? 그렇다면 햄릿의 섭리에 대한 '깨달음'은 체득과는 아직 거리가 먼, 말하자면 '초보 수준'쯤 되는 걸까?

　다른 한편, 적잖은 평자들이 지적하는 햄릿의 자기중심적 성향이 변화하는 조짐도 읽힌다. 5막 1장, 오필리아의 죽음을 뒤늦게 알게 된 햄릿은 레어티즈와 거칠게 드잡이하며 거의 발작 상태의 언사를 퍼붓는다.

　　오필리아를 난 사랑했어. 오라비 사만명의
　　알랑한 사랑을 깡그리 합해도
　　내 사랑에는 못 미쳐. 이 여잘 위해 뭘 할 건데?
　　　　　　　(………)
　　자네가 내게 이러는 까닭이 무엇인가?

　슬픔의 충격이 아무리 걷잡을 수 없어도 그렇지, 이것이 어디 햄릿 자신 때문에 아비와 누이를 여읜 사람에게 할 말인가? 폴로니어스를 죽인 사람으로서, 망자의 아들이 햄릿 자신을 적대시하는 까닭을 바로 그 아들에게 물을 수는 없는 노릇이다. 자신의 고통과 슬픔 바깥으로 한치도 눈을 돌리지 않으려는 자기함몰적, 자기중심적 태도의 극치를 보여주기로 작심한 사람의 발언 같다. 햄릿이 광분하는 동안 레어티즈는 맞받아치지 않고 침묵으로 일관하는데, 그 침묵 속에 레어티즈의 가슴에 쾅쾅 대못 박히는 소리가 들리는 것 같지 않은가? 그랬던 햄릿은 5막 2장에 가면 뒤늦게나마 제 잘못을 시인한다. (흥미롭게도 햄릿의 이 대사는 제2사절판에는 없고 제1이절판에만 나온다.)

　　하지만, 호레이쇼, 참으로 면목 없네,

제정신을 잃고 내가 레어티즈를 대했던 게.
내 처지에 비춰서 그 친구 처지, 초상처럼
그려지거든. 화해를 청해볼 생각일세.

선왕의 죽음 이후 세상에 대한 혐오와 무기력과 자책의 울타리 속에 자신을 가두고 있던 햄릿이 비로소 그 울타리를 열고 나와 타인의 입장, 타인의 눈으로 세상을 보기 시작한 것이다. 그런데, 아비를 잃은 레어티즈에게서 역시 아비를 잃은 햄릿 자신의 모습을 보았기에 햄릿은 화해를 생각하지만, 진정 레어티즈의 입장에서 보면 햄릿 자신은 클로디어스와 같은 살인자일 뿐이며, 따라서 둘 사이에 화해는 성립될 수 없지 않은가? 이 문제를 햄릿은 어떻게 해결하려는 걸까?

5막 2장, 레어티즈와 시합을 시작하기 전 햄릿은 레어티즈에게 용서를 구한다. 햄릿은 자신이 폴로니어스를 죽인 것을 광증 탓으로 돌리면서 "햄릿이 제 자신에게서 떨어져나가/제 자신 아닐 때 레어티즈에게 잘못한다면,/그건 햄릿의 짓"이 아니라고 강변한 다음, "의도된 행악이 아니었음을 천명하니,/집 너머 쏜 내 화살에 내 형제가 다친 셈이거니,/너그럽게" 헤아려달라고 청한다. 사실, 햄릿이 레어티즈와 화해할 가능성은 극악무도한 클로디어스를 죽이려다 잘못되어 폴로니어스를 죽였다는 사실을 밝힘으로써만 그나마 좀 열릴 수 있다. 그러려면 유령의 말을 전하고 그 말이 사실에 부합한다는 것을 레어티즈가 납득해야 하는데, 그것이 어찌 가능하겠는가? 그런 까닭에 햄릿은 궁여지책으로 광증을 내세웠겠지만, '심신미약'의 '정상'을 '참작'해달라는 햄릿의 논리는 기본적으로 사실에 근거한 것이 아닌 까닭에 아무래도 옹색하다. 이 대목에서도 햄릿에게는 진실을 바탕으로 레어티즈와 진정 어린 화해를 할 수 있는 선택의 여지가 닫혀 있다. 유령이 다시 나타나진 않지만 그 그림자는 여전히 얼씬거리고 있는 셈이다. 결국 두 사람은 죽음을 댓가로 치르고서야 진정한 화해에 이른다.

　돌아온 햄릿이 보이는 또 하나 눈여겨봐야 할 변화는 왕을 처단할 명분을 사적, 개인적 복수가 아닌 공적 정의의 차원으로 옮겨놓는 한편, 그 명분의 기초가 되는 왕의 죄행 목록을 공적으로 따져볼 만하거나 확증할 수 있는—유령의 '증언'에 의존하지 않는—사안들로 재구성하려는 의지를 보인다는 사실이다. 5막 2장, 햄릿이 호레이쇼에게 묻는다. (다음의 인용문 마지막 세줄은 제1이절판에만 나타난다.)

　　자넨 어찌 생각하나, 내 도리 아닌가—
　　선왕을 시해하고 내 어머닐 갈보 만들고,
　　국왕 선출과 내 희망 사이에 쏙 새치기하고,
　　바로 내 목숨 노리고 그따위 속임수로
　　낚싯바늘 던졌으니—완벽하게 떳떳하지 않나,
　　이 팔로 처단하는 게? 천벌 받지 않겠나,
　　인간계의 이 암종이 악행을 계속하게
　　내버려둔다면?

　이 대사의 핵심은 과거의 죄행을 응징하는 것은 물론이고 장차저지르게 될 악행을 미리 차단하기 위해서라도 클로디어스를 처단해야 한다는 것, 그리고 그 공적 대의를 저버리면 "천벌"을 받게 되리라는 것이다. 클로디어스 처단이 공적 정의 실현의 책무라는 성격을 띠게 되는 셈이다. 그런가 하면 클로디어스의 죄행 목록에 1) 현왕이 햄릿 자신의 왕위 계승권을 빼앗았다는 사실과 2) 햄릿 자신을 죽이려 했다는 사실이 추가되고 있다. 첫째는 공적으로 따져볼 만한 사안이고 둘째는 공적으로 확증할 수 있는—왕의 자필 편지라는 증거가 확보된—사안이다. 요컨대 유령의 '증언'에 의거하지 않고 왕을 처단할 수 있는 공적 명분이 축적되고 있는 셈이다. 햄릿의 이와 같은 변화에서 예견되듯, 햄릿과 레어티즈의 시합으로 시작되는 『햄릿』의 마무리 과정은 햄릿의 행위에서 사적, 개인적 복수의 성격을 탈색하고 거기에 공적 정의 실현의 성격을 입히는 과정이다.

일단 거트루드, 클로디어스, 레어티즈, 햄릿이 차례로 죽어가는 과정을 정리해보자. 레어티즈가 먼저 햄릿에게 부상을 입히고, 드잡이가 벌어지는 와중에 두 사람의 칼이 바뀐다. 이번에는 햄릿이 레어티즈를 찌른다. 햄릿은 모르는 사실이지만 레어티즈의 칼에는 독이 발라져 있으니 두 사람은 이미 돌이킬 수 없는 치명상을 입었다. 그러는 사이에, 왕이 자신의 "계책이/실행 중 불발할 경우에도 유효한/예비책 또는 둘째 방책"(4막 7장)으로 햄릿이 마시게 하려고 마련해둔 독이 든 술을 거트루드가 멋모른 채 마시고 쓰러진다. 햄릿이 어머니의 안위를 묻자 왕은 두 젊은이가 시합 중 "피흘리는 걸 보고 왕비가 실신했다"고 둘러대지만, 왕비는 왕의 말을 부정하고 술에 독이 들었다고 햄릿에게 경고한 다음 숨을 거둔다. 햄릿이 쥔 칼에 독이 묻었다는 사실과 왕비의 죽음이 왕의 음모 탓이라는 것을 레어티즈가 밝히자, 햄릿이 왕을 찌르고 독주까지 왕의 입에 부어넣는다. 마침내 왕의 숨이 끊어진다. 레어티즈는 독주가 왕이 "손수 조제한 독약"이라고 증언한 뒤 햄릿에게 화해를 청하고 죽는다. 끝으로 햄릿이 "나와 내 명분, 사정 모르는 사람들에게/바르게 알려"달라는 간곡한 청을 호레이쇼에게 남기고 세상을 떠난다.

햄릿이 왕을 죽이는 것은 사적, 개인적 복수를 추구하는 자의 의도된 행위가 아니라, 강력하고 음험한 적이 독점과 독주라는 무기를 마구 휘두르며 무자비한 공격을 펼쳐오는 돌발 상황에서 그 적을 응징하고 제거하는 전투 행위와 유사한 성격을 띤다. 더구나 클로디어스 처단의 정당성은 왕비의 죽음과 레어티즈의 증언, 그리고 이미 확보된 영국 왕에 보내는 왕의 자필 편지라는 증거에 의해 공적, 공개적으로 뒷받침되고 있다. 그렇다면 결국 햄릿은 사적, 개인적 복수자가 아니라 공적 명분을 갖추고 공적 정의를 수호하는 전사로서 '공공의 윤리와 안녕과 복리'에 위협이 되는 왕을 처단하는 셈 아니겠는가? 물론 이와 같은 사실이 폴로니어스의 죽음— 그리고 오필리아의 죽음, 그리고 아마도 로즌크랜츠와 길든스턴의 죽음—에 대한 그 자신의 응보를 지울 수는 없는 까닭에 그 또한 죽음을 맞는다. 하지만 그는 유령의 '증언'이라는 심연을 들여다본 자의 벗어날 길 없던 고립 상태를 죽어가면서나마 어느정도 벗어나게 되는 것 같기도 하다. 왕자로서의 역할을 유언으로 떠안으며 죽어가는 그의 마지막 모습에서는 세상에 대한 혐오나 무기력이나 자책의 흔적이 읽히지 않는다. 햄릿은 공적, 정치적 존재로서 죽어간다.

분명히 예언컨대 국왕 선출에서 왕위는
포틴브라스에게 갈 걸세. 내 유언으로 그를 지명하네.
그에게 그리 전하게, 날 그러도록 떠민

크고 작은 사정들과 함께—남은 건 침묵.

그러나 이 모든 살육의 발단인 선왕 시해는 진상이 드러나기는 커녕 그런 일이 있었다는 사실조차 제대로 아는 사람이 없지 않은가? 장본인 클로디어스가 죽었으니 그걸로 족하다 치고 사건을 묻어버릴 수는 없는 일이다. 햄릿은 호레이쇼에게 내막을 밝혀주길 부탁하고, 호레이쇼는 "간음과 피비린 짓과 반인륜적 행위에 대해" 설명하리라고 사람들 앞에서 공언한다. 하지만 1막에서 유령의 실체에 관해 누구보다도 회의적인 입장을 보였던 호레이쇼가 과연 그 약속을 지킬 수 있을까? 설사 그가 그런다 한들 포틴브라스를 비롯한 사람들이 그의 말을 믿어줄까? 유령의 말이 던진 과제는 여전히 해결되지 않은 셈이다.

그렇다면, 셰익스피어는 왜 죽어가는 왕에게 자기 죄를 고백할 기회를 주지 않았을까? 3막 3장에서 클로디어스는 기도로써 하늘의 용서를 구하려 하지만, 죄행으로 얻어낸 것—즉 "내 왕관, 내 야심, 그리고 내 왕비를"—포기할 수 없어서 기도조차 할 수 없다고 했는데, 그 모든 것을 놓아버릴 수밖에 없는 죽음의 순간이 닥쳤으니 죄를 고백하고 그에 합당한 하늘의 벌을 청할 수도 있지 않았겠는가? 그랬더라면 오명이 남을지 모른다는 햄릿의 불안도 말끔히 해소됐을 것이고, 사건의 전말을 사람들에게 전하는 부담스러운 책무도 호레이쇼에게 지워지지 않았을 것이며, 극의 마무리도 한결 깔끔하지 않았을까? 작가로서는 (관객의 동정을 약간이나마 이미 확보한) 왕의 죽음이 부각됨으로써 햄릿의 죽음에 맞추어진 극의 초점이 흐려질 것을 우려했을까? 아니면, 유령이 전한—그러나 타인에게 발설할 수 없는—'초자연적, 초현실적 정보'가

초래한 햄릿의 고립 상태를 끝까지 밀고 가려 했던 것일까?

워낙 여운이 깊은 작품인지라 극이 끝나면 이런저런 궁금한 것이 생긴다. 햄릿 사후의 덴마크는 어떤 세상일까? 햄릿의 경험과 고통을 지켜본 호레이쇼는 그 세상에서 어떤 구실을 할까? 혹, 포틴브라스를 측근에서 도우며 덴마크를 좀더 바람직한 세상으로 만들려고 애쓰게 될까? 덴마크 역사는 클로디어스-햄릿 사건을 어떻게 기록할까? 숙질간의 권력 다툼이 불러온 참변으로? 덴마크 권력층 내부의 분열을 틈탄 포틴브라스의 성공적 인접국 병탄으로? 유령의 '증언'은 영원히 묻히고 말까? 아니면 민담의 형태로나마 전승되어나갈까?

『햄릿』은 끝나도 이어진다.

III. 햄릿의 독백은 어떻게 번역되었나: "To be, or not to be"

『햄릿』에 나오는 일곱개 독백 중 하나인 이 독백은 셰익스피어의 대사 중, 아니 유럽 연극사에 등장한 모든 대사 중 아마 가장 널리 알려졌을 것이다. 이 독백을 우리말로 옮기는 과정에서 역자가 특히 유념했던 점들을 구체적으로 설명해본다. 우선 원문의 첫머리를 인용해둔다.

   (1) To be, or not to be, that is the question:

   (2) Whether 'tis nobler in the mind to suffer

   (3) The slings and arrows of outrageous fortune,

(4) Or to take arms against a sea of troubles

(5) And by opposing end them. To die—to sleep,

(6) No more;

이대로냐, 아니냐, 그것이 문제다./어느 쪽이 더 장한가, 포학한 운명의/돌팔매와 화살을 마음으로 받아내는 것,/아니면 환난의 바다에 맞서 무기 들고/대적해서 끝장내는 것? 죽는 것—잠드는 것,/그뿐.

역자가 "이대로냐, 아니냐, 그것이 문제다"로 옮긴 1행은 일부 역본을 제외하고는 일반적으로 '사느냐, 죽느냐, 그것이 문제다' 정도로 번역된다. 하지만 바로 이어지는 네행의 질문은 삶과 죽음 자체에 관한 것이 아니라, 현실을 받아들일 것인가 아니면 싸워서 그것을 넘어설 것인가라는 삶의 방식에 관한 것이다. 죽음에 관한 사색은—해일처럼 압도적인 현실에 맞서 싸우는 것은 죽음으로 끝날 가능성이 크다는 데 생각이 미치면서—그다음 단계에서 일어난다. 따라서 대뜸 '사느냐, 죽느냐'라고 시작하는 것은 이 핵심적 독백의 흐름에 맞지 않다. 번역의 어려움은 동사 'be'의 성격과 직결된다. 'be'는 우리말로는 구분되는 1) '~이 있다'(존재)와 2) '~이다'(존재의 상태 또는 성질)의 두 뜻을 포괄하는데, 이 대목에도 그 두 뜻이 모두 실려 있다. '현 상태 그대로 그냥 있을 것이냐, 아니면 삶의 (죽음을 포함한) 근본적 변화를 모색할 것인가'라는 뜻으로 읽히기를 기대하면서 지금처럼 옮겨보았지만 흡족하진 않다.

세심한 역자라면 당연히 셰익스피어 언어의 핵심적 측면 중 하나인 독창적 은유들을 숨은 은유까지 놓치지 않고 옮기려고 노력할 것이다. 2행이 그 예가 될 수 있다. "in the mind"를 "'tis nobler"

에 연결된 것으로 보면 '고결한 마음인지' 정도가 될 텐데, 고결함이 본디 마음의 됨됨이를 표현하는 말이므로 이 표현은 뜻으로 보아 그냥 '고결한지'라고 하는 것과 별다를 바 없는 밋밋한 동어반복이 된다. "in the mind"가 "to suffer"에 연결된다고 보는 경우에도 '마음으로 견디는 것'이라고 옮기면, 견디는 것도 본디 마음의 작용이므로 이 또한 그냥 '견디는 것'이라고 하는 것과 별다를 바 없는 심심한 표현이 된다. 실상 이 표현에는 '마음'——'몸'이 아니라——에 운명의 모진 돌팔매와 화살이 쏟아지고, 그것을 '마음'이 '받아내고' 견뎌낸다는 은유적 이미지가 숨어 있는 것 아닌가? 해서, "돌팔매와 화살을 마음으로 받아내는 것"으로 옮겼다. 은유적 표현을 고스란히 옮기려다보면 우리말이 낯설어진다는 느낌이 들 때도 적지 않은데, 이해가 어려워질 정도로 생경해지는 경우 말고는 낯섦을 감수했다. 어느정도의 낯섦이야말로 은유의 본질 아니겠는가?

5행, 6행의 "To die——to sleep,/No more"처럼 주술관계를 제대로 갖추지 않은 어구들이 툭툭 던져지는 것은 햄릿의 생각이 미처 논리적 언어구조로 정리되지 않은 채 조각조각 진행되고 있음을 보여준다. 따라서 이 대목은 '죽는 것은 잠드는 것/그뿐이지'처럼 어구들을 주술관계로 묶는 대신, 어구들의 단편적, 단속적 성격을 살려 "죽는 것——잠드는 것,/그뿐"으로 옮겼다.

한국어와 영어의 어순 차이도 번역 과정에서 면밀히 감안해야 하는 문제다. 영어는 동사 다음에 목적어가 놓이는 구조인 데 반해 한국어는 목적어가 동사 앞에 놓이는 구조이고, 영어의 관계절은 그 절이 꾸미는 말 뒤에 놓이는 반면 한국어에서 영어의 관계절에 상응하는 관형절은 그 절이 꾸미는 말 앞에 놓인다. 이런 구조상 차이는 단순한 정보 전달 위주의 글을 번역하는 데에서는 크게 문제가 되지 않는다. 그러나 셰익스피어처럼 말 쓰임새와 효과를 섬세하게 계산하는 작가에게는 어순 자체가 표현의 중요한 구성 요소가 될 수 있으므로 결코 소홀히 다룰 수 없다. 가령 목적어의 경우, 짧고 단순할 때는 별문제가 아닐 수 있으나, 길고 복잡하거나 여러 이질적 요소들로 구성되어 있다면, 번역 과정에서 발생하는 어순의 변화는 원문과 번역문 사이에 의미 면에서—또는 소통 과정의 내용 면에서—적잖은 편차를 유발할 수도 있다. 따라서 원문의 어순이 생각이나 느낌의 중요한 흐름을 반영하거나 어순 자체에 특별한 의미가 실린다고 판단되면, 의미 전달에 지나친 무리가 생기지 않는 한 원문의 어순을 살려서 옮길 필요가 있다. 번역에서 도치 구문이 사용된 대목들이 대체로 이런 경우다. 앞에서 검토한 대목에서 여덟 행을 건너뛰면 좋은 예가 하나 나타난다.

(15) For who would bear the whips and scorns of time,

(16) Th'oppressor's wrong, the proud man's contumely,

(17) The pangs of dispriz'd love, the law's delay,

(18) The insolence of office, and the spurns

(19) That patient merit of th'unworthy takes,

(20) When he himself might his quietus make

(21) With a bare bodkin? Who would fardels bear,

(22) To grunt and sweat under a weary life,

(23) But that the dread of something after death,

(24) The undiscover'd country, from whose bourn

(25) No traveller returns, puzzles the will,

(26) And makes us rather bear those ills we have

(27) Than fly to others that we know not of?

누가 견디랴 세상살이 채찍질과 멸시를,/압제자의 횡포, 세도가의 오만불손을,/홀대당한 사랑의 아픔, 느려터진 법집행을,/관리들의 방자함, 인내와 덕 갖춘 이가/하찮은 자들에게 당하는 능멸을,/벌거벗은 단검 한자루면 만약 자신을/청산할 수 있을진대. 누가 견디랴 무거운 짐,/고단한 삶에 짓눌려 툴툴대며 진땀 흘리랴,/다만 죽음 뒤 그 무엇, 저 미발견의 나라,/국경 넘으면 길손 돌아오지 못하는/저 나라가 두렵기에, 의지는 갈피를 잃고,/미지의 고초를 향해 날아 달아나느니/차라리 지금 겪는 고초를 견딜 따름.

15행에서 19행까지를 보면 타동사 'bear'(견디다)가 미리 주어져 언어적 자장을 형성한 다음, 그 동사의 지배를 받는 여덟개의 목적어들이 차례차례 그 자장에 끌려들어간다. 그리하여 다양한 성격의 여러 목적어/대상이 'bear'라는 공통된 동사/동작과 잇따라 '실시간으로' 결합하면서 다양한 유형의 상황을 청자/독자의 의식 속에 차례로 그려나간다. 다소 일반적인 "세상살이 채찍질과 비웃음"을 견디는 일에서부터 매우 개인적인 "사랑의 아픔"을 견디는 일, 그리고 갖가지 불평등, 불의한 사회적 현실을 견디는 일 등이 청자/독자의 의식 속에서 바로바로 구체화되어 떠오르는 것이다. 하지만 이 구절을 동사+목적어 어순의 우리말로 옮겨보자.

세상살이 채찍질과 멸시,/압제자의 횡포, 세도가의 오만불손,/홀대당한 사랑의 아픔, 느려터진 법집행, 관리들의 방자함, 인내와 덕 갖춘

이가/하찮은 자들에게 당하는 능멸을 누가 견디랴?

"세상의 채찍질과 멸시"부터 "능멸"까지 이어지는 여덟개의 목적어/대상은 (미지의) 동사와 결합하기를 기다리며 고립된 명사어구로 언어적 진공에 한동안 내던져지며, 그 고립 상태는 문장의 맨 마지막에 가서야 동사의 출현에 의해 비로소 해소된다. 동사가 마지막에 나타나는 까닭에, 동사/동작과 목적어/대상의 즉각적인 결합에서 비롯되는 다양한 상황의 구체화도 그때그때 일어나지 않는다. 요컨대 동사+목적어 어순의 원문을 목적어+동사의 어순으로 옮긴 탓에 원문과 번역문 사이에는 의미상의—또는 소통 과정의 내용상의—편차가 발생했다. 이 문제를 해결하는 길은 원문의 어순을 살려서—즉 도치 구문을 사용해서—번역하는 것이다.

인용된 부분은 각각 여섯행 반으로 된 두 문장으로 이루어지고, 두 문장은 거의 동일한 "who would bear"(누가 견디랴), "Who would fardels bear"(누가 견디랴 무거운 짐)로 시작한다. 물론 이것은 우연이 아니다. 뒤 문장은 앞 문장과 형태적 균형을 이루면서 내용과 리듬 양면에서 앞 문장을 반복, 변주한다. 그리고 두 문장의 앞부분이 거의 같은 것은 두 문장의 반복적, 변주적 관계에 대한 뚜렷한 표지다. 따라서 두 문장의 이런 관계를 살리려면 두 문장을 길이가 같아지게 옮기는 것은 물론이고, 원문에서처럼 같은 표현으로 시작하게 옮기는 것이 중요하다.

아울러, 15, 21, 26행에서 반복해서 나타나는 동사 "bear"는 억색한 현실을 어떻든 견뎌내보려는 햄릿의 심리 상태에 대한 징표라 할 수 있으므로 세곳 모두 같은 우리말로 옮겼다. 24행의 "The undiscover'd country"를 '미지의 나라'라는 익숙한 말로 옮기지 않

292

고 굳이 "미발견의 나라"라고 한 것은, 셰익스피어 시대가 소위 지리상 '발견'의 시대였음을 감안하여, 이 표현에 사후세계를 아직 발견되지 않은 어떤 지리적 공간에 견주는 은유가 담겨 있다고 보았기 때문이다.

셰익스피어가 사용한 약강오보격 무압운의 무운 시행 형식도 번역 과정에서 어떤 식으로든 감안해야 한다. 그런데 강세가 아닌 음절의 수에 따라 운율이 정해지는 우리말의 특성상 무운 시행에 실질적으로 대응하는 우리말 시 형식을 꾸리는 것은 불가능하므로, 번역자에게는 이것이야말로 난제 중의 난제다. 이 번역에서는 원칙적으로 한행을 네 발화 단위—예외적으로는 다섯 발화 단위—로 나눔으로써 반복적 리듬의 패턴을 구축하는 데 주력했다. 한 발화 단위를 구성하는 음절의 수는 기본적으로 셋에서 다섯 사이로 하되, 반복적 리듬을 구축하는 데는 대사 처리나 낭송의 완급이 음절의 수 못지않게 중요하다고 생각되기 때문에 한 단위 또는 한행 전체에 포함된 음절의 수를 엄격히 제한하지는 않았다. 다만 한 호흡에 처리하는 데 무리가 생길 정도로 한행이 길어지는 것은 피했다. 드문 경우지만 운율을 고수하는 것이 의미 전달에 장해가 된다고 판단되면 의미 전달에 우선순위를 두었다. 위에 인용한 21~27행의 각 행별 발화 단위를 본보기로 나눠보면 다음과 같다. 빗금으로 발화 단위들 간의 경계를 표시해보았다.

(…) 누가 견디랴/ 무거운 짐,
고단한 삶에/ 짓눌려/ 툴툴대며/ 진땀 흘리랴,
다만 죽음 뒤/ 그 무엇,/ 저 미발견의/ 나라,
국경 넘으면/ 길손/ 돌아오지/ 못하는

저 나라가/ 두렵기에,/ 의지는/ 갈피를 잃고,
미지의/ 고초를 향해/ 날아/ 달아나느니
차라리/ 지금 겪는/ 고초를/ 견딜 따름.

*

번역을 마치고

현철의『하믈레트』(1923)에서 시작된 백년 가까운 우리말『햄
릿』번역의 역사에 또 하나의 역본을 보탠다. 번역에 임하면서 역
자 나름으로 공을 들였던 주요 사항들은 앞에서 비교적 소상히 밝
혀놓았거니와, 그밖에도『햄릿』의 큰 매력인 등장인물들이 구사
하는 각인각색의 말투를 실감 나게 옮기는 데도 적잖이 품을 들였
다. 아울러『햄릿』판본상의 차이 중 주요한 부분들을 역주의 형태
로나마 반영함으로써, 한가지 판본만으로는 잘 드러나지 않는『햄
릿』의 복합적 면모를 조명해보려고 시도했다.
　번역 과정에서 주요 선행 역본들을 두루 참조했는데, 특히 최재
서(1954), 최종철(1998) 두분의 역본에서 큰 도움을 받았다. 최재서
역본은 까다로운 원문을 번역 불가능해 보이는 언어유희까지 잘
읽히는 우리말로 옮기려고 애쓴 발군의 업적이고, 최종철 역본은
언어적 절제와 적확한 역어 선택을 바탕으로 본격적 운문 번역을
시도한 선구적 성과다. 이번 번역에 두 역본을 끌어다 쓴 곳도 더
러 있음을 밝혀둔다.

백낙청 선생의 권유로 『햄릿』 번역에 처음 손을 댔다 힘에 부친다는 것을 깨닫고 접어둔 것이 1994년이니, 어즈버! 어언 이십여년이 지나서야 겨우 숙제 하나를 제출하는 셈이다. 모자라는 능력에 일손까지 굼뜬 탓에 터무니없이 오랫동안 씨름을 했지만, 많은 분들이 기꺼이 거들어주지 않았던들 이 정도 번역이나마 어찌 내놓을 수 있었으랴. 김명환, 김숙희, 김아영, 김철, 설연주, 설연지, 이종일, 정남영, 천지현 등 여러분이 번역의 이런저런 단계에서 샅샅이 읽고 좋은 의견을 주셨다. 깊이 감사드린다. 끝으로 편집 실무를 맡아 수고해주신 창비 권은경 세계문학팀장에게도 감사의 말을 전한다.

설준규(한신대 명예교수)

작가연보*

1564년   윌리엄 셰익스피어, 존 셰익스피어(1531?~1610)의 셋째이자 맏

아들로 출생. 4월 26일 세례. 존은 스니터필드(Snitterfield) 농부

리처드 셰익스피어의 아들로 태어나 스트랫퍼드어폰에이번으로

이주, 1557년 메리 아든(Mary Arden)과 혼인해 8명의 자녀를 둠.

(그중 다섯명만이 성년기까지 생존함.) 존은 부유한 가죽 제품 취

급업자로 당시 스트랫퍼드의 '주요 인사'(capital burgess) 중 하나

---

* 셰익스피어의 작품 저작 연도는 『리버사이드 셰익스피어』(*The Riverside
Shakespeare*, 1974)에 의거함. 저작 연도 및 공동 집필 여부는 대체로 추정된 것임.
기타 사항은 『노턴 셰익스피어 전집』(1997) 및 이경식 역 『셰익스피어 4대 비극』
(1996)을 참조하였음.

로 꼽힘. 습작기 셰익스피어에게 영향을 미친 극작가·시인 크리
스토퍼 말로(Christopher Marlowe) 출생.

1565년 존 셰익스피어가 스트랫퍼드의 부읍장(alderman) 중 한명이 됨.

1568년 존 셰익스피어가 스트랫퍼드의 최고위직(bailiff)에 선출됨. 퀸스
플레이어스(Queen's Players)와 우스터 극단(Worcester's Men)이
스트랫퍼드에서 공연. 이후에도 극단들이 지속적으로 스트랫퍼
드에서 공연하고, 특히 1578년 이후에는 최소 한해 한번꼴로 공
연이 열림. (이하 극단의 공연 관련 세부 사항은 생략함.)

1572년 셰익스피어 못지않은 명성을 구가한 동료 극작가·시인 벤 존슨
(Ben Jonson) 출생.

1573년 후에 셰익스피어의 최대 후원자이자, 3대 싸우샘턴(Southampton)
백작이 되는 헨리 라이오스슬리(Henry Wriothesley) 출생.

1576년 제임스 버비지(James Burbage)가 쇼디치에 런던 최초의 정규 극장
'극장'(The Theatre)을 건립.

1577년 이 무렵 존 셰익스피어의 경제 사정이 나빠져 빚을 지기 시작함.
쇼디치에 '커튼 극장'(Curtain Theatre)이 개장됨.

1578년 어머니 메리가 스니터필드의 토지 등 자신의 부동산을 저당 잡힘.

1579년 영국에서 공연되는 모든 연극에 대한 대본 수정, 공연 허가, 공연
금지 등의 권한이 공연청장(Master of the Revels)에게 부여됨. 7살
된 여동생 앤 사망.

1582년 8살 위의 앤 해서웨이(Anne Hathaway)와 혼인하고 결혼허가장이
11월 27에 발급됨. 런던에 흑사병 유행.

1583년 결혼허가장 발급 6개월 만에 장녀 수재나(Susanna) 출생, 5월 26일
세례받음. (1649년 사망.)

1585년 쌍둥이 아들과 딸 햄닛(Hamnet)과 주디스(Judith) 출생. (각각

1596년, 1662년에 사망.) 존 셰익스피어가 예배 불참으로 벌금형을 받음.

1586년   이 무렵 셰익스피어가 스트랫퍼드를 떠난 것으로 추정됨. 시골 학교 교사가 됐다는 주장이 있음. 1592년에 가서야 런던 거주가 확인됨.

1587년   존 셰익스피어가 부읍장직을 잃음. 필립 헨슬로(Philip Henslowe)가 '장미 극장'(Rose Theatre)을 건립함.

1588년   에스빠냐 무적함대 영국 해군에게 패퇴.

1589년   이 무렵부터 1594년까지 셰익스피어는 로드 스트레인지 극단(Lord Strange's Men)과 로드 애드미럴 극단(Lord Admiral's Men)이 통합된 극단과 관계를 유지해간 것으로 추정됨.

1589~90년   『헨리 6세 1부』(*Henry VI, Part I*).

1590년   스코틀랜드에서 마녀재판 시작됨.

1590~91년   『헨리 6세 2부』(*Henry VI, Part II*) 『헨리 6세 3부』(*Henry VI, Part III*).

1592년   크리스토퍼 말로가 『파우스트 박사』(*Doctor Faustus*)를 집필한 것으로 추정됨. 필립 헨슬로의 기록에 의하면 이해 2월 19일부터 6월 22일 사이 런던에서 로드 스트레인지 극단이 105차례 공연. 공연작 중 2편은 셰익스피어 것일 가능성이 있음. 이때 시작되어 1604년까지 이어지는 헨슬로의 기록은 공연사의 중요한 자료가 됨. 런던 극장들은 흑사병으로 폐쇄되고, 극단들은 지방 공연에 나섬. 1594년까지 6월까지 이런 상황이 지속됨.

1592~93년   『리처드 3세』(*Richard III*). 이야기시 『비너스와 아도니스』(*Venus and Adonis*) 출간.

1592~94년   『실수의 희극』(*The Comedy of Errors*).

1593년	교회 예배에 불참하는 사람을 추방하는 법령이 반포됨.
1593~99년	『쏘네트』(*Sonnets*)를 쓰기 시작한 것으로 추정됨. 여러 해에 걸쳐 모두 154편을 씀.
1593~94년	이야기시 『루크리스의 능욕』(*The Rape of Lucrece*) 출간. 『타이터스 앤드러니커스』(*Titus Andronicus*) 『말괄량이 길들이기』(*The Taming of the shrew*).
1594년	로드 애드미럴 극단과 로드 체임벌린 극단(Lord Chamberlain's Men)을 통합한 극단의 공연작 목록에 이른바 『원햄릿』(*Ur-Hamlet*)이 포함됨. 6월 15일, 로드 체임벌린 극단이 별개의 극단으로 독립함. 이 극단은 제임스 1세가 등극한 1603년, 국왕극단(King's Men)이 됨. 셰익스피어는 이 극단과 사망할 때까지 관계를 유지함. 『루크리스의 능욕』을 싸우샘턴 백작 헨리 라이오스슬리에게 헌정. 『베로나의 두 신사』(*The Two Gentlemen of Verona*).
1594~95년	『사랑의 헛수고』(*Love's Labour's Lost*). 『토머스 모어 경』(*Sir Thomas More*)의 수정 작업에 극히 일부 참여함.
1594~96년	『존 왕』(*King John*).
1595년	런던 비숍게이트의 성 헬레나 교구에 거주함. 로드 체임벌린 극단의 지분 소유자가 된 것으로 보임. '백조 극장'(Swan Theatre) 건립. 『리처드 2세』(*Richard II*).
1595~96년	『로미오와 줄리엣』(*Romeo and Juliet*) 『한여름 밤의 꿈』(*A Midsummer Night's Dream*).
1596년	존 셰익스피어가 문장(紋章)을, 따라서 '신사'(gentleman)의 칭호를 허락받음. 11살 된 아들 햄닛 사망. 로드 체임벌린 극단이 1596~97년에 여러 차례 궁정에서 공연하고, 도처에서 지방 공연도 벌임.

1596~97년 『베니스의 상인』(The Merchant of Venice) 『헨리 4세 1부』(*Henry IV, Part I*).

1597년 고향에 대저택 '뉴 플레이스'(New Place) 매입. 성 헬레나 교구에 재산세를 미납한 기록이 있음. 제임스 버비지가 '제2 블랙프라이어스 극장'을 건립함. 런던 공연에 제약이 가해짐에 따라 로드 체임벌린 극단은 지방 공연에 나섬. 극단은 '글로브 극장'(The Globe)이 건립 중이던 1597~99년 사이 '커튼 극장'에서 공연함. 『윈저의 즐거운 아낙들』(*The Merry Wives of Windsor*).

1598년 셰익스피어의 이름이 벤 존슨의 연극 『모두 제 기분대로』(*Everyman in His Humour*)의 주역 배우 명단에 오름. 로드 체임벌린 극단이 이듬해까지 궁정에서 공연함. 쇼디치에 위치한 '극장'(The Theatre)이 헐리고 그 자재가 템스 강 건너편으로 운반돼 '글로브 극장' 건립에 사용됨. 『헨리 4세 2부』(*Henry IV, Part II*).

1598~99년 『헛소동』(*Much Ado About Nothing*).

1599년 교회의 명령에 의해 풍자와 모욕을 담은 책들이 압수되어 불태워짐. '글로브 극장'이 개장하여 로드 체임벌린 극단의 근거지가 됨. 『헨리 5세』(*Henry V*) 『줄리어스 씨저』(*Julius Caesar*) 『그대 뜻대로』(*As You Like It*).

1600~01년 『햄릿』(*Hamlet*).

1601년 2월 25일, 엘리자베스 여왕의 총신이던 에섹스 백작이 반란죄로 참수됨. 셰익스피어의 후견인 싸우샘턴 백작도 반란 가담 혐의로 수감됨. (제임스 1세 즉위 때 석방됨.) 아버지 존 사망. 에섹스의 추종자들이 반란을 부추길 목적으로 '글로브 극장'에서 왕의 폐위와 처단을 다룬 『리처드 2세』 공연을 추진함. 이야기시 『불사조와 멧비둘기』(*The Phoenix and the Turtle*) 출간.

1601~02년 『십이야』(*Twelfth Night*) 『트로일러스와 크레시다』(*Troilus and Cressida*).

1602년 320파운드를 주고 구(舊) 스트랫퍼드에 있는 127에이커의 토지를 양도받음.

1602~03년 『끝이 좋으면 다 좋아』(*All's Well That Ends Well*).

1603년 3월 24일, 엘리자베스 여왕 사망. 스코틀랜드의 제임스 6세가 제임스 1세로 영국 왕위를 이음. 런던에 흑사병 창궐. 셰익스피어가 벤 존슨의 연극 『씨제이너스의 몰락』(*Sejanus his Fall*)의 주역 배우 명단에 오름. 존슨 연극의 주역 배우 명단에 셰익스피어가 오르는 것은 이것이 마지막임. 이해 중반부터 이듬해 4월까지 흑사병으로 극장이 다시 폐쇄됨.

1604년 셰익스피어의 국왕극단 내 지위가 제임스 1세 즉위식 행렬 때 걸칠 붉은색 천 4야드를 하사받은 데서 입증됨. 겨울 씨즌 동안 국왕극단이 8회 궁중에서 공연함. 『자에는 자로』(*Measure for Measure*) 『오셀로』(*Othello*).

1605년 『리어 왕』(*King Lear*).

1606년 국왕극단이 런던 정규 공연과 병행해서 지방 공연을 지속함. 의회에서 '배우들의 욕설을 제한하는 법령'이 통과됨. 『맥베스』(*Macbeth*).

1606~07년 『앤터니와 클레오파트라』(*Antony and Cleopatra*).

1607년 장녀 수재나가 의사 존 홀(John Hall)과 결혼함. 배우로 알려진 동생 에드먼드(Edmund) 사망.

1607~08년 『코리올레이너스』(*Coriolanus*) 『아테네의 타이먼』(*Timon of Athens*) 『페리클레스』(*Pericles*, 조지 윌킨스George Wilkins와 공동 집필).

1608년 외손녀 엘리자베스 홀 출생. (1670년 이 외손녀가 사망함으로써 셰익스피어가는 절손됨.) 어머니 메리 아든 사망. '제2 블랙프라이어스 극장' 지분 7분의 1을 획득. 국왕극단이 '제2 블랙프라이어스 극장'을 옥내 공연 목적으로 임대함. 존 밀턴(John Milton) 출생.

1609년 국왕극단이 '제2 블랙프라이어스 극장'에서 공연 개시. (1642년 에 폐쇄될 때까지 사용.)

1609~10년 『씸벌린』(*Cymbeline*).

1610년 스트랫퍼드로 낙향해 정착한 것으로 추정됨.

1610~11년 『겨울 이야기』(*The Winter's Tale*).

1611년 『폭풍우』(*The Tempest*).

1612~13년 『헨리 8세』(*Henry VIII*, 존 플레처John Fletcher와 공동 집필)『카데 니오』(*Cardenio*, 존 플레처와 공동 집필; 유실됨).

1613년 블랙프라이어스 게이트하우스 매입.『두 고귀한 친척』(*The Two Noble Kinsmen*, 존 플레처와 공동 집필). '글로브 극장'이『헨리 8세』 공연 중 화재로 전부 타버림.

1614년 '글로브 극장' 재개관.

1616년 딸 주디스 결혼. 3월 25일 유서를 작성함. 4월 23일 사망, 4월 25일 매장됨.

1623년 아내 앤 해서웨이 사망. 셰익스피어의 극 36편을 수록한 전집 제1이 절판『미스터 윌리엄 셰익스피어의 희극, 역사극 및 비극』(*Mr. William Shakespeares Comedies, Histories, & Tragedies*)이 동료 배우 존 헤밍(John Heminge)과 헨리 콘델(Henry Condell)의 편집으로 출간.

고전의 새로운 기준, 창비세계문학

오늘날 우리는 인간의 존엄과 개성이 매몰되어가는 시대를 살고 있다. 물질만능과 승자독식을 강요하는 자본주의가 전지구적으로 확산되면서 현대사회는 더 황폐해지고 삶의 질은 크게 훼손되었다. 경제성장만이 최고의 선으로 인정되고 상업주의에 물든 문화소비가 삶을 지배할수록 문학은 점점 더 변방으로 밀려나고 있다. 삶의 본질을 성찰하는 문학의 자리가 위축되는 세계에서는 가진 자와 못 가진 자 할 것 없이 모두가 불행할 수밖에 없다.

이 시대야말로 인간답게 산다는 것의 의미가 무엇인지 근본적인 화두를 다시 던지고 사유의 모험을 떠나야 할 때다. 우리는 그 여정에 반드시 필요한 벗과 스승이 다름 아닌 세계문학의 고전이라는 점을 강조한다. 고전에는 다양한 전통과 문화를 쌓아올린 공동체의 경험이 녹아들어 있고, 세계와 존재에 대한 탁월한 개인들의 치열한 탐색이 기록되어 있으며, 새로운 세상을 꿈꾸는 아름다운 도전과 눈물이 아로새겨 있기 때문이다. 이 무궁무진한 상상력의 보고이자 살아 있는 문화유산을 되새길 때만 개인의 일상에서 참다운 인간적 가치를 실현하고 근대적 삶의 의미와 한계를 성찰하는 지혜를 얻을 수 있을 것이다.

'창비세계문학'은 이러한 문제의식에서 출발한다. 세계문학의 참의미를 되새겨 '지금 여기'의 관점으로 우리의 정전을 재구성해야 할 필요성이 그 어느 때보다 절실하다. '정전'이란 본디 고정된 목록으로 존재하는 것이 아니라 그때그때 주어진 처소에서 새롭게 재구성됨으로써 생명을 이어가는 것이다. 우리는 먼저 전세계 문학들의 다양성과 차이를 존중하면서 국가와 민족, 언어의 경계를 넘어 보편적 가치에 기여할 수 있는 가능성에 주목하고자 한다. 근대를 깊이 성찰한 서양문학뿐 아니라 아시아와 라틴아메리카, 중동과 아프리카 등 비서구권 문학의 성취를 발굴하고 재평가하는 것 역시 세계문학의 지형도를 다시 그리려는 창비의 필수적인 작업이 될 것이다.

여러 전집들이 나와 있는 세계문학 시장에서 '창비세계문학'은 세계문학 독서의 새로운 기준이 되고자 한다. 참신하고 폭넓으면서도 엄정한 기획, 원작의 의도와 문체를 살려내는 적확하고 충실한 번역, 그리고 완성도 높은 책의 품질이 그 기초이다. 독서시장을 왜곡하는 값싼 유행과 상업주의에 맞서 문학정신을 굳건히 세우며, 안팎의 조언과 비판에 귀 기울이고 독자들과 꾸준히 소통하면서 진정 이 시대가 요구하는 세계문학이 무엇인지 되묻고 갱신해 나갈 것이다.

　1966년 계간『창작과비평』을 창간한 이래 한국문학을 풍성하게 하고 민족문학과 세계문학 담론을 주도해온 창비가 오직 좋은 책으로 독자와 함께해왔듯, '창비세계문학' 역시 그러한 항심을 지켜 나갈 것이다. '창비세계문학'이 다른 시공간에서 우리와 닮은 삶을 만나게 해주고, 가보지 못한 길을 걷게 하며, 그 길 끝에서 새로운 길을 열어주기를 소망한다. 또한 무한경쟁에 내몰린 젊은이와 청소년 들에게 삶의 소중함과 기쁨을 일깨워주기를 바란다. 목록을 쌓아갈수록 '창비세계문학'이 독자들의 사랑으로 무르익고 그 감동이 세대를 넘나들며 이어진다면 더없는 보람이겠다.

2012년 가을
창비세계문학 기획위원회
김현균 서은혜 석영중 이욱연 임홍배 정혜용 한기욱

창비세계문학 50

햄릿

초판 1쇄 발행 / 2016년 11월 11일
초판 4쇄 발행 / 2023년 4월 24일

지은이 / 윌리엄 셰익스피어
옮긴이 / 설준규
펴낸이 / 강일우
책임편집 / 권은경
펴낸곳 / (주)창비
등록 / 1986년 8월 5일 제85호
주소 / 10881 경기도 파주시 회동길 184
전화 / 031-955-3333
팩시밀리 / 영업 031-955-3399 편집 031-955-3400
홈페이지 / www.changbi.com
전자우편 / lit@changbi.com

한국어판 ⓒ (주)창비 2016
ISBN 978-89-364-6450-9 03840